너의 답장이 되어 줄게

: 편지 가게 글월 그 두 번째 이야기

일러두기

하나. 모든 표기는 출판사 편집 매뉴얼의 교정 규칙에 따르되, 편지나 대사 등에 사용된 일부 단어는 말맛을 살리기 위해 절충하여 표기하였습니다.
둘. 본 작품에 인용된 편지 등의 자료는 모두 해당 출판사 및 당사자에게 이용 허가를 받았습니다.

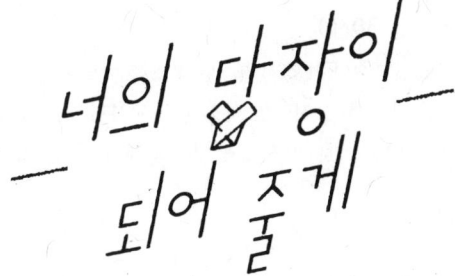

: 편지 가게 글월 그 두 번째 이야기

백승연 장편소설

TXTY

등장인물 소개

우효영(여, 30세)

성수동 '글월'의 4년 차 정직원. 2년 열애 후 이별한 지 6개월, 편지 가게를 다시 찾은 전애인 영광 때문에 복잡한 마음이다. 헤어진 연인이 다시 만나면 똑같은 이유로 헤어진다는데, 다시 다가가는 게 맞을까?

차영광(남, 31세)

웹툰 작가. 늘 마감에 시달리는 편. 효영과의 이별 후 돌연 네덜란드로 떠났다가 4개월 만에 돌아와서는 그녀의 곁을 빙빙 돈다. 상처 주기는 싫고 이렇게 끝내기는 더 싫고. 그녀에게 진심을 전할 타이밍은 도대체 언제 생기는 걸까.

한동규(남, 35세)

효영이 영화학도로 공부하던 시절, 영화 커뮤니티에서 만난 남자. 영화사에서 일하며 만난 여자와 파혼한 뒤 요리를 배워 성수동에 레스토랑을 차렸다. 5년 만에 다시 만난 효영과 러닝 메이트가 되면서 점차 가까워진다.

강선호(남, 37세)

효영과 대학 동문. 배우를 꿈꿨다가 재능의 한계를 느끼고 대학을 중퇴한 뒤 편지 가게 '글월'을 열었다. 가게 운영과 육아를 병행하다가 점점 육아에 소홀해지면서, 회사원인 아내와 냉전 중이다.

서연우(남, 21세)

성수동 '글월'의 아르바이트생. 효영에게는 장난꾸러기 남동생. 성수동 팝업 스토어 직원과 '썸'을 타다가 군입대를 하면서 인연이 흐지부지 끝날 위기에 놓인다.

정주혜(여, 27세)

연희동 '글월'의 아르바이트생. 연희우체국 직원이었다가 편지의 매력에 빠져 편지 가게 일을 돕게 된다. 밝은 에너지를 갖춘, 글월의 비타민으로 손님과 스몰 토크를 즐기는 편이다.

문영은(여, 26세)

싱어송라이터. 자기의 이름을 건 라디오 프로그램을 진행 중이다. 본가인 연희동에 왔다가 우연히 '글월'에서 청취자와 함께 나누고픈 감동적인 편지를 만난다.

그 밖의 사람들

송은채(여, 30세 / 효영의 대학 동기)

홍가연(여, 31세 / 영광의 대학 동기)

황은미(여, 43세 / 출판사 과장)

은소희(여, 37세 / 선호의 아내)

강하준(남, 9세 / 선호의 아들)

우효민(여, 35세 / 효영의 언니)

박상현(남, 22세 / 영광의 동생)

효영의 엄마

영광의 부모

목차

하나, 1월에 쓰고 6월에 받는 편지 ·············· 11

둘, 성수 사람들 ·············· 57

셋, 여름이 녹아 사랑이 되는 날에 ·············· 115

넷, 인연과 사연 ·············· 163

다섯, 답장해도 될까요 ·············· 213

여섯, 가을엔 편지를 할래요 ·············· 251

일곱, 찬란했던 시절에게 ·············· 293

여덟, 당신의 안녕 ·············· 339

아홉, 답장하는 밤 ·············· 365

에필로그: 조용한 안부 ·············· 411

추신:

차원을 넘어온 편지들 ·············· 431

about. 편지 가게 글월 ·············· 440

영광에게

안녕? 잘 지내?
물음표를 쏟아 내면서 사실 아무 말도 담지 않은 편지를 쓰고 싶었어.

할 말도 없으면서 편지지부터 꺼낸 것도 참 웃기지?
이게 다 손만 뻗으면 편지를 줄 수 있는
편지 가게에서 일하는 직원만의 특권이지, 뭐.

어제 엄마한테 연락이 왔어.
겨울 코트 좀 세탁해 달라고 보냈는데,
코트 주머니에 영수증이 남아 있다고 하더라.
우리가 작년 이맘때 샀던 책 영수증이었어.

데이트할 때마다 서점에서 서간집을 사고 받은 영수증.
우리 그거 몇 장씩이나 모았잖아.
우리 집 찬장에 올려 둔 쿠키 상자에.

오랜만에 상자를 열고 그동안 모은 영수증을 구경했어.
이브 생 로랑에게 쓴 피에르 베르제의 애도의 편지와
프랑수아즈 사강이 소중한 친구에게 보낸 편지가 담긴 서간집을 산 날.

전부 기억난다.

너랑 서점 벤치에 앉아 그들의 사랑스러운 편지를 읽던 날 말이야.

영수증에 띄엄띄엄 찍힌 날짜를 보고 있으면,

영수증 한 장이 어떨 땐 하루, 어떨 땐 한 달,

또 어떨 땐 2년을 담은 것만 같아.

너랑 헤어진 지도 벌써 두 달이 지났다.

다시 한번, 잘 지내?

잘 지내냐고 묻고 싶었어.

하얀 영수증 위의 잉크는 거의 희미해져 가는데

너와의 기억은 그만큼 흐릿해질 힘이 없나 보다.

그냥, 우연히 되새겨진 우리 추억에

답장을 해 보고 싶었어.

어차피 보내지도 않을 편지지만.

오늘은 네가 편히 잠들었으면 좋겠다.

하나,

1월에 쓰고 6월에 받는 편지

1
——

효영은 흑심이 분질러진 연필 두 자루를 카운터 위에 올려놓았다. 뭐든 힘에 넘치게 애쓰다 보면 상처 입는 쪽이 생기기 마련이었다. 효영이 연필 옆으로 검지를 가져다 대어 연필 길이를 쟀다. 보통 연필깎이에 돌리고 났을 때, 검지 한 마디를 기준으로 여섯 마디가 되지 않는 것들은 따로 빼서 가죽 필통에 보관했다. 연필로 편지를 쓰는 손님들이 연필꽂이에서 꺼내기 불편하지 않도록 나름대로 연필 길이에 기준을 둔 것이었다.

고심하는 표정을 짓던 효영이 카운터 안쪽 책상에서 연필깎이를 꺼내 왔다. 다행히 오늘의 두 자루는 한 번 더 편지를 위해 봉사할 키가 남아 있는 놈들이었다. 효영은 연필깎이에 흑심이 분질러진 연필을 끼워 넣고 손잡이를 돌렸다. 갈갈갈 소리와 함께 아래에 끼워 둔 플라스틱 통으로 연필 껍질이 부채 모양으로 예쁘게 떨어졌다. 손잡이를 돌릴 때마다 가벼운 진동이 손바닥에 전해지는 감각을, 그 간질간질한 느낌을 효영은 좋아했다. 편지 가게 사장인 선호가 자동 연필깎이를 사 주겠다는 말도 거절할 정도로.

"누나. 벌써 6월이에요."

곧이어 편지 가게로 연우가 들어왔다. 2년 전, 효영이 연희동 글월에서 일할 때 펜팔을 하러 온 손님이었다. 그 후로 인연이 닿아 크리스마스 때 백화점에서 글월의 팝업 스토어를 운영하는 일을 돕더니, 이렇게 성수동 글월에서까지 함께 일하게 된 것이었다.

"그러네. 이제 손님들한테 편지 보내야겠다."

작년부터 글월의 새 서비스가 생겼다. 1월에 쓴 편지를 6월에 보내 주는 서비스였다. 이름도 직관적으로 '1월에 쓰고 6월에 받는 편지'라고 정했다. 연초에 새로운 다짐을 적어 자기 자신에게 보내는 사람도 있었고, 6개월 뒤에도 무사한 사랑을 확인하기 위해 연인에게 보내는 사람도 있었다. 반년이면 소중한 것들에 적당히 익숙해져서 고마움을 잊기 쉬워졌다. 애쓰던 것들에 지쳐 더는 노력하고 싶지 않은 시기이기도 했고.

게다가 반년이 지나면 그날 내가 무슨 이야기를 편지에 담았는지 기억하지 못하는 경우도 많았다. 아예 서비스에 참여한 사실을 잊어버리는 사람도 있었다. 하지만 효영은 오히려 그게 이 서비스의 취지에 맞는다고 생각했다. 잊고 있던 나의 과거가 깜짝 선물처럼 다가오는 것도 편지의 매력이니까.

"참여자 목록 확인하고 차례대로 발송하자. 오늘내일 좀 바쁘겠네."

"네. 인스타그램에 공지 올릴게요."

 geulwoll.kr

geulwoll.kr "1월에 쓰고 6월에 보내는 편지" 발송 예고

1월에 작성한 편지를 다음 주 17일(월)부터 순차적으로 발송합니다.
주소 변경 및 편지 미발송 등 요청 사항이 있을 시
영업시간 내에 연락을 부탁드립니다.
변동 사항은 이번 주 금요일 연락까지 반영할 예정이니 참고해 주세요.

Letter Service by geulwoll.
Check the mailbox in front of your house.

성수동 글월의 오픈 10분 전이었다. 연우가 카운터 안쪽에 둔 책상에 앉아 맥북을 켜고 편지 가게의 플레이리스트를 틀었다. 아직 6월이지만, 아오키 하야토 〈morning July〉 앨범을 골랐다. 음과 음 사이의 여백이 투명하게 반짝이는 듯했다. 새벽잠에서 깨어, 하얀 이불을 손바닥으로 가볍게 쓰다듬는 느낌. 상쾌하지만 어딘가 고요함도 느껴지는 새벽녘의 풍경 같은 음악이 글월의 무드를 채웠다.

효영은 날카롭게 깎은 연필을 연필꽂이에 넣었다. 만년필과 볼펜 등의 다양한 필기구가 담긴 연필꽂이는 전부 글월에 편지를 쓰러 온 사람들을 위해 준비한 것들이었다. 효영이 카운터 한쪽에 연필꽂이를 일렬로 두었다. 조금 있으니 금방 또 정오가 지났다. 6월의 햇살이 맑게 비치는 창문이 효영을 부드럽게 끌어당겼다.

성수동 글월에는 정사각형의 창문 두 개가 나 있었다. 출입문을 열고 들어가면 보이는 정면에서 왼쪽과 오른쪽에 나란히, 쌍둥이처럼 난 창문이었다. 오른쪽에 난 창문은 눈에 걸리는 것 없이 바로 보였고, 왼쪽에 난 창문은 철제 선반에 슬쩍 가려져 있었다.

효영은 카운터와 인접한 왼쪽 창문으로 다가갔다. 정사각형의 창문에 담긴 성수의 풍경이 이제 여름옷을 입고 진한 색을 빛냈다. 왼편에는 적색 벽돌로 지어진 오래된 공장이 있었고, 자전거를 탄 아저씨가 땀을 뻘뻘 흘리며 진회색의 아스팔트 길을 지나갔다.

저 멀리 새하얀 하늘을 반으로 가로지르는 고가 도로와 과속방지턱 옆으로 듬성듬성 놓인 전봇대도 성수의 풍경을 이루었다. 효영은 전봇대 사이를 지나는 여러 줄의 전깃줄을 보며 마치 잘못 쓴 문장 위를 볼펜으로 직직 그어 놓은 자국 같다는 생각을 했다. 아니면 잊고 싶은 문장을 슥 지워 버린 모습이거나.

"맞다, 누나. 이거요."

연우가 책상 서랍에서 미색의 편지봉투를 꺼내 들었다. 효영이 무릎을 살짝 굽혀 연우와 선반의 빈칸 사이로 마주 보았다.

"뭔데?"

"편지 같은데요? 안 읽어 봤어요."

연우가 자리에서 일어나 물건이 빈 선반 사이로 손을 쓱 내밀었다. 편지함 정리를 하다가 상자들 사이에 끼워져 있던 것을 우연히 발견한 거라고 했다. 효영이 편지를 받아 앞뒤를 살폈지만 보내는 이도, 받는 이도 적혀 있지 않았다.

"이거 내 거 맞나?"

"그럴걸요?"

연우가 웬일인지 확신에 찬 말투로 말했다.

"글월에서 보내지 않을 편지를 쓰는 게 누나밖에 더 있어요?"

틀린 말도 아니었다. 그리고 그 말에 효영은 6개월 전에 영광에게 편지를 쓰던 날을 떠올렸다. 무엇 때문에 갑자기 영광이 생각난 건지는 모르겠지만, 어쨌거나 손에 집히는 편지지를 펼쳤고, 가죽 필통에서 여섯 마디가 채 되지 않은 연필을 꺼내 무언가를 적은 기억이 났다.

"영광이 형 주려던 거예요? 아님 받은 건가?"

"그런 거 아냐."

효영이 얼버무리며 카운터 안으로 돌아와 가방 안에 편지봉투를 집어넣었다. 연우가 가볍게 웃고는 모니터에 시선을 고정한 채로 말했다.

"영광이 형 한국 들어왔대요. 오전에 저한테 연락 왔어요."

"그래?"

효영이 관심 없는 척 가죽 필통을 괜히 집었다가 카운터 위에 올렸다. 영광이 해외 레지던스 프로그램에 뽑혀서 4개월간 네덜란드에 있는 호텔에서 창작 활동을 했다는 건 이미 알고 있었다. 효영을 알기 전에도 영광은 연희동 글월의 단골손님이었고, 웹툰 작가로서 연재가 힘들 때마다 팬들이 보낸 편지에 답장을 해 주는 속 깊은 남자였다. 그 덕에 글월 사장인 선호와 호형호제를 하는 사이가 되기도 했고.

효영보다도 글월을 먼저 알고 있던, 글월의 비공식 직원. 그러니 그의 소식을 듣지 않으려 해도 간간이 들을 수밖에 없었던 것이다. 헤어진 애인이라고 해도.

"이제 영광이 형 좀 정신 차리고 웹툰 연재 재개하려나."

"넌 무슨 그 웹툰 찐팬인 것처럼 말한다?"

"어어? 누나 섭섭해요. 저 쿠키 열심히 구워서 영광이 형 연재하는 거 졸졸 따라가고 있다니까요?"

효영이 결국 피식 웃음을 터뜨렸다. 영광은 4년 전, 데뷔작을 크게 성공시켰다가 완결 후에는 차기작을 이어가지 못해 고전하는 시기를 겪었다. 그러다 효영을 만났고 다행히 슬럼프를 극복해 차기작을 성공의 반열에 올렸지만, 반년 전 효영과 이별하면서 다시 굴속으로 들어간 것이다. 이번에는 네덜란드까지. 아주아주 멀리 떠나서.

"안 그래도 웹툰이 로맨스 장르라서, 누나랑 헤어지고는 아이디어가 고갈된 것 같아요."

영광의 웹툰은 전작에서 크나큰 사랑을 받은 주인공 '연정'이라는 인물이 회사로 들어가서 사내 로맨스를 펼치는 이야기였다. 현실에 가까운 연애 묘사로 팬들을 모았는데, 어떤 에피소드는 효영과의 실제 연애 이야기를 담은 것이기도 했다. 그때만 해도 효영에게 미리 아이디어 노트를 써서 허락을 받았었는데, 당연히 이제는 영광 혼자서 아이디어를 짜야 하니 곤욕일 거였다.

효영이 매주 웹툰 원고로 골머리를 썩던 영광의 축 늘어진 어깨를 떠올리며 가볍게 웃었다.

"꼭 진짜 사랑을 하고 있어야 연애 얘기가 나오니?"

"그래도 진짜는 다른 법이죠."

연우는 글월 제품 영상을 편집하다가 효영을 슬쩍 돌아보았다. 미색 편지봉투를 열까 말까 고민하던 효영도 연우를 흘끗 보고는 못마땅한 표정으로 아랫입술을 깨물었다. 2년 전만 해도 열아홉 살이던 연우는 말수도 적고 수줍음도 있는 남자아이였는데, 언제 이렇게 능글맞아진 건가. 이제는 효영에게 장난도 잘 걸고 놀리기까지 했다. 10월에 군입대를 앞두고 아주 맘대로 살고 싶은 모양이었다.

"연우야."

"왜요."

"넌 언제 연애하니?"

"어어? 왜 이러실까?"

효영이 연우에게 다가가서는 나지막이 말했다. 실눈

을 게슴츠레 뜬 채로.

"빨리 만나야 빨리 헤어지지. 그래야 나도 놀리지."

"아, 부정 타요. 부정 타. 모솔한테 못 하는 소리가 없어."

히죽 웃은 효영이 고개를 돌리자 글월 문턱을 넘어오늘의 첫 손님이 들어왔다. 효영이 말없이 눈인사를 건넨 뒤 카운터 앞으로 돌아갔다. 연우도 얼굴에 미소를 걷어내고 다시 영상 편집에 집중했다. 글월에 흐르는 잔잔한 기타 음과 함께 가끔 연우가 마우스를 딸깍이는 소리가 들려왔다. 여느 때와 같은 평화로운 일상의 풍경이었다.

친구끼리 방문한 여성 손님 둘이서 꽃이 그려진 카드를 한 세트씩 사 갔다. 중년의 남성 손님은 글월 왼쪽 벽에 정리해 둔 서간집 한 권을 샀고, 두 커플이 테이블에 앉아 펜팔 서비스를 하고 나갔다.

성수동 글월은 연희점보다 공간이 넓은 덕에 편지를 쓸 자리가 더 많았다. 입구에 들어서자마자 왼편에 마련된 하얀 삼각 테이블에 세 명, 정면으로 보이는 창가에 둔 정사각형 테이블 두 개에 각각 두 명씩 앉을 수 있었다. 그중에서 가장 인기 있는 자리는 철제 선반과 창가 사이에 둔 제일 구석 쪽 테이블이었는데, 철제 선반이 파티션처럼 테이블에 앉은 사람을 가려 주어서 아늑함이 배가 되는 이점 때문인 것 같았다.

"전 그럼 연희로 넘어갈게요."

오후 2시가 지나자 연우가 메신저 백을 어깨에 두르며 말했다. 선호가 갑작스럽게 딸 하율이를 볼 일이 생겨 연희점을 대신 맡게 된 것이다. 하필 연희점 근무자인 주혜도 집안일로 본가에 간 터라 어쩔 수 없었다.

"하준이는 그래도 좀 더 커서 다행인데, 하율이는 한창 손이 많이 갈 때긴 하다."

"요즘 선호 사장님 기운이 많이 떨어져 보이세요."

궁정 하나로 살아온 글월 사장 선호는 아홉 살 아들 하준이와 두 살 딸 하율이를 기르며 점점 물 먹은 종이처럼 흐물흐물해지는 중이었다. 연희점에 이어 성수점을 운영하는 것도 비슷한 기분이지 않을까. 새로운 가족을 들이는 건 축복할 만한 일이지만 그만큼 책임감이라는 무게추가 양쪽 어깨를 짓누를 테니.

"그럼 우리가 더 힘내야지. 어쩌겠어."

효영이 가볍게 웃으면서 연우를 배웅했다. 어느새 가방 속에 넣은, 보내지 못한 편지를 또 잊은 채였다.

2

 성수동 글월은 성수역 3번 출구에서 도보로 10분 거리에 있었다. 카페와 레스토랑과 패션 숍이 밀집한 '연무장길'에 있는 'LCDC'라는 건물 3층에 자리했다. 본래 이 일대는 공장 지대여서 신발 공장이나 공업사, 자동차 정비소 등이 있었는데, 2010년대 이후로 공장 건물을 개조한 트렌디한 카페와 매장이 들어서면서 젊은이들의 발길이 끊이지 않았다.

 효영은 출근길마다 낡은 주홍색 벽돌 건물을 세련되게 포장한 모델 사진과 빈티지 숍, 각종 팝업 스토어를 마주했다. 자유로운 분위기가 골목마다 풍기는 거리라, 종종 벽돌 위에 그려진 그라피티도 감상할 수 있었다. 며칠 전에는 늘 가던 길이 아닌 다음 골목으로 걷다가 헤밍웨이와 제인 오스틴이 그려진 벽화도 만났다.

하루 사이에 못 보던 풍경이 생겼다가 사라지는 것이 성수의 얼굴이었다.

그래서인지 효영은 연희동을 떠나 성수동으로 집을 옮긴 지 반년이 넘었는데도 여전히 동네와 서먹서먹했다. 조금만 나와도 유행하는 패션으로 멋지게 꾸민 사람들과 화려하게 도색한 스포츠카가 지나가는 거리여서 그런 걸까. 어느 골목은 향수 팝업으로 각종 향기를 풍겼는데 또 어느 골목은 공장 그라인더 소리와 정비소에서 흐르는 석유 냄새가 났다. 정신없으면서도 호기심을 끊을 수 없는 거리가 이곳인 것 같았다. 그래도 이제는 성수의 변화무쌍한 매력에 점점 적응하는 중이었다.

글월에 도착한 효영이 창문을 열고 청소를 시작했다. 하얀 삼각 테이블 아래에 깐 카펫을 롤 크리너로 밀어서 머리카락과 먼지를 치웠다. 그러다 보면 금세 또 연우가 왔다.

"누나, 이거 봐요. 제 이니셜 키링."

연우는 오전부터 성수 일대에 있는 팝업 스토어를 돌며 야무지게 굿즈를 챙겨 왔다. 오늘은 폐플라스틱을 녹여서 만든 키링을 받아 온 모양이었다.

"좋네."

"이건 주먹만 한 소주잔이요. 형제 공업사 뒤편에서

지금 소주 팝업 해요."

"와. 예쁘다."

효영이 건성으로 던지는 반응에 연우가 코끝을 찡그렸다.

"누나. 기쁨은 나누면 배가 되고 슬픔도 나누면 배가 된대요."

"어째 뭐가 좀 이상한데?"

"계속 옆에서 힘없이 계시면 저도 우울해진다는 소리입니다."

"내가? 내가 그랬어?"

효영이 눈을 동그랗게 뜨고 연우를 보았다. 그러고는 카운터 위에 널브러진 편지를 한 손에 그러모아 정리했다. 새로 배송 온 편지 제품을 비닐 포장지에 담고 있던 참이었다.

"그거 다 네 기분 탓이야. 너만 혼자 재미있는 거 즐기고 오니까 괜히 나한테 미안해서 그러는 거라고."

"그런가요. 군대 가기 전 마지막 발악이라고 생각해 주세요."

"그래라. 안 그래도 '1월에 쓰고 6월에 받는 편지' 참여자 수가 많아서, 바로 '7월에 쓰고 12월에 받는 편지'도 기획하고 있어."

나 하나도 안 우울하다고, 효영이 덧붙였다. 연우는

분위기를 바꾸려는지 하반기 편지 기획을 가지고 볼멘소리를 했다.

"전 어차피 받지도 못할 거잖아요."

"아니지. 7월에 쓰고 군대에서 받는 편지도 얼마나 낭만적이냐."

"됐어요."

연우가 한숨을 푹 쉬며 선반에 비뚤게 놓인 제품들을 정리했다. 슬픔을 나누면 배가 된다는 말은 사실인 것 같았다. 국가의 부름이 얼마 남지 않은 연우의 마른 등이 오늘따라 축 처져 보였다. 남동생이 없으니 이럴 때는 어떻게 위로를 해 줘야 할지 모르겠다.

그때, 글월로 전화가 왔다.

"네, 편지 가게 글월입니다."

—안녕하세요. 인스타 공지 보고 연락드려요.

전화를 건 사람은 1월에 글월에 방문한 여성 손님이었다. '1월에 쓰고 6월에 받는 편지' 서비스에 참여한 손님. 잠시 숨을 멈추고 주저하는 마음이 수화기 너머로 전해졌다. 그래서 효영이 먼저 배송 관련해서 문의하시려는지 물었는데, 대뜸 예상치 못한 대답이 나왔다.

—그거 배송하지 말고 폐기해 주시면 안 될까요?

"아⋯⋯. 네, 그러겠습니다."

편지에는 가장 사적인 순간과 마음이 담기기 마련이

었다. 그래서 효영은 타인의 편지를 궁금해하거나 편지 내용을 유추할 수 있는 질문을 하고 싶지 않았다. 곧바로 편지를 폐기해 주겠다는 말에 전화를 건 사람도 마음이 편해졌는지 다시 호흡이 안정되게 변했다.

"발송하신 날짜랑 이름 부탁드릴게요."

효영은 수화기를 귀와 어깨 사이에 끼워 둔 채, 서비스 목록을 적은 종이 파일에서 손님의 연락처를 찾았다. 이제 철제 선반 맨 아래에 둔 편지 상자에서 손님이 쓴 편지봉투를 찾으면 되었다.

─고맙습니다. 편지는…… 절대 아무도 안 읽는 거죠?

"네. 글월 직원은 절대 손님의 편지를 읽지 않아요. 믿으셔도 됩니다."

─후……. 다행이다.

이제는 작은 웃음소리까지 들렸다. 통화를 끝내기 전 손님이 말했다.

─원래는 썸남한테 보낼 고백 편지였어요. 근데 6개월 사이에 다른 여자랑 잘 됐더라고요. 그래서 편지를 버리기로 한 거예요.

"아, 그러셨군요."

─하마터면 깜빡할 뻔했어요. 그만큼 잊기는 다 잊었는데 이 편지가 남아 있더라고요. 이제 진짜 속 시원하네요.

수화기를 든 효영이 부드러운 미소를 지으며 손님에게 말했다.

"앞으로 좋은 분 만나시기를 바랍니다."

—그럴게요. 감사합니다.

마치 짧은 편지를 주고받듯 손님과의 통화가 끝났다. 1월에 편지를 쓸 때만 해도 남자와 분명 좋은 분위기였을 텐데, 사람의 마음이 변하는 데에는 그리 오랜 시간이 걸리지 않았다.

마음과 마음이 붙었다가 떨어지는 어떤 사건들을 효영도 잘 알고 있었다. 처음에는 어느 정도 진득거렸겠지만, 시간이 지나면서 접착력을 잃고 떨어져 나갔을 것이다. 그러고는 마음과 마음 사이에 먼지가 쌓여 다시는 붙을 여력이 남지 않았을 거다.

효영은 6개월이면 영광도 새로운 연인을 만나기에도 충분한 시간이라고 생각했다. 정말 그렇게 된다면 효영은 손님에게 말하듯이, 자기 자신에게 다른 좋은 사람을 만나라고 다독여 줄 수 있을까.

평온한 일상 속에 이렇게 가끔 영광이 불쑥 끼어드는 건, 사랑이 아니라 잔향이라고 생각했다. 이미 흩어진 감정들 사이에서 아직 날아가지 않은 잔향. 그렇다고 해서 감정의 부스러기를 사랑이라고 부를 수는 없었다.

이것이야말로 마음에 남은 먼지가 아닐까.

퇴근길에 엄마를 만났다. 월급이 들어오는 날인 데다가, 여름이 오고 있으니 엄마의 몸보신 겸 식사 대접을 하려고 모셨다. 엄마는 오랜만에 카키색 린넨 바지에 고양이 유화 그림이 그려진 하얀 셔츠를 입고 있었다. 주말에 백화점 나들이를 갈 때나 입는 옷이었다. 엄마는 젊은이들이 많이 모이는 거리나 식당을 갈 때 조금쯤 어색한 표정을 또 조금쯤 호기심 가득한 표정을 지었는데, 효영은 그때마다 엄마가 '사랑스럽다'라고 생각했다.

"뭘 또 꾸몄어. 겨우 저녁만 먹는 건데."

"그래도. 기분 내자고."

엄마가 연분홍 립스틱을 바른 입술을 빱빱 대며 웃었다. 그러고는 저녁을 맞이해 은은하게 불을 밝힌 LCDC 건물을 올려다보았다. 거친 표면을 그대로 살린 그레이 톤의 외관과 시원하게 통창이 뚫린 1층 카페도 눈으로 훑었다. 넓은 중정도 건물 때문에 그림자가 져서 한껏 여유로운 분위기가 났다.

"들어가 보고 싶어?"

"다음에. 지금은 배고프다."

엄마와 함께 간 곳은 연무장 길에 위치한 솥밥집이었

다. 홍콩식 인테리어로 장식한 가게였는데, 카운터 옆에 금붕어가 가득한 연초록 수조가 눈에 띄었다. 장어 솥밥을 시킨 엄마가 곧바로 스마트폰을 꺼내 이리저리 사진을 찍었다. 그러고는 신중한 표정으로 스마트폰 화면을 꾹꾹 눌러서 기어코 딸과 데이트한 사진을 이모들에게 전송했다.

"딸만 둘이라고 다들 날 얼마나 부러워하는지 아니?"

연분홍 입술을 모아 '호호' 웃음을 짓는 엄마였다. 나이가 들수록 친구 같은 딸이 있어야 인생의 지루함을 이길 수 있는 법이라며. 이윽고 엄마의 앞에는 장어 솥밥이, 효영의 앞에는 전복 솥밥이 올라왔다. 엄마가 장어와 밥을 밥그릇에 옮겨 담고 김이 모락모락 나는 주전자 물을 솥밥 그릇에 부었다. 누룽지를 만드는 것이었다. 엄마가 건넨 주전자를 받아 효영도 똑같이 물을 붓고 뚜껑을 닫았다.

"가게 일은 어때. 성수에도 편지 쓰는 사람이 많아?"

"응. 요즘 친구들은 '경험'을 중요하게 생각해서, 제품 구매보다 펜팔 서비스를 이용하는 사람이 더 많아."

"요즘도 사람들이 펜팔을 좋아해?"

엄마가 순수한 호기심으로 물었다. 물론 처음 한 질문도 아니었다. 효영이 연희동 글월에 있을 때부터, 같은 대학을 다닌 선호 사장을 만나 편지 가게 직원이 되었다는 걸 알면서부터 엄마는 종종 편지 하나로도 가게를 운영할 수 있는지 궁금해했다.

"우리 때도 펜팔이 많았어. 그때는 무슨 잡지 뒤편에 주소를 적어 놓고 펜팔 친구를 찾고 그랬지. 지금 생각하면 그렇게 개인 정보를 막 넘겼다, 우리가."

"그래서 엄마도 그걸로 펜팔을 했어?"

밥 한술을 뜨고 장어를 올린 엄마가 효영의 입 앞에 숟가락을 내밀었다. 효영이 한 입 받아먹자 활짝 웃은 엄마가 말을 이었다.

"했지. 서울대 영어교육과 다닌다는 남자랑 전주에서 고시 준비한다는 남자랑 또 극단에서 표 판다는 여자랑도 편지를 주고받았지."

"많이도 했다. 무슨 할 말이 그렇게 많아서."

효영의 말에 엄마가 그때 생각을 하며 희미하게 웃었다.

"맞아. 무슨 할 말이 그렇게 많았는지. 근데 이렇게 카톡이든 전화든 아무 말 다 해도 될 때가 되니까 오히려 이 입이 안 떨어져. 희한해."

특히나 아빠와 부부 싸움을 하고 며칠 말을 안 할 때는, 편지에라도 마음을 풀어 볼까 하다가 괜히 민망스러워 관두었다고 했다.

"너무 가까이 사니까. 편지를 쓱 내밀 타이밍을 못 보겠어."

"그냥 써. 그리고 아빠가 일어나서 매일 꺼내 먹는 영양제 상자 위에 올려 둬. 알았어?"

모녀가 피식 웃고는 솥밥 뚜껑을 열었다. 뜨끈한 온기와 함께 고소한 누룽지가 완성되었다. 조용히 누룽지를 먹던 엄마가 여기 오기 전에 효영의 자취방에 들러 겨울 코트를 넣어 두고 왔다는 말을 전했다. 부모가 세탁소를 운영하는 덕에 효영은 늘 공짜로 드라이클리닝을 맡길 수 있었다.

"주머니에 영수증 좀 꾸역꾸역 넣지 마. 미련해 보여."
"알았어. 이제 배부르니까 잔소리로 넘어가는구나?"

엄마가 숟가락을 누룽지 안에 휘휘 젓다가 말했다.

"인연이면 안 불러도 오고, 인연 아니면 목 놓아 울어도 안 와."

말하지 않아도, 엄마는 효영의 주머니에 있던 영수증이 영광과의 추억을 뜻한다는 걸 알고 있었다.

"엄마가 살아 보니까, 그냥 그렇더라고."

엄마의 그 한마디에 효영이 알겠다며 천천히 입꼬리를 올렸다.

3

 한낮의 연화아파트 5층. 눈을 뜬 영광이 지끈거리는 머리를 감쌌다. 가뜩이나 불면에 시달리는데 시차 적응도 못 했더니 수면 패턴이 엉망이 되었다.

 두툼한 베개를 껴안고 앉은 영광은 스마트폰에 남은 메시지를 확인했다. 동생 상현이 알바비가 들어왔다며 영광에게 얼마큼의 돈을 부쳤다. 지난해에 대신 내 준 어학원 비용을 갚기 시작한 것이었다.

 천천히 갚아도 된다니까. 영광이 웅얼거리며 침대에서 일어섰다. 싱크대에 등을 기대고 서서 차가운 녹차를 한 모금 마셨다. 거실로 나와 통창으로 햇빛을 받고 나자 정신이 돌아왔다. 웹툰 마감. 이제는 마감에 시달릴 때였다.

 소파에 누워 메모장 위에 연필을 슥슥 그었다. 에피소드 아이디어를 낙서하듯 이래저래 써 보는 중이었다. 그러다 영광이 문득 자기가 쥐고 있는 연필을 바라보았다. 글월에서 연필꽂이에 꽂기에는 길이가 애매한 연필들을 효영이 따로 보관했다가 영광에게 건네주던 게 떠올랐다.

'다 못 쓰고 버려질 뻔한 애들을 내가 구해 준 거니까, 얘네 일 열심히 할 거야. 이거 쓰면 아이디어가 쑥쑥 나올걸?' 실제로 효영이 준 연필 덕에 작업도 잘 되는 기분이었다. 이제 짤따란 연필도 몇 자루 남지 않은 것 같았다.

뿌득. 그러다 자기도 모르게 힘이 들어가 연필 끝을 분질렀다. 테이블로 시선을 옮긴 영광이 다른 필기구가 있나 뒤적이다가 어쩔 수 없이 모나미 볼펜을 집었다. 하지만 또 볼펜 버튼만 딸깍이다가 벌떡 일어나서는 외출 준비를 했다. 외출이라고 해 봐야 늘 그렇듯 길 건너 글월이었지만.

화요일은 선호 사장이 편지 가게를 맡는 날이었다. 영광이 들어서자 선호가 말끔한 차림의 40대 여성과 이야기를 나누는 것이 보였다. 선호는 양손으로 명함을 쥔 채 밝은 표정이었다.

"그럼, 연락 주세요. 사장님."
"네. 감사합니다. 연락드릴게요."

회사원으로 보이는 여성이 나가고 나자 선호가 싱글

벙글 웃으며 말했다.

"출판사 편집자야. 과장님이래."

"이번에는 또 무슨 일인데요?"

선호는 성수점을 내고 점점 더 글월을 알리기 위해 애쓰는 중이었다. 중학교에 편지 쓰는 법을 강의하러 나가거나, 아예 편지 쓰기 프로그램을 만들어 회사나 문화센터에서 사람들과 함께 편지를 쓰고 오기도 했다. 또 LCDC에 있는 다른 편집숍 사장들에게 협업 제안을 하는 등 편지 가게 운영 외에도 편지 문화를 알릴 방법을 짜고 있었다.

"책을 내자는데? 편지를 묶은 에세이 형태의 책."

"이야. 형 이제 책도 써요?"

선호가 아쉬운 표정으로 입꼬리를 내리더니 말했다.

"아니, 나 말고. 효영이."

"효영이요?"

헤어진 지 벌써 반년이 지나가고 있었다. 월초에 뼈 아픈 이별을 겪고 2개월 만에 해외 레지던스 프로그램을 이유로 도망가듯 그녀에게서 멀리 떠났다. 효영의 이름을 제 입으로 발음한 게 꽤 오랜만의 일이었다. 영광이 자기도 모르게 아랫입술을 깨물었다.

"효영이가 인스타그램에 '편지 가게 일기'를 자주 올리잖아. 그 글 보고 오신 것 같아. 효영이 글 마음에 든다고."

"하면…… 좋겠네요."

선호가 영광의 표정을 살피듯 고개를 숙여 눈꺼풀을 끔벅였다.

"효영이가 할까?"

"글쎄요."

"나 사실, 효영이가 마지막으로 영화 공모전 떨어진 다음에는 아무것도 안 물어봤어. 아예 글을 안 쓰나 싶었는데 봄 다 지나서는 다시 '편지 가게 일기'를 올리더라고."

그게 기특하고 대단해 보였는지, 선호는 편집자에게 이런 제안을 받아서 행복해 보였다. 하지만 영광이라고 효영의 마음이 어떤지 알까. 대화 한 번 하지 않고 6개월이 통으로 지나가 버렸는데. 헤어지기 얼마 전 효영은 영광에게 더는 영화 시나리오를 쓰지 않겠다고 말했다. 잘하지 못한 것을 억지로 붙잡고 있는 것이 가시 돋친 꽃줄기를 쥐고 있는 것처럼 힘들다고. 그때 효영을 더 이해해 줘야 했는데 영광은 자기가 더 힘들다며 징징댔던 것 같았다.

살다 보면 뭍에 있는 자가 물에 빠진 자를 건져 내줘야 하는 일이 생기기 마련이었지만, 운 나쁘게도 양쪽 다 물에 빠진 날에는 하는 수 없이 불안한 눈을 마주 보며 팔다리를 내저어야 했다. 하지만 둘은 허우적대지도 못하고 서로의 늪에 침잠하기만 했다. 기왕 바닥으로 내려가는 거, 어린애처럼 팔다리를 휘젓고 서로의 얼굴에 물이라도 튀기면서 울지. 영광이 쓴 약을 삼킨 듯 눈을 찡그렸다.

"그래도 한 번 물어봐요."

"그래야지. 효영이도 마음 트일 곳은 필요하니까."

선호가 괜한 말을 했나 싶어 괜히 영광의 얼굴을 흘끗 보았다. 영광이 아무렇지 않은 척 화제를 돌렸다.

"저 요즘 휴재 길어진다고 엄청 욕먹는 거 알죠?"

"알지. 나도 독자로서 하는 말인데, 최대한 빨리 복귀해라."

영광은 안 그래도 건너편 작업실에서 매일 머리카락을 쥐어뜯고 애쓰는 중이니 예쁘게 봐 달라고 장난스레 말했다. 그리고 성수동에 있는 웹툰 아카데미에서 다음 주부터 수요일마다 강의하게 되었다는 말도 전했다.

"성수? 아, 거기 웹툰 학원 있다. 맞아."

"아는 형이 원장으로 있어서요. 이번에 〈우리 집 연정이〉 휴재 공지 올렸더니 바로 불려 가는 거예요. 집에서 놀면 뭐 하냐고."

"맞네. 잘됐다."

선호는 안 그래도 성수점에 있는 연우가 입대를 넉 달 앞두고 심란한 모양이라며, 한 번 들러 달라고 말했다. 그 말에 영광이 편지 가게에 있는 편지지 세트를 몇 개 골라서 계산했다.

"이렇게 많이?"

"군에 가면 제일 먼저 편지 생각이 날 거예요. 기본으로 나눠 주는 편지지 말고요, 기왕이면 사제 쓰라고."

선호가 종이 포장지에 편지지 세트를 담으며 말했다.

"역시 남동생이 있어서 그런지 영광이가 연우를 참 잘 챙겨."

아카데미 수업이 있는 날, 영광은 아침부터 머리를 단정히 말리고 세미 정장을 꺼내 입었다. 효영이 언젠가 사주었던 향수를 옷깃에 뿌렸다. 잔향이 더 마음에 드는 향수였다. 웹툰 지망생들에게 줄 짧은 프린트물을 서류 가방에 넣고 연희동을 나섰다. 6월의 햇살이 연화아파트를 따뜻하게 비추었다. 글월과 연화아파트 사이, 그 짧은 길에서 영광은 효영이 웃고 우는 모습을 전부 보았다. 불면증 때문에 고생이라는 영광을 위해서 글월로 단숨에 뛰어 올라가 가져온 까만 고래 문진을 선물로 주던 날도 떠올랐다. 무거운 걸 손에 쥐면 잠이 잘 오거든요. 그 말에 반했던가. 아니, 사실은 그보다 더 전일지도. 선호 딸 하율의 백일잔치를 위해 영광이 아이 초상화를 그려서 글월에 들고 갔던 날, 처음 마주했던 효영을 보고 영광은 괜히 이런저런 말을 걸며 글월을 떠나지 못했었다.

"거창한 거 말고요. 아주 작은 거. 겨우 이만한 것도 사랑이라고 부를 수 있나 싶은 순간을 반짝 빛나게 만드는 게 그림이에요."

아카데미에서 영광은 1시간 동안 자기도 무슨 말인지 모를 것들을 떠들었다. 일상을 로맨틱하게 바라보는 방법 같은 걸 설명했던 것 같았다. 강의의 흐름은 대강 준비했던 것 같은데, 막상 자기를 보며 반짝이는 수십 쌍의 눈빛을 마주하니 괜히 미안한 마음까지 들었다. 효영이를 만난 덕에 운 좋게 두 번째 작품을 성공시켰지만, 연애를 끝내자마자 소재가 고갈된 주제에 무슨 말을 하고 있는 건지.

그러다 결국 효영의 일상을 연필로만 그린 일러스트를 화면에 띄웠다. 편지 가게 카운터에서 손으로 턱을 괸 채 편지를 쓰고 있는 효영의 모습을 그린 그림이었다. 영광의 그림 중에서도 특히 더 선이 부드럽고 따뜻한 온기가 느껴지는 그림이었다.

그리고 그 밑에는 이 문장이 쓰여 있었다.

우리는 누군가가 그 자신이 되는 순간을 경이로워해요.

"사랑한다는 건 그 사람의 경이로운 순간을 포착하는 일이라고 생각합니다. 그 사람이 제일 좋아하는 행동을 한다거나 뭐, 꿈에 빠져 있는 모습도 좋죠. 제일 좋은 건 그 사람이 내 앞에서 가장 자기 자신의 모습을 잘 지키고 있을 때라고 할 수 있어요. 그렇게 남아 있을 수 있도록 하는 게 또 사랑이기도 하고요."

이 말을 끝으로 강의가 끝났다. 작게 손뼉을 치는 수강생들에게 인사를 한 영광이 거리로 쏟아지듯 빠른 걸음으로 나왔다. 인파들 사이에 섞여 익명성이 생기고 나니 조금 숨이 쉬어지는 것 같았다. 발걸음이 닿는 대로 성수 일대를 빙글빙글 돌다가 자기도 모르게 글월이 있는 LCDC 근처까지 왔다. 오늘도 효영이 근무하는 요일일까? 연우에게 메시지를 보낼까 하다가 괜한 객기가 생겼다. 우연히 효영을 만난다고 해도 이제는 부끄러울 게 없다는, 더는 주고받을 감정이 없다는 걸 확인하고 싶었다.

"형! 왔어요?"

성수동 글월의 카운터에는 연우뿐이었다. 하얀 삼각테이블에 앉아 펜팔을 쓰는 여성 손님 둘이 보였다. 영광은 조금쯤 아쉬운 얼굴로 글월 안을 살피다가 카운터로 다가갔다.

"형. 저 가을에 군대 가는 거 알죠?"

"선호 형한테 들었어. 술 사 줘?"

"당연하죠. 선호 사장님까지 셋이 마셔요."

"남자들끼리만?"

연우가 영광을 빤히 보며 물었다.

"그럼 주혜 누나랑…… 효영 누나도 부를까요?"

영광이 피식 웃고는 고개를 저었다.

"됐다. 그만 갈게."

"아, 왜요!"

"여기 있으면 너만 즐거울 것 같아. 배 아파서 안 되겠어."

잘 있는 거 봤으니 되었다며 영광이 연희동 글월에서 챙겨 온 편지지 꾸러미를 건넸다.

"우와. 형, 감동이야!"

"조만간 약속 잡자. 파이팅 하고."

그렇게 영광이 엘리베이터를 타고 1층으로 내려왔다.

중정을 지나다가 통창이 난 카페를 슬쩍 보니 햇살을 만끽하려는 사람들이 전부 창가 자리에 앉아 있는 게 보였다. 아예 중정에 둔 야외 테이블에 자리를 잡은 사람들도 있었다. 영광은 이곳의 카페 이름을 기억했다.

'이페메라(Ephemera)'.

이제는 효용을 다한, 날짜가 지난 전시회 티켓이나

우표를 뜻하는 말이었다. 쓸모를 다했지만 그것들을 한곳에 모으면 새로운 의미가 탄생했다. 이를테면 시간이 쌓였다는 감각 같은 것들이었다. 차곡차곡 쌓이는 종잇조각이 사라지지 않는 시간을 대신 증명하고 있었다.

"어렸을 때 작은 레몬만 한 스노볼을 선물 받은 적이 있거든? 크리스마스 선물로. 그때 스노볼을 포장한 종이 상자가 너무 예뻐서 버리지 않고 그 안에 머리끈을 담아 뒀어."

언젠가 효영이 카페 벽면에 전시된, 액자 속의 우표를 보다가 말했다. 물방울 모양 장식이 달린 머리끈이며 토끼 캐릭터 머리끈, 주먹만 한 장미꽃이 달린 머리끈, 그런 것들이 잔뜩 담긴 종이 상자가 있었다고.

"지금은 절대 못 쓸 어린이용 머리끈이지. 근데 그걸 보고 있으면 유치원 때 엄마가 꾸벅꾸벅 조는 나를 깨우면서 머리를 묶어 주던 게 떠올라. 머리통이 흔들거릴 때마다 '쓰흡!'하고 날 혼내던 소리도."

어쩌면 상자 속에 모아 둔 머리끈도 '이페메라'일지

도 몰라. 지금은 사용을 다했지만 엄마랑 시장에 갈 때마다 천 원, 2천 원씩 꺼내 사 주던 머리끈에 그 시간이 깃들어 있잖아. 효영의 말에, 영광은 장난처럼 지금도 충분히 머리끈을 쓸 수 있지 않냐고 했다. 그러고는 효영의 머리칼을 한 손으로 그러모아 가볍게 쥐었다. 서로를 지그시 보는 눈빛, 그 온기에 영광이 나른한 미소를 지었다.

네가 그런 걸 모으는 사람이어서 좋다고. 시간이 사라지는 게 아니라 쌓이는 것임을 알고 있는 사람이어서 좋다고. 영광이 효영의 하얀 목덜미를 지그시 보다가 잡고 있던 머리칼을 놓았다. 효영이 손가락으로 머리칼을 빗으며 영광에게도 버리지 못하고 모아 둔 물건이 있는지 물었다. 영광은 그날 자신이 무슨 대답을 했는지 기억나지 않았다.

중정 한가운데에 서서, 통창을 바라보던 영광이 조용히 읊조렸다.

"부러진 연필."

4

효영은 글월을 나와 근처 카페로 향했다. 출판사 편집자와 미팅을 하러 잠시 나온 거였다. 역 가까이에 있는 2층짜리 프랜차이즈 카페였는데, 먼저 와 있던 편집자가 효영을 알아보고 자리에서 일어났다. 효영이 빠른 걸음으로 자리로 가서 인사했다.

"안녕하세요, 늦진 않았죠?"

"그럼요. 인사부터 드릴게요."

편집자는 40대 중반의 여성이었다. 이름은 황은미. 명함을 주고받은 효영이 편집자의 이름을 속으로 발음해 보았다. 효영은 테이블 한쪽에 명함을 반듯이 내려놓고 말했다.

"제가 연락을 빨리 못 드렸어요. 솔직히 고민 좀 했거든요."

"그러실 것 같았어요. SNS에 올린 글을 읽으면 평소에도 참 생각이 많으신 분 같았거든요."

"혹시 겁이 많은 것도 들켰을까요?"

효영이 가볍게 웃으며 농담을 던지자 은미도 함께 웃었다. 선호 사장이 효영의 글솜씨가 아깝다며 앓는 소리 하듯 효영에게 원고 작업을 여러 차례 권유했다. 효영이 언니와의 불화로 도망치듯 서울에 왔을 때 도와준 것도 선호, 모든 것을 포기하려던 때에 편지 가게에서 일하면서 계속 시나리오 공모전에 도전하라고 조언한 것도 선호였다. 생각해 보면 선호는 늘 성실하게 자기 꿈을 지키는 동시에 다른 사람의 꿈도 지켜 주는 든든한 조력자였다.

"편하게 말 걸듯이 쓰면 되죠. 편지야 저보다 효영 씨가 더 잘 아실 테고."

은미는 효영이 평소에 편지를 보내고 싶었던 사람들의 목록을 작성하면서 시작하라고 조언했다. 편지를 분류하고 묶어 내는 건 같이 할 테니 걱정을 덜라고.

"절대 제 편지를 읽을 리가 없는 사람에게 편지를 써도 되나요? 이미 세상을 떠난 사람이거나 평생 만날 확률이 없는 사람이요."

"그럼요. 전 편지가 그래서 좋던데요."

은미가 효영을 향해 부드러운 미소를 건넸다.

"보내지 못할 편지도 가치가 있다고 생각해요. 누군가를 생각하는 마음이 편지를 통해 독자에게 전달된다면, 그 자체로도 사람들이 또 다른 말을 탄생시킬 힘을 줄 거예요."

"편집자님도 진짜 편지에 진심이시네요."

효영의 말에 은미가 신이 난 듯 편지 이야기를 이어 나갔다. 은미는 뚜렷한 목적 없이도 편지를 쓰는, 현시대에서 보기 드문 '편지인'이었다. 맛있는 걸 먹다가 친구 생각이 나면 편지지를 꺼냈고, 계절이 지나 스웨터를 정리하다가 친척 동생이 떠올라 편지를 쓰는 식이었다.

"전 특히 편지에 '추신'이 있다는 게 좋아요. 마침표를 찍고 나서도 할 말이 남은 사람에게 주는 기회가 있잖아요? 그래서 전 편지가 무척이나 관용적인 매체라고 생각해요."

하고 싶은 말을 다 할 수 있을 때까지 기다려 주는 것. 너른 마음처럼 너른 편지지를 마련해 두는 것. 효영이 편지를 대하는 마음도 그랬다.

"재미있는 생각이네요. 공감도 되고요."

효영은 이후로도 은미와 편지 얘기를, 서간집 형태의 에세이 얘기를 나누었다. 은미는 대화 내내 큰 눈을 반짝이며 효영을 보았다. 처음 만나는 사람의 눈길이 부담스럽지 않게 느껴지지 않는 것도 오랜만이었다.

앞으로의 일들은 메일로 주고받기로 약속하고 효영은 다시 글월로 돌아왔다. 그사이 근무를 연장해서 자리를 지켜 주던 연우가 효영을 보자마자 아쉽다며 눈살을 찌푸렸다.

"왜, 무슨 일인데."

"방금 영광이 형 왔다 갔거든요."

연우는 영광이 성수에 있는 웹툰 아카데미에서 강의를 시작했다는 말을 전했다. 수업을 끝내고 혹시나 하는 마음에 글월에 들른 거라고. 효영이 근무하는 시간을 알고 온 건지는 모르겠지만, 효영이 출판 일로 미팅을 나갔다는 말에 적지 않게 실망한 표정이었다고 했다.

"그거 다 네 시점에서 그렇게 보는 거지. 그냥 한 번 들른 거잖아."

"목격자는 저잖아요. 누나도 누나 시점에서 마음대로 해석한 거 아니에요?"

"그러네? 그럼 우리 각자 주관적으로 살자."

효영이 아무렇지 않은 표정으로 카운터 안으로 들어와서 섰다. 연우가 가방을 챙기다가 펜팔 장을 돌아보고 말했다.

"영광이 형 아직 시차 적응이 안 되었나, 좀 이상하더라고요."

"뭐가?"

"갑자기 가방에서 연필을 꺼내더니, 연필깎이 좀 빌려 달래요."

피식 웃은 효영이 연우와 함께 펜팔 장을 정면으로 보고 섰다. 연우는 연필을 반듯하게 깎은 영광이 기왕 온 김에 편지를 써야겠다며 대뜸 펜팔 서비스를 이용했다는 말을 전했다.

"어디 두고 갔는지 아는데 알려 줄까요?"

효영이 서른네 칸의 철제 펜팔 장으로 시선을 옮겼다. 드문드문 아홉 통의 펜팔이 작은 칸 안에 몸을 기대고 있었다. 굳이 왜 성수점에서 펜팔을 한 걸까. 영광은 여전히 연희동에 살고 있으니 그쪽 글월에서 할 수도 있는데. 연우는 영광이 펜팔에 효영을 위한 편지를 썼을지도 모른다고 과장된 추측까지 했다.

"누나 기다리려고 괜히 펜팔 쓰면서 시간 끄는 거 다 티 났다니까요."

"엉망진창으로 헤어진 것도 아니고. 왔으면 연락하지 뭐 하러?"

"진짜 연락 오면 받아 줄 거였어요?"

"연우야, 넌 언제 입대하니?"

효영의 도발에 연우의 눈썹이 움찔거렸다.

"누나! 왜 얘기가 그쪽으로 빠져요."

어이없다는 웃음으로 대화를 마무리한 연우가 메신

저 백을 메고 글월을 나섰다. 효영은 카운터에 서서 새로 들어온 엽서를 비닐 포장지에 담았다. 비닐을 사이에 두고 엄지와 검지를 맞대어 비비면 '짝' 소리와 함께 입구가 열렸다. 호접란, 아이리스, 델피늄, 알스트로메리아, 클레마티스. 꽃 카드 시리즈 덕에 효영은 새로운 꽃 이름을 알게 되었고, 이것들을 꽃밭에서도 얼추 구분할 줄 알았다. 홈페이지에 상품 설명도 직접 쓰는 덕에 이것들의 꽃말도 전부 외우고 있었다.

그중에서 효영이 제일 좋아하는 꽃말은 폴리안셔스의 꽃말이었다. "추억을 쌓다." 이 꽃은 꽃망울 아래에서부터 꽃이 피고 지면서 위쪽까지 차례로 피었다. 글월의 카드에는 아직 피지 않은 꽃망울이 담겨 있어서 마치 뭉툭해진 연필 끝이 모여 있는 모습처럼 보였다. 이미 많은 여정을 끝낸, 효영의 가죽 필통 속에 담긴 몽당연필처럼 말이다.

효영이 무심코 카운터 한쪽에 둔 가죽 필통을 돌아보았다. 필통의 지퍼가 반쯤 열려 있었다. 그 사이로 누군가가 메모지를 접어 둔 게 보였다. 효영이 들고 있던 카드를 내려놓고 가죽 필통에 담긴 메모지를 집어 들었다.

> 책을 쓰게 되었다는 소식 들었어. 멋지다.
> 책 나오면 꼭 사인 받으러 올게.

영광의 필체였다. 2년을 사귀었는데 그의 글씨를 모를 수는 없었다. 건강히 돌아와서 다행이라는 생각과 함께, 이제 각자의 일상을 찾게 되었다는 왠지 모를 씁쓸함을 느꼈다. 효영은 메모지를 다시 반듯하게 접어 가죽 필통에 넣었다. 이미 연필로 가득 찬 상태라 억지로 지퍼를 잠그니 화석처럼 연필 뼈대가 가죽 아래에 튀어나왔다.

곧이어 글월로 10대 후반의 청소년 손님이 찾아왔다. 앳된 외모였지만 팔다리가 길고 키가 큰 여자 손님이었다. 평균 키 수준인 효영보다 10센티미터가 훌쩍 넘어 보였으니, 175센티미터쯤 되지 않을까. 모델 체형에, 문어와 브로콜리 등의 키링이 주렁주렁 달린 커다란 백 팩을 멘 모습이 귀엽게 느껴졌다.

손님은 곧장 카운터 앞으로 와서 '1월에 쓰고 6월에 받는 편지'를 직접 찾으러 왔다고 말했다.

"제 거랑 친구 것도 같이 받으려고요."

1월에 친구와 함께 글월에 방문한 손님은 서로를 위해 편지를 썼다고 말했다. 그런데 친구가 그사이 중국으로 유학을 가면서 편지를 받기가 어려워진 상황이었다.

"어차피 서로한테 보낼 편지를 쓴 거였거든요. 그러니까 친구가 쓴 편지, 제 거 맞아요."

"음……. 무슨 말인지 이해했어요."

상황은 알았지만, 그래도 타인의 편지인지라 선뜻 꺼내 놓기가 고민이 되었다. 그런 효영의 마음을 아는지 손님이 스마트폰을 꺼내 친구가 글월에서 받은 문자를 캡처한 이미지를 보여 주었다.

"여기 문자 확인해 보셔도 돼요."

"아, 확인 감사합니다. 바로 찾아드릴게요."

"네!"

손님의 씩씩한 목소리에 효영이 가벼운 미소를 지으며 편지 상자를 꺼냈다. 손님은 선반 사이를 지나며 크리스마스트리 문진과 고래 문진, 황동으로 만든 제비와 깃털 책갈피를 유심히 보았다. 편지를 찾은 효영이 자연스레 손님에게 말을 걸었다.

"친한 친구인가 봐요."

"네. 완전 절친이요."

"여기요."

"우와. 감사합니다. 저 여기서 읽고 가도 될까요? 밖은 더워서."

"그럼요. 편하게 읽고 가세요."

손님이 햇살처럼 밝게 웃으며 철제 선반 너머에 둔 책상 앞에 앉았다. 곧이어 봉투 스티커가 떨어지는 소리와 접혀 있던 종이를 펼치는 바스락 소리가 났다.

활달한 모습이었던 손님도 편지를 열자마자 사뭇 진

지한 얼굴이 되어 문장을 읽어갔다. 편지지 끝을 손톱으로 슬쩍 꼬집는 모습에서 작은 떨림과 설렘이 엿보였다.

진솔에게.

나야 유지훈. 같은 반이었던 친구. 마라탕 러버.
6개월 뒤에 우리가 어떤 모습일지 상상하려니까
뭐라고 써야 할지 모르겠네.

넌 지금 내 앞에 앉아서 뭔가 열심히 적고 있는 중.

나한테 할 말이 그렇게 많은가?
평소에도 카톡 엄청 하면서
편지로는 또 무슨 말을 하고 싶은 거야.

아무튼, 난 5월에 중국으로 간다.
나 없어도 놀 사람 많지?
문진솔 인싸니까.

덕분에 고1 동안 즐거웠다.
2학년 때는 같은 반이 못 되었지만
어차피 난 떠나니까 뭐, 상관없지?

나 없어도 농구 연습 열심히 하고.

넌 모델보다는 운동이 더 어울리니까

내 조언 새겨 듣고ㅋㅋㅋ

오랜만에 편지 쓰는 거 재미있네.

너도 괜찮으면 종종 편지 보내.

아니면 이메일도 좋고.

그리고,

만약에 내가 유학을 안 갔으면

너한테 고백했을 거야.

그냥 그렇다고.

안녕.

—유지훈 보냄—

PENPAL SERVICE

"우앗!"

손님이 자기도 모르게 큰소리를 내고는 양손으로 입을 막았다. 책상에는 두 장의 편지가 손등 포개듯 포개어져 있었다.

"대박."

잇따른 손님의 격양된 목소리에 철제 선반 건너편에 있던 효영이 슬쩍 고개를 돌렸다. 선반에 둔 물건들 사이로 그녀의 활짝 올라간 입꼬리가 보였다. 편지 내용이 어떻기에 저렇게 기쁜 얼굴일까. 글월에서 종종 자기가 받은 편지를 읽는 사람을 만났다. 솜사탕처럼 가볍고 포근한 미소를 짓는 건 여러 번 보았지만, 이렇게 태양 아래 선 아이처럼 까르르 웃는 손님은 처음이었다.

"이거 결제해 주세요."

잠시 뒤, 손님이 제비 문양이 그려진 편지지 세트를 골라서 왔다. 아무래도 친구에게 답장을 보낼 용도가 아닐까. 효영이 카드를 받아 계산하는 동안, 그녀 앞에서 입술을 오물거리던 손님이 결국 입을 열었다.

"저 방금 고백받았어요."

"네?"

효영이 카드와 영수증을 든 채로 멈춰 섰다. 이게 요즘 MZ들의 대화 방식인 걸까. 아니면 손님이 가진 고유한 성격인 건가.

"그냥, 너무 기분 좋아서 말해 버렸어요. 편지 가게 오니까 좋은 소식이 생긴 건가."

"축하해요. 그럼 답장할 거예요? 친구한테?"

"네. 어차피 사귀지는 못하겠지만요."

"왜요?"

"그냥 롱디도 아니고 아예 다른 나라에 있잖아요."

"아이고, 아쉬워라."

효영의 말에 손님이 카드와 영수증을 받고 씨익 웃었다. 그러고는 효영이 자기가 산 편지지 세트를 종이봉투에 포장하는 모습을 눈으로 좇았다.

"제가 이걸 다 쓸 수 있을까요?"

"다섯 통 정도는 충분히 쓸 수 있지 않을까요?"

종이봉투를 집어 든 손님의 얼굴에서 얼핏 씁쓸한 미소가 비쳤다. 다섯 통의 편지를 주고받기도 전에 친구와의 사이가 소원해지지는 않을까 걱정이라도 되는 걸까. 하지만 시들해지는 감정을 느끼는 것도 삶에서 꼭 필요한 경험이다. 영원한 건 없다는 걸 알아야 찰나를 긍정할 수 있으니까.

둘,

성수 사람들

Geulwoll Shop Log

Letter Service in Seoul

— 일자: 20XX년 7월 8일

— 날씨: 비

— 근무자: 우효영

— 방문 인원: 44명

— 카드 매출: 484,900원

— 현금 매출: 12,000원

— 총 매출: 496,900원

— 품절 제품 리스트

: 『편지 쓰는 법』 재고 2권 남았습니다.

: Months & Days 라이트 그레이와 마린 퍼플 소량 남았습니다.

— 필요한 비품

: 포장용 봉투 소

— 특이 사항: 사장님 부재로 대신 LCDC 월간 회의에 다녀왔습니다. 도어즈 대표님들과 연중 계획 얘기 나눴고, LCDC 측에서 7월 중순에 중정에서 인디 밴드 공연이 있다고, 혹시 편지지 협찬이 가능하냐고 문의 주셨어요. 인디 밴드 곡 중에 'LETTER'라는 제목의 곡이 있어서 연계해서 사은품을 주려는 것 같습니다. 행사와 관련해서 LCDC 내의 제품을 10% 할인된 금액에 구매하는 쿠폰도 나눠 주신다고 하니까, 이날 매출 소폭 상승 기대해 봅니다.

연우한테 들었어요. 요즘 소희 언니랑 육아 문제로 냉전 중이시라면서요? 언니도 과장 단 이후로 회사에서 적지 않게 바쁘시니 그럴 만하죠. 도움이 될 수 있는 게 별로 없네요. 당분간 일 몰아주셔도 뭐라 안 할게요. 하준이 하율이 아빠, 파이팅!

    하루 치 일기처럼 업무 일지를 쓰고 난 효영이 맥북을 닫았다. 문이 닫힌 글월에 남아 있을 때면 가끔 방과 후 교실에 혼자 남은 기분이 들었다. 효영은 세 사람이 앉을 수 있는 삼각형 테이블에 앉아 글월이 만들어 낸 고요를 감상했다. 마치 머릿속에서 스페이스 바를 꾹 누르고 수많은 여백을 생산하는 것 같았다. 일상이 만든 정보와 정보 사이를 홍해 가르듯 양쪽으로 밀어내고 텅 빈 공간을 터벅터벅 산책하는 기분이 마음에 들었다.

"안 가요?"

옆 가게를 운영하는 심민주가 글월 문 안으로 고개를 빼꼼히 내밀었다. 직접 만든 도자기 접시와 찻잔 세트를 판매하는 숍의 대표였는데, 선호 사장과 나이대도 비슷하고 또래 아이를 키운다는 공통점 때문에 둘이서 자주 수다를 떠는 모습을 봐 왔다. 물론 글월 직원인 효영에게도 늘 환한 미소를 보여 주었다.

"가요."

효영은 문을 잠그고 복도로 나왔다. 글월이 있는 LCDC의 A동 3층은 '도어즈'로 불리며 라이프 스타일 편집숍과 문구나 액세서리를 파는 편집숍이 함께하는 공간이었다. 복도 양쪽으로 총 여섯 개의 가게와 복도 끝에 한 개의 팝업 공간이 있었는데, 전부 연베이지색 나무로 만든 문틀을 설치하고 허리 높이까지 회백색으로 벽을 칠해서 전체적인 통일감이 돋보였다. 복도 천장을 따라 달린 노란색 펜던트 조명도 도어즈만의 은은한 분위기를 만들어 줬다.

"난 여기 걸을 때마다 꼭 학교 다닐 때가 생각나요."

민주의 말에 효영이 동의하듯 미소 지었다.

"저도 그래요. 저는 꼭 90년대 미국 영화에서 보던 초등학교가 생각나던데. 막 말썽 피우면 교장 선생님 만나러 가는 곳 있잖아요."

"아! 뭔 줄 알겠어요. 하하."

민주가 유쾌하게 웃으며 엘리베이터 버튼을 눌렀다. 엘리베이터 숫자판을 나란히 올려다보다가, 민주가 슬쩍 말을 이었다.

"요즘에는 선호 사장이 성수에 잘 안 보이던데요? 연희가 많이 바빠요?"

"그렇기도 하고······."

"대기업 다니느라 바쁜 아내 때문에 일을 줄여야 해서 곤혹이라고요?"

"와. 사장님이 대표님한테까지 다 말했어요?"

"도어즈 사람들이 다 자기 브랜드 키우면서 자체 상품 만드는 사람들이잖아요. 사업가긴 사업가지만 또 그만큼 혼자서 뭘 만드는 걸 좋아하니까 그렇게 수다스러운 축은 아닌데, 선호 사장이랑 있을 때는 다 예외인 거 알죠?"

"네. 잘 알죠."

"저도 아이 둘 키우면서 밖에서 일하느라 알아요. 육아 분담은 시간을 주고받는 행위야. 내가 상대한테 얼마만큼의 자유 시간을 주느냐가 사랑의 기준이 된다니까?"

"어휴, 어렵네요."

효영이 어깨를 부르르 떨자 민주가 코끝을 찡긋거리며 웃었다.

"어렵지. 그러니까 결혼이, 다, 그래."

그래서 결국 어른이 되고도 어른이 되기를 멈출 수가 없다고 민주가 덧붙였다.

이윽고 1층에 도착한 민주가 효영에게 먼저 손 인사를 했다. 아이를 학원에서 픽업하느라 빨리 움직여야

한다면서, 그렇게 민주는 빠른 걸음으로 중정을 가로질러 사라졌다.

"배고프다."

빵과 커피가 뿜는 향이 골목을 메웠다. 집에 가서 밥을 먹으려던 효영은 오늘따라 거리에 흐르는 갖가지 요리 냄새로 빠르게 허기졌다. 야키소바, 타코, 감자탕, 텐동, 포케와 파스타, 우육면까지. 줄지어 늘어선 레스토랑이 새로운 간판과 분위기와 맛을 거리로 내놓았다.

그중에서 효영의 구미를 당긴 것은 오늘도 미국식 피자였다. 사실 한창 영광과의 사랑이 무르익던 시절, 성수점 일을 끝낸 효영이 영광과 자주 갔던 피자집이 있었다. 파인애플이 듬뿍 들어간 하와이안 피자가 특히 다 일품이었는데, 처음에는 익은 과일은 절대 먹을 수 없다던 영광도 효영과 함께하면서 입맛이 바뀌었다. 나중에는 효영이 말을 꺼내기도 전에 하와이안 피자를 먹으러 가자고 할 정도였으니까.

혼자 먹기에는 애매한 사이즈였지만 효영은 피자집에 들러 하와이안 피자를 포장해 갈 생각이었다. 맥주 한 캔과 피자 반 판 정도면 하루의 피로가 시원하게 쓸려 내려갈 것 같았다.

단골집이라 눈을 감고도 골목과 골목을 돌아 찾아갈 수 있었다. 저녁이 되자 거리를 걷는 사람들이 더 많이 보였다. 풍성한 턱수염이 돋보이는 푸른 눈의 외국인과 민소매와 레깅스를 입고 근육질의 몸매를 자랑하는 남자, 굿즈가 담긴 타폴린 백을 사이좋게 메고 가는 커플. 그리고 전문가용 촬영 장비를 꺼내 들고 걷는 크리에이터들도 보였다.

코너를 돌자 도색을 전문으로 하는 카센터에서 페인트 향이 은은하게 풍겨 왔다. 어디선가 망치를 두드리는 소리에 효영의 어깨가 움찔했다. 고장 난 트렁크를 고치는 모양이었다. 도처에 카센터가 많다 보니 범퍼가 종잇장처럼 찌그러진 차가 수리를 기다리며 도로변에 서 있을 때도 많았다. 촌스러운 글씨체의 간판이 달린 카센터 건물을 보고 있으면, 이 정도 망가진 것쯤은 거뜬하게 고칠 수 있다는 사장님의 자신감이 읽혔다.

효영은 오래된 간판의 글자들을 입속으로 발음하며 걸었다. 철강, 공구, 용접, 볼트, 너트, 광택, 코팅, 튜닝, 고품질, 신속, 출력. 걸을 때마다 반복해서 보이는 단어가 그 동네를 알려 준다고, 이 말을 했던 건 역시 영광이었다.

그리고 이런 말도.

"카센터라고 읽는 게 아니라, '카쎈타'. 이렇게 읽지 않으면 용호 카쎈타의 30년 세월이 날아가 버리는 기분이라고."

연애를 시작한 지 몇 달 되지 않았을 때였다. 길을 설명하던 효영이 무심코 '카센터'를 발음하자 영광이 이렇게 말했다. 그의 진지한 표정에 효영은 결국 웃음을 참지 못했고, 그 후로는 꼭 '카쎈타'라고 시원스레 발음하는 버릇을 들였다.

어쩔 수 없이 몰아치는 추억을 뒤꿈치로 밀어내다 보니 드디어 피자집이 나왔다. 하지만 효영은 유리문 앞에서 곧장 얼굴을 찌푸렸다. 불 꺼진 피자집에는 사장님의 공지 사항이 적힌 A4 용지가 붙어 있었다.

**영업 종료.
그동안 감사했습니다.**

"왜 하필!"

효영이 사기라도 당한 사람처럼 A4 용지를 뜯어낼 듯 양손을 쥐었다가 폈다. 이어서 유리문에 이마를 콕 대고 유리문 안쪽에 먼지 쌓인 테이블과 정수기를 확인했다.

"이럴 줄 알았으면 마지막으로 한 번 더 올걸."

괜히 영광과의 추억 때문에 피자집에 오는 날을 미뤘던 게 후회되었다. 효영은 주린 배를 움켜쥐고, 가게 안쪽 벽에 걸린 'PIZZA IS GOD'이라는 네온사인을 올려다보았다. 영광은 네온사인의 영어 단어 'GOD'이 원래는 'GOOD'이었을 거라고 주장했다. 알파벳 사이의 간격을 보면 'O' 하나가 떨어져 있는 게 분명한데, 그대로 둔 걸 보면 사장이 이 김에 피자를 신으로 모시는 모양이라고 농담을 했다.

지금은 웃음이 하나도 나지 않는 농담이었다. 효영은 배신감으로 허기마저 사라진 것 같았다. 달콤한 파인애플이 고소한 치즈와 입안에 어우러질 때, 하루 치 수다를 꺼내며 시원한 맥주를 나눠 마실 때, 인생의 행복을 가져다주는 게 그리 커다랗지도 대단하지도 않다는 걸 확인할 수 있어 좋았는데.

"효영아."

그때, 누군가 자길 부르는 소리에 효영이 고개를 돌

렸다. 반대편 골목에서 익숙한 얼굴이 다가왔다. 한동규. 7년 전 영화 커뮤니티에서 처음 만난 시네필. 좋아하는 영화는 〈펀치 드렁크 러브〉와 〈러브 미 이프 유 데어〉인, 조금은 낭만적인 구석이 있는 남자.

"어? 동규 오빠."

동규는 마치 숨바꼭질 중에 효영을 찾은 것처럼 기뻐했다. 효영이 대학에서 시나리오를 쓰고 영화 제작에 빠져 있는 동안, 동규는 무슨 일인지 점점 영화 커뮤니티 활동이 뜸해졌고 자연스럽게 연락도 끊겼다. 한창 때는 새벽 내내 커뮤니티 채팅 방에서 영화 얘기를 주고받았던 둘이었다. 달에 한 번씩 오프라인 모임에도 나가서 단체로 예술 영화 감상도 했고.

"연락 끊기고는 거의 5년 만 아니야? 우리?"

"그러네. 잘 지냈어?"

동규가 두 걸음 더 다가왔다. 효영이 동규를 올려다보며 고개를 갸웃했다. 그 사이 이목구비가 변할 리는 없었고, 어디가 바뀌었나 했더니 헤어 스타일이었다.

"그럭저럭? 오빠 완전 곱슬 아니었어? 웬 포마드야?"

"말도 마. 정기적으로 머리 펴느라 헤어 숍에 돈 엄청 쓴다."

"잘 어울리네. 5년 전에는 상상도 못 한 스타일이야."

푸석푸석한 곱슬머리에 뿔테 안경, 체크무늬 셔츠

와 짙은 색 청바지. 그리고 아디다스 운동화. 대충 걸쳐 입은 것 같지만, 어깨가 넓은 덕에 책 좋아하는 체육학과 대학생 분위기를 풍기던 동규였다. 모임 때마다 무심하게 입고 와서 깐깐한 표정으로 영화에 촌철살인을 퍼붓는 모습이 얼마나 재미있었던지.

하지만 지금 동규는 하얀 와이셔츠에 베이지색 면바지 차림이었다. 다크 브라운 가죽 구두를 신고 손목시계까지 한 걸 보니 동규도 30대 중반에 접어들었다는 게 실감이 되었다. 동규는 영화사에서 3년 정도 일하다가 이제는 요리사가 되었다고 말했다.

"여기에 레스토랑을 열려고."

동규가 손으로 가리킨 곳이 바로 효영이 가려고 했던 피자집이었다.

"와우."

"왜?"

"여기 내 단골집이었거든. 하와이안 피자가 맛있는 집."

"남자 친구랑?"

"응. 지금은 아니고."

나란히 선 효영과 동규 옆으로 노란색으로 도색한 스포츠카가 큰 소리를 내며 지나갔다. 동규가 효영의 팔뚝을 가볍게 잡아 안쪽으로 끌었다.

"이 집 피자 좋아했어?"

"응. 맛있는 집이었는데 왜 나갔지?"

"떠나는 이유야 수백 가지지. 아무튼 아쉽겠네. 이제 여기 피자 못 먹어서."

"그럼 여기서 무슨 식당 할 건데?"

"이탈리안. 파스타나 리조또, 그런 거지."

딱히 동규가 요리사가 될 거라고 생각한 적이 없었으므로, 효영은 동규가 중식이나 일식을 해도 상관이 없었다. 그저 영화를 떠난 동규의 모습이 생소할 뿐. 아마 동규가 본 효영의 모습도 별반 다르지 않겠지만.

"넌 계속 영화 하지?"

"아니. 지금은 나도 이 근처에서 일해."

"정말? 어디서?"

"편지 가게."

순간 동규의 눈썹이 위로 움찔했다. 자기가 제대로 들은 게 맞는지 모르겠다는 얼굴이었다.

"여기 그런 데가 있었어? 그럼 편지지만 파는 거야?"

"편지지도 팔고, 익명으로 펜팔을 주고받는 서비스도 하고."

동규가 흥미로운 표정으로 효영의 설명을 듣다가 저녁을 먹자고 제안했다. 그 말에 다시 또 허기가 느껴져서 효영은 동규를 따라 냉면집으로 들어갔다. 그때나 지금이나 두 사람 사이에 낭만적인 분위기는 거의 없었다. 효영이 동규를 만났을 때가 20대 초반. 영화에 미쳐 부끄러움도 없이 화가 나면 화를 내고 눈물이 나면 울던 때였다. 젊음을 태워 '예술' 비슷한 것에 무한 연료를 공급하던 시간이었으니, 효영은 그때의 자기는 거의 망나니에 가까웠다는 생각이 들었다.

영화 커뮤니티에서도 효영은 가끔 억지 주장이나 이상한 논리로 영화평을 한 적이 많았는데, 그때마다 동규는 일곱 살 많은 오빠처럼 느긋하게 효영이 길을 잃는 것을 지켜봐 주었다.

효영은 동규가 함부로 가르치려는 사람이 아니라 좋았다. 아마 당시 오프라인 모음이 끝나고도 주로 먼저 연락한 쪽은 효영이었을 거다. 동규가 여전히 그걸 기억하는지는 모르겠지만.

"우효영, 아주 자기한테 딱 맞는 일자리를 얻었네?"

"그래? 나랑 편지가 잘 어울리나?"

"그건 모르겠고. 원래 네가 움직이는 걸 별로 안 좋아하잖아."

동규의 말에 효영이 발끈해서 말을 이었다.

"무슨 소리야! 편지 가게에서 할 일이 얼마나 많은데. 아침마다 먼지 털고, 카펫 청소하고, 창고에서 재고도 나르고."

"살짝만 건드려도 서운해하는 건 그대로네?"

동규는 자기의 수가 바로 먹혔다는 듯 의기양양한 표정이었다. 효영이 헛웃음을 치고 나자, 동규가 주머니에서 카드 지갑을 꺼냈다. 그러고는 피자집에 새로 들어올 가게 이름이 적힌 명함을 건넸다.

"가게 이름이 마침 또 '펀치 드렁크 러브'야."

"취향하고는."

"다음 주에 오픈이니까 놀러 오라고. 와인도 좋은 거로 준비해 뒀으니까."

"그 집, 하와이안 피자가 진짜 맛있는 집이었어."

"그래서?"

"그것보다 맛없으면 저주할 거라고."

효영이 젓가락을 내려놓으며 동규의 얼굴을 빤히 보았다. 동규도 효영의 눈빛을 피하지 않고 편히 마주했다. 사람한테도 고향 같다는 말을 붙일 수 있을까. 동규를 보고 있으면 효영은 활활 타오르던 열정을 간직했던 자기 모습이 그리워졌다.

아마 동규도 효영의 눈 속에서 자기의 반짝이던 날을 떠올렸으리라.

"다시 만나서 반갑다, 우효영. 이제 동네에서 자주 보겠네?"

"자영업이라는 지옥으로 들어온 걸 환영해."

그렇게 동규와 헤어지고 집으로 돌아가는 길. 효영은 오랫동안 잊고 있던 동규와의 추억이 걸음마다 되살아나는 걸 자연스레 내버려 두었다.

2

"이 편지가 당신에게 닿을 것 같지 않네요. 어떤 편지든 목적지에 이르는 일은, 아무튼 제게는 늘 경이로운 일이거든요."

효영이 낮은 목소리로 『나의 비타, 나의 버지니아』라는 서간집의 편지 속 문장을 읽었다. 1922년 말, 런던에서 처음 만난 영국 귀족 출신의 작가 비타와 『댈러웨이 부인』을 쓴 버지니아 울프의 편지를 모은 책이었다.

인터넷도, 스마트폰도 없던 20세기 시절 유럽 작가들의 서간집을 읽는 건 생소한 기쁨을 주었다. 한 통 한 통의 편지가 초대장이며 일기며 회고록이었으니까. 어디서 몇 시에 만나자는 약속은 무조건 지켜져야 했다. 약속을 변경할 수단이 없는 덕에 약속의 무게가 컸다. 처음에는 예의를 갖추어 편지를 주고받던 두 사람이,

점점 말투가 가벼워지는 걸 지켜보는 것도 재미있었다. 둘만의 애칭이나 둘만의 기억을 공유하는 모습도 사랑스러웠고.

효영은 가죽 필통에서 몽당연필을 꺼내, 조금 전 읽은 문장에 밑줄을 그었다. 연필이 종이 위를 지나며 내는, 사각거리는 소리가 듣기 좋았다. 비타가 버지니아에게 편지를 보낸 지 얼마 안 되었을 때의 문장이었다. 왜 이런 문장을 썼는지 궁금했다. 버지니아가 당시 다른 나라에 있어서, 교통이 지금처럼 발달하지 않았던 때라 편지가 제대로 도착할지 확신이 서지 않았기 때문일까?

효영도 어린 시절에는 편지가 어떻게 길을 잃지 않고 '받는 이'에게 도착할 수 있는지 신기했다. 수백 수천 통의 편지가 같은 지역·같은 구·같은 동으로 분류되고, 집배원의 가방에 얌전히 담겨 함께 스쿠터를 타고, 받는 사람의 집까지 가는 일련의 과정이, 단 며칠 안에 이루어진다는 게 놀라울 따름이었다.

그러니 어린 효영은 상상해야 했다. 〈센과 치히로의 행방불명〉에 나오는 가마 할아범처럼, 수십 개의 팔을 가진 우체국 직원이 1초 만에 수백 통의 편지를 분류하는 장면을. 크리스마스의 산타처럼 커다란 보따리에 편지를 가득 채운 집배원이 밤새 하늘을 날아 편지를 배달하는 장면을 말이다.

편지에 빠져 있기도 잠시, 글월의 문이 열리는 소리에 효영이 입구를 돌아보았다.

"영광이 형, 또 휴재야."

연우가 혼잣말처럼 뱉고는 카운터 안쪽 책상에 가방을 내려놓았다. 서간집을 덮은 효영이 장난스레 얼굴을 찌푸리고 말했다.

"왜 왔니. 근무도 아니면서."

"편지 가게에 편지 쓰러 왔지. 뭐 하러 왔겠어요."

연우가 씨익 웃으며 진열대에 있는 라임옐로우 색상의 엽서를 하나 꺼냈다. 겉면에 달과 날짜를 표시할 수 있는 숫자가 가로로 인쇄된 엽서였다. 반으로 접힌 엽서를 펼치면 본문을 적을 수 있는 열여섯 개의 줄이 있었는데, 편지 입문자들이 쓰기에 딱 적당한 분량이었다. 그 덕에 글월에서 제일 잘 나가는 상품이 되었고.

"누구한테 쓰게?"

"지난번에 팝업 스토어 갔다가 카드 지갑을 잃어버렸거든요. 나중에 제가 일하는 곳까지 직접 가져다주셨어요, 직원분이."

"감사 편지?"

"네."

"여자고?"

"네."

연우가 웬일로 수줍게 웃으며 삼각형 테이블로 향했다. 비가 오진 않았지만 날이 흐려서, 효영은 버섯 모양의 램프를 연우가 앉은 자리로 가져다주었다.

"형 이번에는 두 달 쉰다는데요? 스토리 재정비한다고."

"쿠키가 남아돌면 다른 웹툰도 좀 봐."

"아니에요. 저한테는 이게 온리 원."

그러고는 만년필을 꺼내 편지를 고심해서 적다가, 잘 풀리지 않는지 만년필을 내려놓고 스마트폰을 켰다.

"야~ 영광이 형 욕먹는 거 봐요. 역시 찐팬이 더 무서워."

"뭐, 뭐라는데."

연우가 효영을 돌아보면서 싱긋 웃었다.

"왜요, 궁금해요?"

"아니. 절대 아니. 무척 아니."

영광과의 인연이 끊긴 것과 무관하게, 사실 효영도 영광의 웹툰을 좋아했다. 화려한 화풍도 아니고 단순한 선으로 그린 캐릭터였지만 현실감 있는 대사와 일상을 보다 보면 끝에서는 왠지 모르게 마음에 온기가 차올랐다. 다른 사람들도 그런 순간을 즐기고 싶어 빨리 돌아오라고 성화를 부리는 거겠지.

"뭐라도 스토리 소스를 줘 봐요. 내가 영광이 형한테

전해드릴게."

"내 글쓰기도 바쁘거든? 누나도 안 놀아. 글 쓴다?"

연우가 피식 웃으며 다시 만년필을 잡더니 편지 쓰기에 집중했다. 효영은 철제 선반 뒤에 서서 물건을 찾는 척하다가, 영광이 웹툰을 연재하는 플랫폼에 들어갔다. 공지 사항란에 두 달 뒤에 연재를 이어가겠다는 짧은 안내문이 떠 있었다. 200개가 넘는 댓글도 달렸는데, 반은 응원하는 내용이었고 반은 무책임하다는 비난이었다.

"이렇게 긴 이야기를 따라가고 있으면요, 뭐든 시작보다 끝이 어려운 게 아닐까 싶기도 해요."

효영도 연우의 말에 동의했다. 예정대로 연재를 이어갔다면 거의 결말이 나올 때였다. 끝은 아득하고 멀고 때로는 오지 않길 바라는 어떤 것이었다. 시작의 싱그러움과 설렘이 다 휘발되고 나면 결말은 늘 시작보다 모호하고 고생스럽게 도착했다.

"그래도 끝내야지 어떡해. 시작한 사람의 책임인데."

혼잣말처럼 내뱉은 효영이 조용히 창가로 고개를 돌렸다.

편지를 챙긴 연우가 글월을 나섰다. 혼자 남은 효영은 아오키 하야토의 〈equivalent〉 앨범을 재생했다. 띄엄

띄엄 기타 줄을 당기는 소리가 사랑하는 이 앞에서 더 듬거리며 말을 이어가는, 어떤 수줍은 사람을 떠올리게 했다. 한 번의 울림이 두 번의 떨림으로, 두 번의 떨림이 세 번의 설렘으로. 공간을 채우는 음악의 기운이 나른하게 누워 있던 편지지를 어루만지는 것 같았다. 그렇게 효영은 음악 속으로 생각을 옮겨 갔다.

얼마 뒤, 친구로 보이는 손님 둘이 찾아와 펜팔 서비스를 신청했다. 익명의 수신인을 상상하며 편지를 쓰고, 다 쓴 편지를 펜팔 장의 편지와 교환해 가는 시스템이었다. 자기가 쓴 편지를 알아볼 수 있도록 우표 스티커에 표식을 그려야 했는데, 손님들은 각각 '네 잎 클로버'와 '별자리'를 그렸다.

이윽고 손님의 전화번호를 펜팔 목록지에 옮겨 적은 효영이 고개를 들어 손님들을 바라보았다. 효영은 다 쓴 편지를 펜팔 장에 넣고 다른 편지를 뽑으면 된다고 안내했다.

뽑아간 편지 내용이 마음에 든다면 물론 답장을 보낼 수도 있었다. 양쪽의 표식을 보관하는 글월이 우체부처럼 서로를 연결해 주는 방식이었다.

손님 둘이 벽에 걸린 펜팔 장 앞에 섰다. 네 잎 클로버 손님은 오른쪽 맨 아래 구석 칸에, 별자리 손님은 발뒤꿈치를 들고 왼쪽 제일 위의 칸에 편지를 두었다. 그러고는 서로 눈을 마주치고 킥킥 웃음을 지었다.

"이렇게 높이 두면 어떡해. 누가 가져가라고."

"내 펜팔 친구는 키가 크든지 팔이 길든지 하겠지."

"나 좀 봐라. 난 이렇게 가져가기 좋은 높이에 뒀잖아."

"아마 네 펜팔 친구는 모서리에 앉기 좋아하는 친구일 거야. 사람들 눈에 띄기 진짜 싫어하는 사람."

"저 위도 모서리거든?"

끝까지 작은 목소리로 소곤거리던 손님 둘이 각자 뽑은 펜팔 편지를 들고 글월을 나갔다. 한창 방학 기간이라 LCDC를 방문하는 손님이 늘었다. 편지가 주는 신선한 경험이, 호기심에서만 끝나지 않기를 바랐다.

날이 풀리면 중정에 모여서 편지 쓰기 프로그램을 열어도 좋겠다는 선호 사장의 아이디어도 나쁘지 않은 것 같았다. 효영은 펜팔 참여자 수가 달에 100명을 넘겼다고 일지에 자랑하듯 남겼다.

일지를 마무리하니 6시였다. 1시간만 있으면 글월의 하루가 끝난다. 효영은 창가에 서서 허리에 양손을 올린 채 나른한 오후의 풍경을 감상했다. 그때, 등 뒤로 또 익숙한 목소리가 들렸다. 동규였다.

"다행이네. 오늘 일하는 날이었구나."

"연락하고 오지. 글월 운영 시간도 다 알았어?"

"인스타 팔로우 끝냈죠."

언젠가 오고 싶다더니 이렇게 빨리 찾아올 줄은 몰랐다. 동규는 곧 있으면 가게 오픈이라며, 오픈 첫날 지인을 초대할 때 쓸 초대장을 사고 싶다고 말했다.

"편지지보다는 카드 같은 거. 뭐 없을까?"

"음. 내가 적당한 거 골라 줄게."

효영이 손바닥 반만 한 크기의 메시지 카드를 건넸다. 엽서 윗부분에 'Thank you'라는 글자가 적힌 카드. 동규가 엽서를 받아 이리저리 살피다가, 옆에 있던 다른 종류의 엽서를 집어 들었다. 'Don't Cry'라고 써진 엽서였다.

"이것도 좋긴 한데, 돈 크라이도 마음에 들어."

"그게? 왜?"

"님아, 내 음식 먹고 울지 마오."

"어째 익숙한 영화 제목이 떠오르는데?"

"맞아. 정확하게 짚었어."

효영이 고개를 흔들며 헛웃음을 쳤다. 예전부터 동규의 유머 코드를 가장 잘 이해하는 게 효영이기는 했다. 영화 커뮤니티에서 밤새워 영화에 관해 떠들다 보면 종종 자기 주관을 끊임없이 주입하려는 욕심꾸러기가 나타났다. 그러다 보면 채팅창이 과열되는 순간들이 생겼는데, 그때마다 동규가 나타나 짧은 말장난이나 유머로 분위기를 풀었다. 누군가는 그런 동규를 '소화기'라고 불렀다. 소화기가 떴으니 다들 그만 불붙이라고.

"그럼 이걸로 스무 장!"

"네. 포장해 드릴 테니까 기다리세요."

동규가 고개를 끄덕이며 몸을 돌리더니 펜팔 장을 유심히 보았다. 글월에 들어서자마자 오른쪽 벽에 걸어 둔 철제 펜팔 장은, 그 자체로 성수점의 상징이었다.

"저 안에 둔 편지가 네가 지난번에 설명해 준 펜팔인 거지?"

"맞습니다."

"나도 해 볼까?"

"얼마든지."

효영이 펜팔용 편지지와 봉투를 꺼내 건넸다. 동규는 카운터가 보이는 오른쪽 창가 테이블에 앉아 연필꽂이에서 볼펜을 집었다. 곧이어 볼펜을 집은 손에 힘주어 꼭꼭 눌러쓰는 소리가 났다.

펜팔 친구에게

안녕하세요, 펜팔 친구님.
저는 성수동에 새롭게 자리를 잡은 이탈리안 요리사입니다.
익명성의 매력을 놓치고 싶지 않아서,
더 자세한 개인 정보는 숨길게요.^^

사실 편지를 자주 쓰는 편은 아닌데
5년 만에 편지를 좋아하는 사람을 만나서
저도 한번 용기 내서 편지를 써 봅니다.

도대체 여기에 어떤 낭만이 있길래,
21세기 서울, 그것도 성수동에 편지 가게라는 게 존재하는 건지.
솔직히 아직은 잘 모르겠지만요.

친구는 편지가 나의 우아한 내면을
발견할 수 있게 도와주는 도구라고 하더라고요.

누군가에게 잘 보이려고 차려입은 옷은 불편하지만,
누군가에게 좋은 말을 전하려 고른 단어는
전부 몽글몽글하고 예쁘지 않냐고요.

지금 그 사람이 제 앞자리에 앉아서
저를 물끄러미 쳐다보고 있네요.
이제 민망해서 편지를 끝맺어야겠어요.

또 만나든 그렇지 않든
당신과의 인연에 감사를 표합니다.

파스타보다 국수를 더 잘 끓이는
비운의 요리사가 씀

PENPAL SERVICE

"뭘 그렇게 열심히 써?"

"더 쓰려는데 네가 쳐다보니까 멈춘 거야."

"그래? 미안."

효영의 민망한 표정에 동규가 가볍게 웃었다. 자리에서 일어난 동규는 카운터에서 효영이 안내하는 대로 표식에 그림을 그렸다. 동규의 표식은 '와인 잔'. 철제 펜팔 장 앞에 선 동규는 중앙에 자기가 쓴 편지를 두고 바로 왼쪽에 있는 편지 한 통을 꺼냈다. 편지봉투에는 자신을 표현하는 형용사 단어들이 줄지어 있었다. '명랑한', '느긋한', '커피 마시기를 좋아하는' 등의 단어에 동그라미를 치는 방식이었다. 동규는 그중에서 '번뇌하는'에만 동그라미를 세 번이나 친 걸 보고 흥미롭다는 표정을 지었다.

편지를 주머니에 넣은 동규가 효영을 돌아보고 말했다.

"효영이 너, 나 나가고 괜히 내 편지 꺼내 읽으면 안 된다."

"걱정하지 마셔. 내가 글월 규칙을 얼마나 잘 지키는데."

효영이 코웃음을 치자 동규가 미소를 지으며 손을 흔들었다. 그리고 편지 가게를 나서기 전 동규가 그녀를 지그시 돌아보고 말했다.

"사흘 뒤 오픈이야. 꼭 올 거지?"

"알았어. 나 친구랑 간다?"

"좋지."

문을 나선 동규의 뒷모습을 효영이 부드럽게 웃으며 바라보았다.

3

며칠 뒤, 여느 때처럼 아카데미 수업을 마치고 집으로 돌아온 영광은 욕조 속에 몸을 뉘었다. 장기 휴재 공지를 하고도 몇 주가 지났다. 하루빨리 웹툰 작업에 들어가야 연재에 복귀할 수 있었다. 돈을 벌면 벌수록 귀신같이 써야 할 일이 생겼다. 작품 정산금이 들어오면 엄마에게 생활비에 보태라며 얼마씩 용돈을 부쳤다. 엄마 몰래 동생 상현에게 용돈을 준 적도 많았는데, 가끔 그걸 들켜서 엄마의 잔소리 가득한 전화를 받기도 했다. "네 아빠 멀쩡히 일하고 있다니까. 자꾸 엄마 미안하게 할래?" 엄마의 한숨 섞인 목소리를 듣고도 영광은 복대를 차고 중장비를 운전하는 새아버지의 어려움을 무시할 수가 없었다.

이런 상황에서 효영에게 결혼하자고 그랬다. 자기 혼

자 번 돈으로도 충분히 결혼할 수 있으니 효영이 조금 더 안정적인 상황에서 꿈을 꾸기를 바랐다. 둘이서 만들어 간 이야기의 끝은 당연히 결혼이라고 생각했으니까. 처음 만났을 때부터 지금까지 그 생각에는 변함이 없었다. 효영과 연애보다 깊은 일상을 나누고, 그 속에서 안정감을 느끼며 매일 밤 둘이 함께 달콤한 잠에 빠지고 싶었다.

샤워 가운을 입고 거실로 나온 영광이 근처 프랜차이즈 버거집에서 사 온 햄버거를 입에 물었다. 성수에서 저녁을 해결하려다가, 하와이안 피자를 팔던 피자집이 사라진 탓에 동네에서 무심코 사 온 것이었다.

테이블 위는 찻잎이 담긴 철제 통과 오메가3 같은 영양제, 엄마가 두고 간 견과류가 담긴 통으로 어지러웠다. 조용한 거실에 햄버거를 포장한 종이가 바스락거리는 소리만 들렸다. 영광은 뒤늦게 더위를 느끼고 에어컨을 틀었다.

소파에 돌아와 앉자 테이블에 올려 둔 편지가 보였다. 성수동 글월에서 펜팔 답장이 왔다는 소식을 듣고 연우에게 연락해 편지를 배송받은 것이었다. 첫 아카데미 수업을 마치고 갔던 날 쓴 편지를 누군가가 금방 집어가서는 답장을 보내왔다. 벌써 일주일 간격으로 두 번 편지가 오갔다. 편지 내용으로 짐작하건대, 꽤 명랑하고 유머러스한 면도 있는 펜팔 친구였다.

영광이 입가에 미소를 머금고 편지봉투를 열었다.

잠을 잊은 돌고래 님께.

이별은 한여름에도 감기에 걸리게 하죠.
조심하세요!
이런 말로 편지를 시작하게 되었네요.

돌고래 님도 자기 얘기를 하지 않으면
못 견딜 시기를 보내고 계시는 것 같네요.
그런 면에 있어서는 서로 같은 처지인가 봅니다.

(펜팔 장에 있던 아홉 통의 편지 중에 돌고래 님의 편지를
집게 된 건 평범한 우연만은 아닌가 봐요!)

저는 안락한 삶을 내팽개친 지 오래입니다.
직장을 관두고 요리를 배웠다가,
이제 전 재산을 털어 레스토랑을 열었죠.
주변에서는 무슨 용기냐고 물었지만,
사실 용기가 아니라 떠밀림에 가깝달까.

무엇이든 자기의 선택이라고
당당히 말할 수 있는 사람이 부럽네요.
저는 저인 채로 있을 수가 없어서
문어처럼 보호색을 띤 것뿐인데요.

재작년에 파혼을 한 번 겪었어요.

사랑은요,
이유를 찾는 순간 상하기 마련이에요.

내가 이 여자를 왜 사랑해야 하는가.
그런 생각이 들면 게임 끝.

두서없이 별 얘기를 다 합니다.
요즘 잠을 못 이룬다고 하시니
제 비법을 알려드리죠.

심장이 터질 것처럼 달리세요.
팔다리를 피로에 굴복하게 만들어야,
침대와 몸이 쩍 달라붙는 거랍니다.

저도 최근에 다시 만난,

편지를 좋아하는 그 친구랑
공원을 좀 달려 보려고요.

지금 딱 러닝 하기 좋은 날씨예요.
땀을 좀 흘려야 달리는 맛이 나죠.

그럼, 다음 답장에는 러닝 후기가
적혀 있기를 바랄게요.

굿 나잇!

꿀잠 자는 요리사 올림

PENPAL SERVICE

영광이 부드럽게 입꼬리를 올리고는 편지를 테이블 위에 올렸다. '꿀잠'이라는 단어까지 쓰며 불면증에 걸린 돌고래를 놀리다니. 펜팔 친구의 발랄한 에너지 덕에 긴 하루가 남긴 무게감이 조금은 가벼워진 것 같았다.

그리고 또 하나의 발견.

'편지를 좋아하는 그 친구'에서 '편지를'만 빼면, 그게 펜팔 친구의 진심이 담긴 표현이지 않을까. 영광이 편지를 다시 접어 편지봉투에 넣으며 말했다.

"낭만 있는 요리사네."

편지 한 통으로도 그 사람의 다정함과 세심함을 읽을 수 있었다. 이런 사람이라면 얼마 지나지 않아 편지를 좋아하는 그 친구와 이유를 찾지 않을 사랑을 하게 되지 않을까 싶을 정도로.

늦은 낮잠을 자고 일어난 영광이 선호를 만나러 근처 카페로 향했다. 웬일로 글월이 아니라 카페인가 싶었는데, 음료와 맛있는 빵 몇 개를 사 주면서 영광에게 일을 시킬 모양이었다. 선호가 스마트폰으로 사진 한 장을 띄워 영광에게 보여 주었다.

"부산에 있는 100년 넘은 적산가옥이야. 나무 냄새가 물씬 풍기고 고즈넉해서 편지 쓰기에는 최고의 장소지."

부산 초량역 근처에 위치한 '오초량'이라고 불리는 적산가옥은, 매달 새로운 기획 전시가 진행되어 사람들이 자연스럽게 드나들 수 있는 곳이었다. 이번에는 글월과 함께 '편지'를 주제로 기획 전시를 열고 싶은 모양이었다.

"그래서 설치 미술가분들을 몇 분 섭외하고 싶은데, 혹시 네가 아는 사람이 있나 해서. 너 회화 전공이잖아."

바로 떠오르는 몇몇이 있었다. 영광이 설치 미술을

하는 동기나 선후배의 인스타그램 아이디를 찾아 선호에게 보여 주었다. 선호는 대부분 만족하는 눈치였고, 가을 전시 일정에 맞추어 작업이 가능한 설치 미술가를 추리기로 했다.

음료와 디저트를 받아 온 영광이 자리에 앉자, 선호가 대뜸 효영의 얘기를 했다.

"맞다. 효영이 책 쓴다. 제안받았어."

"네. 연우한테 들었어요."

"이 자식! 모른 척하면서 다 염탐하고 있었구나. 이 염탐꾼!"

일 얘기가 끝나자마자 선호는 '진지 모드'를 걷어 내고 '영광이 놀리기'에 돌입했다. 하지만 연우와 달리 선호는 놀릴 것이 참 많은 사람이었다.

"이럴 시간에 가정으로 돌아가셔야 하는 거 아닙니까? 연우한테 다 들었어요. 소희 누나랑 요즘도 서먹서먹하시다면서요."

"크흠. 켁. 야, 이거 빵이 퍽퍽하네. 목에 걸렸다."

선호가 괜히 아이스 아메리카노를 컵째 들고 마셨다. 글월이 5년 차에 접어들면서 선호는 날마다 하고 싶은 것이 점점 더 늘어났다. 대학 때는 배우가 되겠다고 연기에 빠져 살다가 세상 경험이 너무 적은 것 같아 다양한 직업군의 사람들을 인터뷰하고 다녔다. 그러다가 사람들이 자기 얘기를 하는 것에서 위안을 얻는다는 걸 알고, 서로에게 편지를 주고받는 '편지를 쓰는 공간' 을 만들어 낸 것이었다.

가구 하나, 벽에 걸린 문구 하나, 자기 손을 타지 않은 것이 없었다. 그러니 글월에 대한 선호의 애착이 가족만큼이나 큰 것도 당연했다.

"소희가 하율이 낳으면 내가 아이들을 더 자주 돌보겠다고 약속했는데. 요즘은 몸이 두 개가 뭐야, 열 개는 있었으면 좋겠어."

"형처럼 수다 좋아하는 사람이 열 명이면, 어우, 전 싫어요."

선호가 입술을 삐죽이 내밀고 삐졌다는 티를 냈다. 감정을 숨기지 않고 밖으로 툭툭 꺼내는 게 선호의 매력이었다. 영광은 문득 자기가 선호의 반만 닮았더라면, 효영을 그렇게 답답하게 만들지는 않았을 거란 생각이 들었다.

"효영이는 잘 지내죠?"

"응. 연락 안 해 봤어?"

"굳이 또 그럴 사이는 아니니까."

영광이 가볍게 웃으며 아이스 아메리카노를 마셨다. 선호가 사뭇 진지해진 표정으로 말했다.

"다 큰 사람들이 만나서 연애도 하고 헤어질 수도 있

지. 왜 헤어졌냐고 묻는 건 남의 편지 훔쳐보는 기분이라 안 묻는 거야. 너희한테 관심이 없는 게 아니라."

"알아요."

"너는. 너는 잘 지내?"

영광은 조용히 입꼬리만 올리며 대답을 대신했다. 선호와 알게 된 지도 5년이 넘었지만, 사실 영광은 그간 선호와 가정사 얘기를 주고받지는 않았다. 딱히 숨기고 싶어서가 아니라 영광은 선호만큼 자기 얘기를 꺼내는 데에 자연스럽지 못했다. 혹시나 서로를 곤란하게 만드는 말을 할까 봐 삐걱대느니, 보여 주고 싶은 만큼만 보여 주면서 관계를 유지하고 싶었다. 선호도 그 마음을 아는지 영광의 말수가 적어질 때마다 굳이 더 캐묻지 않았다.

"그래. 상처 난 곳 있으면 알아서 치료하고. 툭툭 털고 다시 웃으면서 봐. 헤어졌다고 세상에 없는 사람이 되는 건 좀 슬프지 않냐?"

넉살 좋은 선호는 하율의 돌잔치에 전 여자 친구를 두 명이나 불렀다는 묻지도 않은 소리를 했다. 그래도 선호의 말이 무슨 말인지는 알 것 같았다. 한때 가장 사랑했던 사람인데 이별 뒤에는 내 인생에서 단 한 순간도 마주친 적이 없는 것처럼 구는 것도 이상했고.

"다시 얼굴 보고 편하게 얘기할 날이 오겠죠."

"나 불편할까 봐 억지로 그럴 필요는 없고. 그냥 네 마음 가는 만큼만."

멋들어진 조언이 끝나고 나니 선호의 전화가 울렸다. 아내 소희였다. 선호가 곧바로 스마트폰을 한쪽 귀에 대고 어깨를 움츠렸다. 요즘 들어 익숙하게 보이는 모습이었다.

"어. 미안, 미안. 일 얘기. 금방 갈게. 가."

한숨을 푹 쉰 선호를 보던 영광이 나지막이 말했다.

"잠깐 형이 멋있어 보이려고 했는데, 취소할래요."

"그래. 맘껏 비웃어라. 이 미혼남아."

선호가 먼저 자리에서 일어서자, 영광이 장난스러운 얼굴로 방금 들은 말을 되받아쳤다.

"형은 마음 가는 만큼 말고, 꼭 그 이상 하세요. 소희 누나한테."

"콱! 그냥!"

선호가 쟁반에 놓인 소금 빵을 입안 가득 물고 카페를 나섰다.

저녁이 되자 영광은 연희동에 놀러 온 대학 동기 가연을 만났다. 며칠 전 선호의 부탁으로 대학 친구들 단톡방에 적산가옥 전시 얘기를 꺼냈다. 관심 있는 친구들은 언제든 연락하라는 톡을 보냈더니, 얼마 지나지 않아 가연에게서 개인 톡이 왔다. 최근 작업 중인 작업물 사진을 함께 보내며, 자기도 꼭 전시에 참여해 보고 싶다고 했다. 다행히 선호가 원하는 작품의 결과 비슷해서 영광도 긍정적인 답변을 보냈고, 가연은 이 김에 만나서 얘기하자며 영광의 동네로 찾아온 것이었다.

"넌 한국에서 왔으면 연락 좀 할 것이지. 들어온 지도 벌써 몇 달 지났다며?"

"미안. 연재 준비로 바빴어."

"치."

가연이 아랫입술을 삐죽이 내밀고는 영광 옆에 바싹 붙어 걸었다. 영광은 졸업 후에도 동기들과 몇 번 모임을 한 적은 있지만 이렇게 가연과 단둘이 거리를 걸은 기억은 거의 없었다. 아닌가. 그냥 내가 기억을 못 하는 건가. 치맥이라도 하자기에 영광이 스마트폰으로 치킨집을 검색하며 가연의 작품 근황을 물었다. 가연은 돈도 안 되는 거 왜 이렇게 잡고 있는지 모르겠다며 울상이었지만, 영광은 그녀가 진심으로 멋지다고 생각했다. 고집스레 자기가 좋아하는 일을 밀고 나가는 것도 쉽게 볼 일이 아니었다.

한적한 치킨집의 창가 자리였다. 자리에 앉자마자 영광이 편지 가게 얘기를 꺼냈고, 가연이 활짝 웃으며 입을 열었다.

"나도 글월 가 본 적 있어. 성수동에 있는 거 맞지? 빈티지 숍 가는 길에 우연히 들렀어."

"그래? 본점은 연희동에 있어. 우리 집 건너편에."

영광의 말에 가연이 눈을 동그랗게 떴다.

"그래? 가 볼래."

"본점은 또 다른 분위기야. 아늑해."

"본점 말고. 너희 집."

생맥주 두 잔이 때맞춰 도착했다. 가연과 잔을 부딪친 영광이 맥주를 한 모금 시원하게 마셨다. 작업 때문에 쌓였던 피로가 반쯤 씻겨 내려가는 기분이었다. 영광이 별말이 없자 가연이 민망한 듯 말을 이었다.

"그냥 웹툰 작가 작업실 궁금해서 그런 거야. 집에 작업하는 방 다 차려 놨다며."

"별거 없어. 그냥 태블릿이랑 커다란 모니터 놓은 게 다지."

가연이 두 번째로 '치' 소리를 냈다. 곧이어 고소한 기름 냄새가 나는 치킨이 왔다. 닭 다리를 하나씩 접시에 놓고는 대학 때 얘기를 나누었다. 영광이 교내 비공식 사생 대회에서 대상을 타서, 교수님한테 과제 면제권을 받았다는 시시콜콜한 얘기였다.

맥주를 두 잔씩 비우고 나자, 가연이 붉은 뺨을 자기 손으로 툭툭 두드리고 말했다.

"맞다. 이제 떠올랐어. 네 여자 친구가 글월에서 일한 댔지? 작년 초에 나랑 여친이랑 인사동 왔을 때 들었어. 왜, 나랑 동기들끼리 합동 전시회 했을 때 같이 왔잖아."

"맞아. 우효영이야. 그 친구 이름."

아마 스치듯 소개를 했던 터라 가연도 이제 생각난 모양이었다. 영광도 굳이 짚어 줄 생각이 없었기도 했고.

"그래. 효영 씨. 차분하고 정갈해 보이는 게 딱 편지랑 잘 어울린다 싶었는데. 이제 기억난다."

영광이 희미하게 웃으며 치킨을 내려다보았다. 딱딱하게 식은 치킨을 보고 있으니 효영이 언젠가 '식어 버린 치킨만큼 외로워 보이는 음식은 없다.'라고 말한 게 떠올랐다. 무슨 감상이냐며 영광이 놀리듯 말하자 효영이 '그러니까 집 보일러 좀 올리라고!' 엉뚱한 소리를 했다. 영광은 그제야 아파트 보일러를 올리지 않은 걸 알고 웃음을 터뜨렸다. 원체 추위를 덜 타는 영광과 추위를 많이 타는 효영이라 생긴 일이었다.

"헤어져서 간 거지? 네덜란드?"

"겸사겸사. 작업도 어려웠던 때라서."

"연애도 어렵고, 그림이고 글이고 작업물 만드는 것도 어려운데. 두 개가 동시에 안 되면 진짜 막막하긴 하지."

가연이 영광을 빤히 보다가 맥주 잔을 들어 올렸다.

"그래도 전공자만큼 널 잘 이해해 주는 사람이 또 어

디 있겠니? 속 시원히 털어내 봐. 누나가 다 들어 줄게."

 영광은 그렇게 가연과 작품 얘기를 하며 시간을 보냈다. 효영의 얘기 없이도 한참을 웃고 떠들다가 문득 유리창에 비친 자신의 얼굴을 보았다. 어쩌면 효영을 만났을 때의 '나'로부터 꽤 많이 멀어졌을지도 모르겠구나, 그런 생각을 했다.

4
―

 성수동의 폐공장 건물에서 코스메틱 팝업 스토어가 열렸다. 은채가 꼭 가 보고 싶다며 효영을 졸라서 오게 된 팝업 스토어였다. 효영은 겸사겸사 마케팅 공부도 하려고 따라오긴 했지만, 오픈 1시간 전부터 줄을 서야 하는지는 몰랐다. 결국 길거리에 서서 은채와 근황을 나누게 되었는데, 효영의 얘기를 듣던 은채가 새우 눈을 뜨고 물었다.

 "요거, 요거. 이제 새 연애 하는 거야?"

 은채는 동규 얘기를 듣자마자 마음대로 '그린 라이트'부터 켰다. 효영이 어이없다는 말투로 얘기했다.

 "야, 5년 전에도 새벽까지 채팅하다가 만나서 술 먹고도 아무 일 없었다."

 "그건 네 생각이고."

"내가 그 오빠한테 연애 상담한 게 한두 번이 아냐."

은채가 입술을 슬쩍 깨물고 효영을 향해 의심스러운 눈길을 보냈다. 은채는 효영과 같은 과 동기였는데, 효영이 영화 연출을 전공한 것과 달리 연기를 전공했다. 지금은 단역 배우로 일하며 열심히 생활비를 벌고 있었다. 효영은 괜히 민망한 대화를 피하고 싶어 말을 돌렸다.

"근데 넌 그렇게 힘들게 번 돈을 화장품 팝업에 쏟고 싶니?"

"어허! 줄 서 있을 때는 그 입을 다물라. 창피하니까."

코스메틱 팝업에서 선착순으로 신제품 팩트를 증정하고 있었다. 스토어 안으로 들어가 몇 가지 미션을 수행하고 스탬프를 받으면 엄지손가락만 한 과일 키링도 주었다.

"요즘 제일 핫한 배우를 모델로 써서 그런가? 일본인 관광객도 많은 것 같네?"

"응. 저쪽 아이돌 팝업은 더 해. 동양인, 서양인 할 거 없이 다 줄 서 있어."

"아무리 그래도 그렇지. 나 맛집 아니면 이렇게 줄 안 서는데."

"효영아. 언니가 쿨톤이라 여기 화장품이 제일 잘 받는다고 했니, 안 했니."

은채의 능청스러운 표정 덕에 놀리는 재미가 더해졌다. 줄이 조금씩 주는 걸 기다리면서 효영은 선호 사장이 전해 준 출판사 얘기를 했다. 출판사에서 서간집 형태의 에세이를 기획하고 있는데, 자기한테 집필 제안을 해 왔다고. 은채는 효영이 그랬던 것보다 더 놀란 표정으로 말했다.

"너무 좋은데? 나 학교 다닐 때부터 네가 해 온 과제 읽는 거 좋아했어."

"왜?"

"그야, 문체가 좋으니까. 이런 문장을 쓸 줄 아는 사람은 마음도 단단하겠구나 싶을 때가 많았어."

갑작스러운 칭찬에 효영이 기분 좋게 웃었다. 하지만 웃음 뒤에 뒷맛이 썼다. 선호 사장의 격려와 은미 편집자의 좋은 기운 덕에 하겠다는 말은 덜컥 뱉었지만, 무언가를 책임지는 일은 늘 어려운 법이었다. 이제 효영의 나이 겨우 서른이었고, 무엇이든 하고 싶은 일은 해 보면 그만이었지만, 실패에 대한 면역이 아직 재정비되기 전이었다.

"처음이 주는 건 한 줌의 설렘뿐이다. 그 뒤는 다 고통, 고통, 고통."

효영이 혼잣말처럼 허공을 보고 말을 뱉었다. 은채가 실쭉 웃으며 효영을 보다가, 조금쯤 우울해진 그녀의 기운을 살폈다.

 효영은 영광과 연애를 하던 시절에도 그랬다. 오랜 방황이 있었지만 영광은 결국 차기작을 해냈고 자기 자신도 이제 진짜 웹툰 작가가 되었다는 확신을 얻었다. 그런 영광 옆에서 효영은 구겨 두었던 꿈을 다시 펼쳤다. 반은 자의, 반은 타의였다. 밤잠을 줄여가며 쓴 시나리오가 공모전에서 떨어졌을 때는 이제 얼마큼이나 더 도전해야 후회가 남지 않을지 가늠해야 했다.

 효영의 불안을 아는 영광은 그녀에게 결혼 얘기를 꺼냈다. 아주 좋지 않은 타이밍이었다. 영광의 입장에서는 그게 효영에게 또 하나의 책임을 짊어지우는 거라는 걸 몰랐던 거다.

 꿈과 사랑, 그런 게 제멋대로 될 리가 없다는 걸 깨달으며 효영은 서른을 맞이했다.

 "우효영. 너 또 잘하려고 하지? 그러니까 하기 싫은 거잖아."

 "넌 연기할 때 안 그래?"

 효영의 물음에 은채가 알 듯 모를 듯한 미소를 지었다.

 "효영아, 언니가 무명으로 배우 생활한 지 10년이 다 되어가고 있거든?"

 "그래서?"

 "요즘 드는 생각인데, 나이를 먹는다는 건 무언가를

더 잘하게 되는 게 아니라 못하는 걸 더 잘 견디게 된다는 뜻인 것 같아."

"뭐야. 몇 달 더 일찍 태어났다고 완전 언니 같네?"

앞서 줄을 선 사람이 몇 걸음 앞으로 나아갔다. 효영과 은채도 두 걸음 더 움직였다.

"네가 뭘 대충할 리는 없잖아. 완벽하게 마음에 드는 건 아니어도 견디고 해 봐."

효영이 웬일이냐는 듯 미소를 지으며 은채를 보았다.

"계속 내키지 않으면 날 위해서 써 주든가."

"널 위해서?"

효영이 묻자 은채가 고개를 끄덕였다.

"응. 나 요즘 연기 또 쉬고 있거든. 숨 고르기 중이라. 이럴 때는 나한테 소중한 사람이 고군분투하는 걸 보는 것도 꽤 용기가 된다?"

이 말은 굳이 부연 설명을 듣지 않아도 무슨 말인지 알 것 같았다. 소중한 이가 애쓰는 모습을 보고 있으면 그 불안과 고독에 같이 발을 들이밀 힘이 생겼다. 잘 써지지 않는 시나리오를 붙잡고 있다가 거실로 나왔을 때, 배 위에 태블릿을 올려놓고 기절하듯 잠이 든 영광을 볼 때 그랬다. 지금보다 더 잘되지 않더라도 내가 저 남자를 덜 사랑할 리가 없다. 상대도 마찬가지고. 그런 생각을 하고 나면 못난 자기 원고를 다시 마주할 용기가 났다.

"알았어. 그럼 한번 싸워 볼게."

효영이 맑게 웃으며 은채와 나란히 또 반걸음을 걸었다.

종이봉투에 팩트와 틴트, 손거울 등을 잔뜩 담아 온 효영과 은채가, 동규의 레스토랑 '펀치 드렁크 러브'에 도착했다. 가게는 일찍이 동규의 지인으로 가득했다. 다행히 효영을 위한 자리를 따로 빼 두어서 기다리지 않고 앉을 수 있었다.

지인들이 내는 웃음소리로 시끌벅적한 분위기에 효영도 괜히 들뜨는 것 같았다. 극'E' 성향인 은채가 신이 난 표정으로 메뉴판을 구경하는 동안, 지인 앞에서 안부와 농담을 주고받던 동규가 효영과 눈이 마주치자 싱긋 눈웃음을 지었다.

은채와 팝업 후기를 나누며 잠시 기다리자, 지인과 겨우 인사를 끝낸 동규가 효영의 테이블로 다가왔다. 가까이서 보니 그레이색 앞치마가 생각보다 잘 어울렸다. 바짝 깎은 손톱도 단정해 보였고.

"미안. 아는 사람을 한 바구니에 모아 뒀더니 정신이 없네."

"괜찮아. 여기는 내 친구 은채."

동규가 은채와 눈인사를 하고 자신 있는 메뉴 몇 개를 추천했다. 주문을 끝내고 효영이 가게 내부를 둘러보다가 동규에게 말했다.

"인테리어가 꽤 빨리 끝났네?"

"전면 공사는 피했어. 월세가 적지 않아서 가능한 한 빨리 영업을 시작하려고. 메인 벽이랑 기둥, 테이블 정도 바꿨지. 그래도 식기는 다 비싼 거다?"

"비싼지 아닌지 내가 알겠어? 요리나 맛있게 해 줘."

"돈 크라이, 효영. 오케이?"

동규가 눈을 찡긋하며 커튼이 쳐진 주방으로 들어갔다. 은채는 이미 꽃받침 자세를 하고 효영을 놀릴 준비를 하고 있었다.

"저 눈빛은 연기가 아니지. 진짜지."

"뭔 눈빛."

"동규 오빠라고 했지? 저 오빠 지금 네 눈을 보고 고백 각 잡고 있다."

효영이 고개를 푹 숙이며 웃음을 터뜨렸다.

"제발 여기서까지 창피하게 굴지 말자, 은채야."

"말 돌리지 말고. 맞아, 아니야."

"뭐가."

"으이구, 귀여운 것!"

은채가 손을 뻗어 효영의 볼을 가볍게 꼬집었다. 잠

시 뒤 동규가 만든 요리가 나왔다. 둘레에 붉은색 띠를 두른 널찍한 접시에, 고소한 향을 풍기는 트러플 리조또가 담겨 있었다. 또 하나는 육즙을 가득 품은 부채살 스테이크로, 아보카도 모양의 둥그스름한 접시에 담겼다. 가니시로는 구운 감자와 마늘, 토마토 그리고 아스파라거스가 한 줌이나 들어갔다.

"너 아스파라거스 엄청 좋아했잖아. 맞지?"

동규가 스테이크 접시를 가리키며 말했다. 칭찬이라도 받고 싶은 꼬마처럼 설렌 표정이었다. 효영이 옛날을 떠올리며 피식 웃었다. 한창 아르바이트를 뛰면서 생활비를 벌던 대학생일 때였다. 취직했다는 동규가 효영을 프랜차이즈 레스토랑에 데려가 준 적이 있었다. 효영은 그날 구운 아스파라거스를 처음 먹어 보았고, 고기보다 가니시에 빠진 그녀를 보고 동규가 당황했던 기억이 났다. 그것도 벌써 5년도 더 된 이야기였다.

"이 정도로 담은 거면 나 놀리는 거 아냐?"

"그럴 리가. 진짜 많이 먹으라고 올려 준 건데?"

"아무튼 고마워. 잘 먹을게."

다시 주방으로 들어가는 동규의 뒷모습을 은채가 눈으로 좇았다.

"괜찮다. 난 찬성."

"뭐, 뭐. 무슨 찬성."

"사람이 세심하잖아. 둘이 안 본 지가 한참이라며. 근데 저 셰프님, 네 취향까지 다 기억하고 있는 거 모르겠어?"

"응."

"모르겠니, 바보야!"

은채가 주말 연속극의 대사를 치며 발연기를 보여 주었다. 연기를 쉬고 있다는 말이 이해가 되는 순간이었다. 효영은 한심하다는 듯 은채를 보다가 아스파라거스를 나이프로 잘라 한 조각 입에 넣었다. 핑크 솔트가 뿌려진 고소하고 담백한 맛의 아스파라거스가 효영의 이 사이로 부서졌다. 그때만큼은 아니었지만 맛있었다. 동규와 처음으로 화려하게 꾸며진 레스토랑에 간 날, 약간의 설렘과 긴장을 느꼈던 순간이 다시 떠오르는 맛이었다.

동규가 찾아온 이들의 잔에 와인을 전부 채워 주었다. 레스토랑의 번영을 위해 다 함께 와인 잔을 높이 들고 외쳤다. '펀치 드렁크 러브'를 외치자, 기분 좋게 취한 동규의 지인이 벌떡 일어나 영화의 명대사를 외쳤다.

"내가 지금 얼마나 센지 넌 모를 거다. 난 지금 사랑에 빠졌거든. 사랑으로 얼마나 강해질 수 있는지 넌 모를 거다!"

곧이어 하나둘씩 환호하며 즐거운 비명을 질렀다. 동규의 레스토랑 전체가 네온사인처럼 반짝이는 것 같았다. 와인 한 잔으로 볼이 발개진 효영이 접시 위에 차갑게 굳은 치즈 조각을 보다가 말했다.

"여기가 피자집이었다는 걸 기억할 사람이 얼마나 될까?"

은채가 포크로 감자튀김을 찍으며 말했다.

"글쎄다. 신경 쓸게 한둘이 아닌 인생인데, 굳이 기억할까? 성수야 워낙 변화무쌍한 동네기도 하고."

"하긴……."

효영이 맑게 웃으며 통창 밖으로 성수의 밤거리를 바라보았다. 낡은 간판 밑에서 마주 보며 담배를 태우는 젊은 커플과 똑같은 쇼핑백에 구매한 소금 빵을 가득 넣어 들고 가는 여자들이 보였다. 뭐 때문인지 신이 난 남자가 거리를 빠르게 뛰어가는 것도 봤다. 성수의 밤은 낭만으로 요동쳤다. 효영은 이 빛나는 밤에 조용히 스며들고 싶었다.

그때 은채가 와인을 한 모금 마시고 말했다.

"나도 동네 산책할 때 가끔 거리에서 새 간판이 올라간 건물을 보면 놀라. 매일 가는 길이었는데 이 집이 전에는 뭐 하는 집이었는지 전혀 기억이 안 나더라."

"마음을 주지 않으면 없는 공간인 거니까. 추억이 없

으면 기억할 필요도 없고."

"결국 다 스쳐 지나가는 거고, 그래서 찰나의 마주침은 소중한 거고."

은채가 연기하듯 대사를 읊으며 와인 잔을 들었다. 영화 〈위대한 개츠비〉의 디카프리오 포즈로. 뭔지 알아차렸다며 효영이 씨익 웃고는 은채와 잔을 부딪쳤다. 맑고 고운 소리가 두 사람 사이에 울렸다. 효영은 와인 잔에 남은 자기의 지문을 보다가 말했다.

"글월 말이야. 편지 가게다 보니까 조용조용한 분위기잖아. 그래도 연희점은 비교적 좁은 공간이어서 그런지 손님이 오면 인사도 잘 주고받는데 성수는 다르거든? 눈 마주치면 눈인사만 하는 정도? 굳이 대화를 나누지 않고 구경하고 가시는 손님이 많단 말이야."

"그런데?"

"바쁠 때는 하루에 몇 명이 방문한 건지도 모를 때가 많은데, 다음 날만 되면 어김없이 흔적이 쌓여 있어. 카펫 위엔 머리카락이 붙어 있고 유리 선반에는 지문이 묻어 있고. 진열해 둔 책 모서리는 점점 헤지고."

효영은 아침마다 만나는 '흔적'이 반가웠다. 흔적은 결국 그것을 낸 주인과 내가 아주 잠시라도 한 공간에 있었다는 증표였으니까. 성수점은 연희점보다 유동 인구가 많은 곳에 있어서 꼭 편지에 관심이 있는 사람만

오는 건 아니었다. 어떤 사람들은 편지지에 슬쩍 눈길을 주었다가 서간집을 펼쳐 보고, 펜을 집었다가 철제 펜팔 장을 손바닥으로 쓸어 감촉을 느껴 보기도 했다. 그들이 남기고 간 흔적이 효영에게는 동시대를 살아가는 감각을 선물했다. 그런 생각을 하다 보면 편지를 수호하는 일이 더 의미 있게 보였다.

"편지의 가치는 결국 형태가 없잖아. 그걸 지키려다 보니 뭔가 확실하게 손에 잡히는 게 없어서 불안할 때가 많거든. 근데 사람 손을 탄 흔적을 보면 이상하게 마음이 편해져."

"우효영의 노력이 아무것도 아닌 게 아니었다는 거지."

"맞아. 여기도 봐 봐."

효영이 포크 끝으로 벽 아래를 가리켰다. 누군가가 네임 펜으로 앙증맞은 피자 그림을 그려 놓았다. 밑으로는 작년 겨울의 어느 날짜를 적어 두었다.

"여기가 누군가에게 사랑받은 공간이었다는 징표지."

"귀엽네. 꼭 펜팔 우표에 그려 넣는 표식 같다."

"맞아. 그러네."

효영이 고개를 들어 동규의 레스토랑 내부를 훑어보았다. 이제 또 다른 커플이 이곳의 단골이 될지도 몰랐다. 이곳에서 흔적을 남기고 추억을 쌓으며 사랑이라고 부를 시간들을 만끽할 것이다. 우주의 관점으로는 찰나겠지만 인간의 관점으로는 평생이 될 수도 있는 순간들을 말이다.

 버스가 끊길 시간이라 은채가 먼저 자리에서 일어났다. 곧이어 레스토랑에 온 손님들도 하나둘씩 떠났다. 끝까지 남은 효영은 동규에게 자기는 집이 가까우니 뒷정리를 도와주겠다고 했다. 음악을 끄고 나니 레스토랑에는 적막만이 남았다. 효영과 동규가 접시와 물잔을 부딪치는 소리만 청량하게 울렸다.
 효영이 접시를 한곳에 포개고 컵을 쟁반에 옮겨 놓을 때였다. 양손에 와인 병을 몇 병이나 쥐고 선 동규가 말했다.
"손님 대접만 하려고 했는데. 고맙네."
"아스파라거스를 그렇게 많이 먹었는데 일해야지."
 동규가 고용한 직원은 다음 주부터 나올 예정이었다. 이번 주까지는 영업시간을 줄여서 운영할 거라고 했다. 효영이 주방으로 쟁반을 옮겨 두고 나와서 말했다.
"내일부터는 정식 오픈이잖아. 떨리겠네?"
"응. 요리는 레스토랑에서 2년 일하면서 배웠지만 사업은 아니니까. 혼자 결정해야 할 게 많아지니까 겁도 나."
 효영은 23살, 동규는 28살에 서로를 만났다. 그때 효영의 눈에 동규는 늘 어른이었다. 효영보다 아는 영화도 더 많았고, 해외여행 경험도 풍부했고, 좋거나 싫은 사람을 구분해서 그들과 가깝거나 멀게 지내는 법도 알았다. 그런 동규에게도 겁날 일이 생겼다는 것이 효영은 신기했다.

"이제 오빠랑 처음 만났을 때 오빠 나이보다 내 나이가 더 많아. 소름!"

"진짜 소름. 와, 우효영이 서른이야?"

"난 서른이면 다 큰 줄 알았는데, 오빠도 그때 애였다."

효영의 말에 동규가 어깨를 흔들며 웃었다.

"지금은 뭐, 어른일 것 같아?"

"아니야? 그럼 우린 언제 자라?"

"몇 살이 됐든 우리 다 하루하루가 처음이잖아. 공평하게."

동규가 카운터 옆 테이블에 와인 병을 하나씩 세워놓았다. 그의 널찍한 등을 보다가 효영이 혼잣말처럼 말했다.

"난 조금만 더 나한테 확신이 있었으면 좋겠어."

"확신? 왜?"

"그래야 오빠처럼 뭐든 도전할 수 있을 것 같아."

동규가 일렬로 세운 와인 병의 목을 하나씩 집었다가 내려놓았다. 그중에서 와인이 가장 많이 남은 병을 집어 들고 효영에게 말했다.

"이거 다 마실 때까지만 들어 보자."

"뭘?"

"자신감 넘치던 내 친구 우효영이 왜 확신을 못 찾고 있는지."

셋,

여름이 녹아 사랑이 되는 날에

1

> 책을 쓰게 되었다는 소식 들었어. 멋지다.
> 책 나오면 꼭 사인 받으러 올게.

효영이 가죽 필통에 메모지를 다시 집어넣었다. 지퍼를 잠근 뒤 필통을 손안에 쥐고 주물렀다. 몽당연필이 서로 부딪히는 소리가 경쾌하게 울렸다. 얼마 지나지 않아 효영 앞으로 손님이 다가왔다. 20대 후반으로 보이는 여성 손님이었는데, 투피스 정장을 입고 있는 걸 보니 근처에서 일하는 회사원 같았다.

"펜팔 하려고요."

"네. 편지지 드릴게요."

효영이 카운터 아래에서 편지지 두 장을 꺼내 손님에

게 건넸다. 손님이 편지지를 앞뒤로 살피다가 물었다.

"한 장만 써도 되나요? 편지를 평소에 잘 안 써서."

"그럼요. 쓰고 싶으신 만큼만 써도 됩니다."

손님이 수줍게 웃으며 세 사람이 앉을 수 있는 삼각형 테이블에 앉았다. 효영은 손님이 집중할 수 있도록 카운터 안쪽으로 들어가 조금 일찍 일지를 적기 시작했다.

일지를 적고도 아직 퇴근 시간이 남아 효영은 한글 파일을 켜고 편지를 보내고 싶은 사람의 목록을 적었다. 고등학교 때 존경했던 윤리 선생님, 닮고 싶었던 일본 감독, 좋아하던 아이돌 그룹, 사랑하는 친구 은채 그리고 언니까지. 과거를 훑으면 말을 걸고 싶은 사람들이 수두룩했다. 다행히 편지를 쓸 사람이 없어 걱정할 필요는 없어 보였다.

"저……."

한창 목록을 적고 있을 때 손님이 효영을 불렀다. 편지지를 더 받을 수 있냐고 물었다.

"그럼요. 편지에 오자가 생겼나 봐요."

"아뇨. 쓰다 보니까 두 장을 다 채웠어요."

방금까지만 해도 한 장을 채우기도 어렵다고 하지 않았나? 효영이 슬쩍 미소를 지으며 새 편지지를 내어 주었다.

자리로 돌아온 손님은 뻐근한 손목을 열심히 주무르며 다음 장을 채워나갔다.

(……)

짝사랑하면요, 모든 걸 그 사람의 시선으로 보게 돼요.
전 그 사람한테 완전히 장악당했어요.
그 사람이 좋아하는 음악을 듣고,
그 사람이 좋아하는 음식을 먹어요.
거울 앞에 앉으면 그 사람이 날 어떤 각도로 볼지 상상해요.
내 목소리는 어떻게 들릴까.
내가 입은 옷이 어울린다고 생각할까.
방금 눈이 마주친 건 어떤 의미지?

이런 생각은 나만 하는 걸 테니까,
어떨 때는 괜히 서글프고 내가 작게 느껴져요.

왜 노래 가사에도 있잖아요.
'그대 앞에만 서면 나는 왜 작아지는가.'

어쩌다 보니 그 사람 얘기로 한 바닥을 썼네요.
그냥 오늘은 누구한테라도 이 얘기를 하고 싶었어요.
아무한테도 저의 짝사랑을 고백할 수가 없거든요.

같은 회사 동료를 짝사랑하고 있기도 하고,
그 사람 곧 결혼하니까.
그러니까 초라한 제 비밀을 한 번만 읽고
잊어 주시면 감사하겠습니다.

저는 이제 한껏 젖어 있던 마음을 잘 말려서
내일도 아무렇지 않은 표정으로 그 사람을 보려고요.

종일 마우스를 쥐고 있다가 편지까지 쓰니까 손목이
너무 아프네요.
부디, 강 건너 불구경하듯
제 사연을 그저 편안히 읽어 주셨기를 바랍니다.

당신의 사랑은 저보다 수월하기를 바라며.
그럼 이만 줄일게요. :)

PENPAL SERVICE

무려 네 장의 편지를 꼭꼭 접어 봉투에 넣은 손님이 자리에서 일어났다. 효영이 아무것도 그려지지 않은 우표를 보고 의아한 표정으로 고개를 들었다.

"답장 안 받아도 되니까, 그냥 여기 이렇게 두고 가면 안 될까요?"

"네?"

"음……. 이런 표현은 좀 그런가요. 전 이 편지를 버리고 가고 싶어서요."

마치 대나무숲처럼 펜팔 서비스를 이용하겠다는 소리인가? 그러고 보니 조금 전 편지를 쓰는 손님의 모습은 마치 고해성사를 하는 사람 같았다. 어디에서도 하지 못할 얘기들을 적어 내려가는 듯한 모습이, 사뭇 진지하고 경건하게 느껴졌다.

여자는 대신 자기도 다른 사람의 편지를 가지고 가지 않을 거라고 말했다. 그렇게 하면 나름대로 균형이 맞는다고 생각하는 것 같았다.

"그래도 혹시 모르잖아요."

"네?"

효영이 손님의 눈을 부드럽게 바라보며 말했다.

"누군가는 손님이 쓴 편지를 읽고 깊은 위로를 받을 수도 있어요."

"그럴 내용이 아닌데……."

손님은 편지 안에 징징대는 문장들만 가득하다며 얼굴을 붉혔다. 효영이 카운터 위에 오른 손님의 편지를 내려다보고 말했다.

"저는 편지를 보낸다는 건 타인에게 선물을 주는 행

위 같아요. 그 선물이 받는 사람에게 어떤 울림을 줄지는 보낸 사람 혼자서는 절대 모를걸요?"

 효영이 양 뺨에 힘을 주며 눈웃음을 지었다. 손님이 잠시 고민하다가, 빈 우표 스티커 안에 '해바라기'를 그려 넣었다. 효영은 손님의 용기를 응원하듯 정갈한 글씨로 손님의 이름과 표식, 전화번호를 펜팔 목록 지에 기입했다.

 손님은 철제 펜팔 장 앞에서 또 잠시 고민하며 서 있다가 편지 한 통을 꺼냈다.

 "좋은 선물을 뽑은 거면 좋겠네요."

 손님이 수줍게 웃으며 글월을 나섰다.

 하루 치 일지를 완성하고 난 뒤에는 동규와 짧게 메시지를 주고받았다. 동규는 한창 러닝에 빠져서 서울숲을 뛰는 중이라고 했다. '너도 올래?'라는 말에 효영은 날이 덥다며 혀를 쭉 빼고 눈을 감은 이모티콘을 보냈다. 이어서 선호 사장이 10월에 있을 부산의 적산가옥 전시회에서 '7월에 쓰고 크리스마스에 받는 편지'를 해 보는 게 어떻겠냐고 메시지를 보내 왔다. 10월이면 크리스마스까지 두 달 남짓이었지만, 부산에서도 글월의 서비스를 체험해 볼 수 있다는 게 마음에 들었다. '가을에 쓰고 크리스마스에 받는 편지'로 이름을 새로 지어서.

> 좋아요. 그럼 적산가옥에 둘 우편함을 하나 제작해야겠죠?

> 그래. 나무 소재보다는 성수 펜팔 장처럼 스틸 소재가 좋을 것 같아.

> 한번 모던한 디자인으로 찾아볼게요.

 선호가 엄지를 세운 이모티콘을 세 개 연속 보냈다. 며칠 전에는 소희 언니와 크게 싸워서 밤마다 소파에서 잔다는 소식도 들었는데, 그래도 선호 사장답게 '킵고잉' 중인 모양이었다.

> 맞다. 이번 전시, 영광이가 도와주기로 했어.

> 잘됐네요. 아는 미술가도 많을 테고.

 효영은 영광과 가 보았던 영광의 동기들이 기획한 전시를 떠올리며 고개를 끄덕였다. 담담하고 자연스럽게, 영광에 대한 얘기를 선호와 주고받았다. 벌써 8월,

이별 후에 두 번의 계절이 지났다. 앞으로는 더 무감각해지리라. 그것이 좋은지 나쁜지도 모를 만큼, 이별은 아무것도 판단하지 않고 그렇게 사라질 것이다.

PC 카카오톡 창을 닫고 맥북을 끄려는데, 이메일 한 통이 도착했다. 에세이집 기획을 맡은 출판사에서 온 메일이었다.

에세이집 구성안 확인했습니다.

보낸 사람 `푸른숨_황은미`
받는 사람 `우효영_글월`

20XX년 8월 6일 (수) 오후 2:53

안녕하세요, 우효영 작가님.
지난번 미팅 때 만난 황은미 편집자입니다.

보내 주신 구성안 보고 메일 드립니다.

아이돌 멤버나 제가 좋아하는 배우도 목록에 있어서
무척 재미있게 살펴보았어요. :)
자세한 피드백은 파일 안에 메모로 달았는데,
구성이 자연스러워서 큰 피드백은 없습니다.

작가님, 한 가지 문의드리고 싶은 게 있습니다.
인스타그램에서 '#편지가게일기'를 살피다가 보았는데
이 일러스트는 직접 그리신 걸까요?

이번 에세이집 표지로 딱일 것 같아서요.
혹시 다른 분의 그림이면
그림 그린 작가님 이름 좀 부탁드리겠습니다.

저희 쪽에서 컨택 후 표지 문의를 해 보겠습니다.
물론 표지 관해서 다른 의견 있으시면
가감 없이 말씀해 주셔도 되고요.

그럼, 작가님 말씀 기다리겠습니다.

감사합니다.
황은미 드림

    은미 과장이 첨부한 일러스트를 클릭하고 효영이 짧은 숨을 삼켰다. 영광이 그려 준 그림이었다. 연희동 글월에서 근무하던 효영의 모습. 한쪽 손으로 턱을 괸 채 눈꺼풀을 끔벅이며 나른한 시간을 즐기던 자신을 그린 그림. 영광이 편지를 쓰는 테이블에 앉아 효영을 보고 있던 각도였다. 그림만 봐도 효영을 향한 영광의 시선이 얼마나 따뜻했는지 알 수 있었다. 시간이 지나도, 마음이 떠나도, 그날의 그림에 담긴 기억은 변하지 않았다.

효영은 메일의 답장 버튼을 누르고 잠시 키보드 위에 손가락만 올려 두었다. 마치 편지지 위에 연필을 쥐고 생각을 고르는 사람처럼. 은미 과장이 왜 이 그림을 선택했는지 알 것 같았다. 편지 가게 안에 담긴 효영의 모습이 가장 자기처럼 보였으니까. 게다가 주위에 놓인 편지지와 나무 선반이 만든 배경이 편지를 소재로 한 에세이집과 무척 잘 어울렸다.

우리는 누군가가 그 자신이 되는 순간을 경이로워해요.

영광이 효영에게 선물한 그림의 한쪽 구석에 적힌 문장이었다. 한때나마 영광은 효영이 그 자신이 되는 순간을 함께 했다. 그에 대한 모든 감정이 담백하게 가라앉더라도, 그림 속의 자신과 그의 시선은 시간 축의 한 곳에서 영원하길 바랐다.

그 정도는, 욕심을 부려도 되지 않을까.

효영은 금방 다시 연락을 드리겠다는 답 메일을 쓰고 글월을 나섰다.

2

며칠 뒤 퇴근 시간 1시간 전에 동규에게서 문자가 왔다. 대뜸 운동화를 신었냐고 물어서 그렇다고 답했더니, LCDC 1층에 있는 카페에서 기다리고 있겠다고 했다. 가방을 챙겨서 내려온 효영이 엘리베이터에서 내리자마자 오른편에 있는 카페 출입구로 들어갔다. 다 마신 에스프레소 잔을 테이블에 내려놓은 동규가 효영을 보며 미소 지었다.

"고생했어."

"가게는?"

"일찍 닫았지. 오늘까지만."

동규는 하늘색의 아노락 상의를 입고 있었다. 하의도 가벼운 재질의 반바지 차림. 운동화는 진회색의 러닝화였다. 무언가 본격적인 분위기가 물씬 풍겼다.

"운동 가?"

"응. 너랑."

효영이 눈을 동그랗게 뜨고 동규를 보았다. 우리가 언제 운동하자고 했던가? 동규가 스트링 백 팩을 등에 메고 자리에서 일어났다.

"서울숲으로 가서 좀 뛰자."

"갑자기 무슨 러닝이야."

"너 개업식 날 기억 안 나? 책 쓰려면 체력이 중요하다고 같이 달리기로 했잖아."

지난주 동규의 개업식에서 레스토랑 청소를 도운 뒤, 동규와 와인을 몇 잔 더 마시긴 했다. 5년이 넘어서야 다시 만나긴 했지만, 효영에게 동규는 무슨 말이든 들어 주는 커다란 귀를 가진 남자였다. 그러다 보니 또 말이 길어지고 할 말, 안 할 말 나오고 결국 마음에도 없는 운동까지 하겠다고 나선 거였겠지.

"내가 또 이상한 소리 한 거 있어?"

"너 그날 기억이 제대로 안 나는구나?"

"또 뭐였냐고."

"나가자. 서울숲 딱 한 바퀴만 돌고 얘기해 줄게."

8월의 서울숲은 짙푸른 녹색으로 가득했다. 동규는 효영과의 첫 러닝 기념이라며 '서울숲'이라는 글자가 크게 걸린 입구에 서서 함께 셀카를 찍었다. 반듯한 포마드 헤어는 포기하고 부스스한 앞머리를 어느새 헤어밴드로 고정한 모습이었다. 가까이 붙어 있으니 왠지 모를 상쾌한 향이 났다. 향수보다는 섬유유연제 냄새인 것 같았다.

"오늘은 근데 너무 덥지 않아? 저녁인데도 후끈해."

"에이, 겨우 이 정도로? 땀 쫙 빼면 오히려 시원해."

"진짜? 일단 한번 믿어 볼게."

말을 끝낸 효영이 먼저 서울숲 입구를 향해 가볍게 달리기 시작했다. 동규가 뒤에서 효영을 부르며 빠르게 따라왔다. 먼저 힘 빼지 말라는 소리에 효영이 반짝 웃으며 속도를 높였다. 하지만 그것도 얼마 가지 못하고, 숨이 찼다. 결국 동규의 가이드를 따라 달리기로 했다.

보도블록이 깔린 길을 지날 때 잠시 속도를 줄였다가, 흙길이 나오자 둘 다 약속이라도 한 듯 속도를 높였다. 효영은 그동안 운동을 등한시한 지 한참이라 금세 목젖까지 숨이 차올랐다. 심장이 쿵쾅거리고 등 근육이 뭉칠 듯 뻐근했는데, 그런데도 평소와는 다른 시간을 보내며 밤을 맞이하는 기분이 싫지 않았다.

"곧 있으면 언덕이다. 속도 올리자."

"여기서 더 빨리 뛰자고?"

효영이 놀란 눈을 하자 동규가 씨익 웃으며 앞서갔

다. 개업식 날 동규는 와인을 마시다 불쑥 회사 다닐 때만 해도 퇴근 후 이틀에 한 번씩은 러닝을 뛰었다고 했다. 말 그대로 '갓생'이었다고 호기롭게 말하는 게 은근히 얄미워서 사실 다 믿지는 않았는데, 오늘 보니 사실인 것 같았다. 동규는 마치 효영보다 중력을 반만 느끼는 사람처럼 폴짝폴짝 발을 구르고 경쾌하게 나아갔다.

효영이 입을 벌려 이 사이로 8월의 공기를 한껏 들이마셨다. 폐 깊숙이 숲이 뿜어내는 산소가 들어왔다가 나갔다. 살짝 옆구리 근육이 뭉친 느낌도 들었는데, 그래도 밤의 숲을 달리는 것이 꽤 재미있어서 멈추지 않았다. 내일이면 허벅지 근육이 뭉칠지도 몰랐지만 그건 또 내일 일이니까. 지금은 끝까지 달려 보고 싶었다.

하나둘, 하나둘.

마음속으로 구령을 외치며 효영이 팔꿈치를 앞뒤로 힘있게 흔들었다. 시간이 지나자 효영과 동규처럼 공원을 달리는 사람들이 더 많아졌다. 집중력이 흐트러진 효영이 주위를 둘러보았다. 여름을 맞이해 서울숲 캠핑장이 열린다는 플래카드가 나무 사이에 걸려 있었다. 잔디밭에 돗자리를 깔고 앉아 이야기를 나누는 한 무리의 젊은이들도 보였다.

"앞에 봐, 우효영."

속도를 줄여 효영 옆으로 온 동규가 말했다. 효영은

거친 숨을 내쉬며 고개를 끄덕였다. 이대로 멈추면 다시 달릴 수 없을 것 같다는 예감이 들었다. 곧이어 생태숲으로 향하는 길이라는 안내판이 나왔고 언덕이 이어졌다. 효영의 속도가 현저하게 느려졌다. 동규가 효영의 뒤로 와서는 놀리듯 말했다.

"벌써 지친 거야?"

"후……. 아니거든?"

"작가는 체력이 반이라고, 이거 네가 한 말이다?"

동규가 힘을 내라며 효영의 등을 밀어 주었다. 어느새 등줄기를 타고 땀 한 방울이 쪼르르 내려가고 있었다.

"혹시 가방에 물 있어?"

"응. 저기까지만 가서 쉬자."

무슨 PT 선생님도 아니면서 동규는 저 멀리 보이는 벤치를 가리켰다. 조금만 더 가면 된다고 놀리듯 말하는 게 얄미웠다. 효영은 동규를 노골적으로 흘겨보고는 계속 달렸다. 한껏 마시고 뱉는 공기가 마치 눈앞에 보이는 것 같았다. 킥보드를 타는 아이 둘이 효영과 동규 앞을 지나갔다.

효영은 결국 벤치에서 열 걸음쯤 떨어진 자리에서 멈춰 섰다. 양손을 무릎에 대고 허리를 숙인 채 깊은숨을 쉬었다. 젖은 앞머리 끝에서 땀방울 하나가 똑 떨어지는 게 보였다.

먼저 벤치에 앉은 동규가 백 팩에서 생수병을 꺼냈다. 효영이 벤치로 도착하자 뚜껑을 딴 생수병을 건네고는 효영의 어깨에 바람막이 재킷을 덮어 주었다.

"더워."

"그래도 덮고 있어. 땀이 금방 식으니까 추울 거야."

효영은 대답도 없이 생수를 반이나 들이켰다. 운동화를 벗고 땀으로 젖은 양말을 바람에 말렸다. 다행히 열이 난 몸이 빠르게 식었다. 동규가 덮어 준 바람막이가 아니었다면 조금쯤 한기를 느꼈을지도 몰랐다.

동규가 손수건으로 얼굴과 목덜미에 난 땀을 닦고서 효영에게 물었다.

"뛰니까 어때?"

"나쁘지 않아. 아니, 좋아."

진심이었다. 심장이 방망이질하듯 뛰자 살아 있다는 감각이 충만하게 느껴졌다. 나른하고 정적인 분위기의 글월에 있다가 이렇게 숲에서 땀이 날 때까지 뛰게 될 줄은 몰랐다. 효영은 해가 지는 풍경을 보면서 열심히 팔다리를 움직이는 자기 자신이 마음에 들었다. 앞만 보고 신나게 달리다 보면, 아무도 모르게 숨겨 두었던 마음의 잔여물이 어깨 뒤로 훌훌 떨어져 나가는 기분이 들었다.

"오빠는 왜 러닝을 하게 됐어?"

"처음엔 건강을 위해, 파혼 후에는 마음을 정리하기 위해."

지난번에도 언뜻 동규가 어떻게 지냈는지 들었다. 결혼이 깨지고 난 뒤 홀로 여행을 갔다가 이탈리안 음식의 매력에 빠져 곧장 셰프의 길에 들어섰다고. 결혼 자금으로 모은 돈을 전부 레스토랑을 여는 데 썼으니 이제 돌아갈 길도 없다고 웃으며 말한 것이 기억났다.

"그럼 다시 결혼 안 해?"

"결혼이 목표는 아니지. 사랑을 지키는 게 중요한 거지."

"왜 헤어진 건지 물어봐도 돼?"

"낭만이 하나도 없는 얘기인데 괜찮아?"

동규와 결혼을 약속했던 여자는 그가 일하는 영화사에서 외주로 포스터를 만들던 디자이너였다. 외주 작업 건으로 미팅을 하다가 커피를 몇 번 마셨고, 그러다가 말이 잘 통했고, 전시회도 가고 술도 마시고 차가 끊길 때까지 대화도 나눴다.

"서른 초반에 만나서 2년 넘게 연애하고 청혼했어. 연애 동안 한 번도 안 싸웠고, 취향이나 신념이나 윤리의식도 다 비슷하다고 생각했는데 막상 결혼을 준비하니까 다르더라."

"현실이랑 싸워서 졌어?"

"응. 처절하게."

전혀 모르고 만난 건 아니었지만, 여자 쪽이 생각보다 더 잘 사는 집이었다고 했다. 여자는 동규에게 결혼 후에 함께 유학길에 오르자고 말했다. 딱 3년만 고생하면 해외에서든 국내에서는 업그레이드된 삶을 살 수 있을 거라고. 유학 자금 대부분은 여자 집안에서 감당할 테니 걱정하지 말라고. 가능하면 해외에서 아이를 가지는 것도 좋을 거라면서.

"잘 깔린 고속도로를 달리면 끝이라는 거야. 내 인생이."

"동규 오빠 성격에는 답답해서 안 되겠네."

"그렇지. 나도 그들의 이상을 채워 줄 정도로 잘난 사람도 아니었고."

여자 쪽도 처음부터 유학을 얘기했던 건 아니다. 그저 '결혼'이라는 미션이 떨어지자 남들과 비교하게 되었고, 이 정도는 되어야 행복할 거라는 상이 생기면서 완벽한 계획을 세우기 시작한 것이다.

"그 불안이 뭔지 알아. 인간이 남들과 비교하지 않고 살 수 없는 존재라는 것도 알아. 근데 난 고집 부리고 싶더라. 여자 친구와 내가 하는 사랑을 다른 것들과 비교하면서 불행해지고 싶진 않더라고."

동규는 자기 사랑이 기성품이 된 기분이었다고 말했

다. 효영은 다 마신 생수병을 손에 쥐고 발끝을 내려다보았다. 벤치 아래에 다 먹은 과자 봉지 하나가 버려져 있었다. 효영이 발끝으로 과자 봉지를 툭툭 건드렸다.

"나만 봐 달라고 부탁했던 것 같아. 헤어지자고 말하기 전에. 우리만 느낄 수 있고 우리만 만들 수 있는 행복이 따로 있을 거라고."

"그랬더니?"

"그런 추상적인 말은 믿고 싶지 않대. 정확한 사랑을 가져오래."

"우와. 어렵다."

동규의 입가에 씁쓸한 미소가 걸렸다. 어디선가 아이와 엄마가 웃는 소리가 났다. 효영이 고개를 돌리니 커다란 버블건을 든 아빠가 둘 사이를 뛰어다니며 비눗방울을 쏘는 게 보였다. 가로등 불빛에 수백 개의 비눗방울이 반짝이며 떠올랐다.

"지금은 다 잊었어?"

"어때 보여?"

"모르지. 내가 아는 오빠는 늘 잘 참는 사람이어서."

효영이 발끝을 밀어 과자 봉지를 벤치 밖으로 빼냈다. 동규가 허리를 숙여 과자 봉지를 집어 손안에 구겼다.

"어떨 땐 체념한 얼굴이 깨달은 사람의 얼굴처럼 보이기도 해."

다 잊었다고 동규가 작은 목소리로 말했다. 가로등 불에 비친 동규의 옆모습을 물끄러미 보던 효영이, 자기도 모르게 이렇게 말해 버렸다.

"가끔 이렇게 같이 뛰자."

"정말?"

"응. 땀 흘리니까 기분이 좋아졌어."

동규가 환하게 웃으며 자리에서 일어섰다. 그러고는 비눗방울 아래에서 뛰어다니는 가족 사이를 지나 휴지통에 과자 봉지를 버리고 돌아왔다.

"가자. 집에 데려다줄게."

동규의 말에 효영이 어깨에 걸치고 있던 바람막이 재킷을 허리춤에 묶었다. 휴대용 선풍기를 든 사람이 둘의 옆을 지나갔다. 효영이 아이스크림을 먹으면서 가자며 불 밝힌 편의점 간판을 가리켰다.

소다 맛 아이스바를 하나씩 입에 물고 효영과 동규가 건널목 앞에 섰다. 달고 청량한 맛이 혀 위에서 녹아내렸다. 아이스크림은 역시 여름이 제철이라며 동규가 너스레를 떨었다. 효영은 이제야 다리 힘이 풀린 게 느껴졌다. 자꾸만 왼쪽으로 몸이 쏠리는 기분이었다. 동규가 중심이 흐트러진 효영의 어깨를 가볍게 잡으며 웃었다.

"따뜻한 물로 씻고 자. 내일 근육 좀 뭉치겠네."

"그럴 것 같아. 운동을 너무 안 하긴 했어."

몇 걸음쯤 더 걷다가 동규가 갑자기 생각난 척 효영에게 물었다.

"근데 넌 다 잊었어?"

"어때 보여?"

"헤어진 지 8개월이면…… 애매하다."

효영이 새우 눈을 뜨고 동규를 보며 물었다.

"혹시 내가 그날 취해서 왜 헤어졌는지 다 얘기했어?"

"글쎄다."

"뭐야. 왜 말 안 해 줘."

"오늘 우리 서울숲 제대로 돈 거 맞아?"

동규가 효영을 돌아보며 맑게 웃었다. 가로수가 만든 기다란 그림자가 두 사람의 어깨 위를 토닥이듯 덮어 주었다.

집으로 들어온 효영은 샤워를 마치고 침대에 누웠다. 수면 등을 켜고 동규에게 잘 들어왔다는 메시지를 보냈다. 아직 저녁 운동의 여운이 몸에 남아 있어서 눈이 말똥말똥했다. 인스타그램을 켜서 글월에 오고 간 손님들의 반응을 살피다가, 버릇처럼 영광이 연재 중인 웹툰 플랫폼에 들어갔다.

그리고 〈우리집 연정이〉의 마지막 회차에 달린 '작가

의 말'을 읽었다.

 잘 끝내려고, 잘 기다리고 있어요.

 효영이 엄지손톱으로 영광이 쓴 문장을 밑줄 긋듯 문지르며 말했다.
 "나도. 나도 그럴게."

3

영광이 아침 일찍 부산으로 가는 KTX에 올랐다. 주중이라 그런지 빈 좌석이 많았다. 의자를 조금 젖히고 피로한 눈을 감았다. 안 그래도 불면의 밤과 전쟁 중인데, 이렇게 다음 날 일정이 있는 밤이면 긴장감에 거의 뜬눈으로 밤을 새웠다. 눈을 감으면 영광이 상상으로 만들어 낸 '수면의 바다'에 크고 작은 검정 고래가 얄밉게 뛰어다니는 모습이 떠올랐다.

"문진이에요. 향유고래 문진."
"아, 진열해 놓은 거 자주 봤어요. 근데 왜 갑자기……."

거의 3년 전인가? 글월에서 만난 효영을 졸졸 따라 연희동 카페에 다녀온 날이었다. 편지 가게 직원이면서 엽서 한 통 쓰는 게 어려워 카페 테이블에서 펜을 잡고 끙끙대는 모습이 퍽 귀여웠다. 글월에서 대뜸 뽑아온 책을 읽다가 힐끗, 또 아이스 아메리카노를 한 모금 머금고 힐끗 효영을 봤는데, 편지를 뚫어져라 쳐다보는 효영은 영광의 눈길을 모르는 듯했다.

이렇게 쳐다보는데 모른다고? 나한테 정말 관심이 하나도 없나? 힘이 빠질 무렵 효영과 이런저런 얘기를 나눴다. 잘 풀리지 않은 웹툰 작업에 대한 이야기, 효영이 영화를 관두게 된 이야기. 담담한 말 속에서 영광은 효영이 아직 영화를 사랑하고 있다는 걸 알았다. 영광도 프리랜서의 삶에 불안감을 느끼고 원하는 작업물이 나오지 않아 마음이 아리던 때라, 그 마음을. 그 미련을 잘 알았다.

그날은 선호 사장이 눈치 좋게 삼겹살을 먹고 가자는 바람에 효영과 더 붙어 있을 수 있었다. 선호 사장이 집으로 돌아가고 영광이 효영을 집으로 바래다주는 길이었다. 효영은 갑자기 무슨 생각이 난 건지 글월로 달려 올라가 향유고래 문진을 가지고 내려왔다.

"무게감 있는 걸 손에 쥐고 있으면 잠이 잘 오더라고요."

어떻게 이런 말을, 이런 예쁜 말을.
집으로 돌아온 영광은 소파에 앉아 반질반질한 고래

의 이마를 쓰다듬으며 꽤 오랫동안 웃었던 것 같다. 문진을 쥐자마자 효영에 대한 흐릿했던 마음이 어떤 '무게'를 가지게 된 기분이었다. 사랑이구나. 드디어 사랑이 형체를 찾았구나.

영광은 그날 전에 없이 깊고 달콤한 잠에 빠졌다.

효영은 알까. 이별 후 도망치듯 떠나간 네덜란드에서도 밤마다 고래 문진의 무게를 상상하며 눈을 감았다고. 가슴 위에 올린, 사랑이었던 것의 무게가 묵직하게 통증을 가져올 때도 있었다고.

그런 사랑도 결국엔 다 과거가 되었다는 게 이상하지. 화석처럼.

영광은 언젠가 네덜란드 북해 남부에서 향유고래가 집단으로 폐사한 채 발견되었다는 뉴스를 본 적이 있었다. 먹이를 찾던 수컷 무리가 얕은 수심 때문에 길을 잃고 해안으로 밀려와 고립되는 일이 희박한 확률이지만 발생한다고 했다.

깊은 줄만 알았던 바다가 그 깊이를 잃었을 때, 향유고래는 어디로 가야 할지 모른다는 막막함과 다시 돌아갈 수 없다는 공포를 느꼈을 거다. 사랑도 그렇지 않나. 아주 깊고 넓다고 생각한 사랑도 나 하나 헤엄칠 수 없을 정도로 얕고 좁아졌을 때, 결국 제자리에서 길을 잃고 멈추게 되지 않나.

 세상을 사는 건 자꾸만 길을 잃는 일이지만, 영광은 그보다 길 잃은 거리에서 누구의 손도 잡지 못하는 자기 자신이 더 두려웠다.

 부산역에 먼저 도착한 가연과 오초량으로 향했다. 아파트 사이에 자리한 100년 넘은 적산가옥, '오초량'이 늦여름의 햇빛을 받아 우아한 자태를 뽐냈다. 가연은 가옥의 1층과 정원을 둘러본 뒤, 2층에 올라가자마자 격자식 나무문과 작은 방 그리고 창문으로 들어오는 햇살을 감상했다.
 "여기 자리 찜하면 안 돼? 너한테 보여 준 사진 중에 수작업으로 만든 모빌 말이야. 여기에 두면 딱일 것 같아. 바닥에는 나비 모양의 종이 작품도 두고."
 햇살을 받으면 자신의 작품이 훨씬 보기 좋을 거라고 했다. 영광도 괜찮은 생각이라며 가연에게 2층 전시 구역을 부탁했다. 스마트폰을 꺼내 전시할 자리를 이리저리 찍던 가연의 눈빛이 반짝였다. 영광은 그녀에게서 느껴지는 밝은 생기에 미소를 지었다.
 오초량을 나온 두 사람이 근처 카페에 앉았다. 그사이 햇빛은 더 쨍하게 빛나서, 가연은 통창을 피해 안쪽 자리로 가자고 했다. 시원한 아이스 아메리카노를 마시던 영광이 에어컨 바람에 깊은숨을 내쉬었다.

"웬 한숨이야?"

가연이 메모장에 스케치하다가 영광을 올려다보았다.

"아니, 그냥 숨. 살 것 같아서 쉬는 숨."

"다행이네. 난 네가 말도 없이 네덜란드로 뿅 가 버려서, 심장에 시커먼 녹이라도 슬었나 했어."

영광이 빨대로 음료 잔을 저으며 희게 웃었다.

"내 심장이 깡통이냐? 녹이 슬게?"

"아예 망가진 건 아닌 거지?"

"응?"

"다시는 아무도 못 만날 만큼 완전히 엉망진창이 된 건 아닐 거 아냐."

가연이 걱정스러운 눈으로 영광을 빤히 보았다. 영광은 가연이 쓰던 메모지를 당겨 와서 꽃이며 나무, 고양이와 책 같은 사물을 낙서처럼 그렸다. 연필을 쥔 영광의 손등에 햇살이 사선으로 내리쬐었다가 구름에 가려 사라졌다.

"어머님은, 괜찮으셔?"

가연이 고개를 숙여 영광과 다시 눈을 맞추었다. 의미 없이 유리병을 소묘하듯 그리던 영광이 입을 열었다.

"한창 힘들 때는 지났어. 수술도 두 번이나 잘 마쳤고. 이제는 집에서 슬근슬근 지내시라 했지. 집안일 같은 건 일절 못 하게 하려고 식기세척기도 사 드렸는데, 여태 자기 손 아니면 못 믿겠다고 싱크대에 서서 설거지를 하신단다."

가연이 피식 웃고는 영광의 말에 맞장구쳤다.

"우리 엄마랑 똑같네. 엄마들은 다 그래. 자기 손에 닿아야 뭐든 잘 돌아간다고 믿어."

그러고는 한참 엄마 흉을 보다가 그래도 세상에 엄마만큼 사랑스러운 사람은 없다며 웃음을 터뜨렸다. 가연은 모든 문제를 가볍게 만드는 재주가 있었다. 내면의 근력이 센 건지, 삶의 무게를 한껏 들고 있어도 어떨 땐 제 것이 아닌 척 여겼다. 영광은 가끔 가연의 그런 성격이 부러웠다.

영광은 효영이 한창 시나리오 공모전을 준비하던 때 어머니가 쓰러졌다는 소식을 숨겼다. 시나리오를 마무리 짓는 중에 괜히 걱정을 끼치고 싶지 않다는 핑계 때문이었다.

처음에는 그게 다 배려라고 생각했는데 지금은 그냥 다 자기의 이기적인 마음 탓이라는 걸 알았다. 어차피 직접 해결해야 하는 일에 다른 사람의 걱정에 대한 걱정을 보태고 싶지 않았다.

가연이 문득 말을 멈추고 영광을 빤히 보았다.

"근데 왜 또 나만 떠들어? 너 내가 그러지 말랬지?"

"아니. 그냥 너 얘기하는 게 신나 보이길래 듣고 있었지."

"안 돼. 불공평해. 이제 네 얘기 꺼내, 어서."

"뭐야. 내가 무슨 빚졌어?"

영광이 실쭉 웃자 주머니에서 스마트폰 알림음이 울렸다. 효영에게서 메시지 한 통이 와 있었다. 이별 후 반년이 넘어서야 처음 받는 메시지였다.

> 한국 돌아왔다며. 연우한테 들었어.

스마트폰을 뚫어져라 보고 있는 영광에게 가연이 물었다.

"뭐야. 어머님이야? 뭔데 인상을 써."

"아니야. 잠깐 화장실 좀 다녀올게."

자리를 피한 영광이 또박또박 자판을 눌러 효영에게 인사 메시지를 보냈다. 잘 지내냐는 의례적인 인사가 끝난 뒤, 효영은 대뜸 사무적인 말투의 문장을 전송했다.

> 다름이 아니라, 네가 예전에 그려 준 일러스트 말이야. 내가 '편지가게일기'에도 업로드한 거. 너도 들어서 알겠지만……

효영답지 않게 조금 어수선한 문장들이 보였다. 요는, 영광이 그려 준 일러스트를 이번에 낼 서간집 형태의 에세이 표지로 쓰고 싶다는 뜻이었다. 원작자의 허락을 받아야 하는 일이라 미리 연락을 준다면서. 너무 건조한 문장들이라 영광은 메시지를 읽는 내내 목이 다 타는 기분이었다.

> 아, 그리고 필통 안에 두고 간 쪽지 읽었어. 고마워.

 그러다 효영이 보낸 마지막 메시지에 영광이 희미한 미소를 지었다. 응원의 말을 덧붙일까 하다가, 엄지를 들어 올린 이모티콘 하나만 보내고 말았다.

 서울로 올라왔을 때 가연은 끝내 저녁까지 같이 먹지 못한 게 아쉬운 모양이었다. 영광은 다음에 전시가 끝나면 꼭 제대로 대접하겠다고 약속한 뒤, 선호와 연우가 먼저 가 있다는 파전집으로 향했다. 평소 힙한 장소에서 하이볼이나 외국 맥주만 마시는 연우가 웬일인지 입대할 때가 되니 입맛이 바뀐 모양이었다.
 "속이 쓰릴 때는 이렇게 잔을 세게 부딪치면서 마시고 싶거든요."
 벌써 8월 중순이 지나가고 있었다. 이제 입대까지 거

의 딱 2달이 남은 시점. 울적한 연우의 등을 두드리던 선호가 영광에게 말했다.

"얘 마지막으로 썸 탔대. 짧고 굵게."

"짧고 굵게라면……?"

"그대로 쫑 났다는 거지. 다음 스텝 없이."

"아……."

영광이 작게 탄식하며 연우의 잔에 막걸리를 새로 따라 주었다. 술도 잘 못 마시는 놈이 오늘따라 막걸리를 꿀떡꿀떡 잘만 넘겼다. 팝업 스토어를 뻔질나게 드나들다가 지갑을 잃어버렸고, 그걸 찾아다 준 여자와 두 번 정도 데이트한 모양이었다.

"기다려 달라고 하지. 분위기 좋았다며."

"어떻게 그래요. 우리 둘 다 젊은데. 한창 예쁠 때 벚꽃 앞에서 사진 찍어 줄 남자 만나셔야지."

"네가 또 군대 있을 때만 느낄 수 있는 연애의 낭만을 모르는구나."

결국 또 선호의 일장 연설 스위치를 켜고 마는 연우였다. '곰신' 생활을 해 준 고마운 여자 친구에게, 선호는 생활관에서 제일 많은 편지를 보낸 인물이었다. 가을에는 제일 예쁘게 생긴 낙엽을 주워다가 봉투에 동봉하고, 겨울에는 여자 친구를 생각하면서 주운 눈이라고 편지지 위에 눈송이를 올려 눅눅해진 물 자국을 함께 보냈다. '눈, 물 자국'이라고 귀여운 표현까지 써 가면서.

"아니. 그거 아니에요? 맨날 축구 얘기만 써 대서, 여자 친구가 '이제 축구 얘기 좀 그만 보내!'라고 했다면서요."

"이 자식! 넌 하필 그게 기억이 나냐?"

술기운이 오른 선호와 연우가 가볍게 티격태격하였다. 영광도 기분 좋게 취해 결국 다음 병까지 따서 막걸리 잔을 채웠다. 그러다 무심코 또 효영이 얘기가 나왔다.

"효영이는 글 잘 쓰고 있어요?"

"그렇겠지? 사실 내가 아직 효영이 업무를 못 줄여 주고 있어서 미안해서 못 물어봄. 연우 입대하기 전에 빨리 새로 알바를 뽑아야 하는데."

"안 그래도 오늘 저한테 연락 왔어요."

영광의 말에 선호와 연우가 눈을 동그랗게 뜨고 서로 마주 보았다.

"별 거 아니에요. 에세이집 표지로 제가 준 그림을 쓰고 싶대요."

"아. 그랬어?"

선호가 뜨거운 숨을 푹 쉬다가 영광에게 말했다.

"비용 청구는 나한테 해. 출판사한테 얼마라도 주라고 할게."

"됐어요. 이미 준 건데 무슨 보상을 원해요."

한 장짜리 엽서 크기의 그림이었다. 그림 아래에 효영을 위한 문장을 한 줄 적은.

"별거 아니라고 해도 마음을 써서 그린 그림이잖아. 가치는 인정받아야지. 네가 예술가인데."

선호가 아쉽다는 듯 영광을 보았다. 영광의 막걸리를 한 모금 마시고 말했다.

"이미 다 끝난 일에 돌려받을 게 뭐가 있어요. 마음도 마찬가지고요."

그러자 술을 깨려는 듯 눈을 끔벅이던 연우가 울먹이듯 말했다.

"돌려받아야죠. 돌려받을래요. 내가 얼마 소중하게 아껴 둔 마음인데, 날름 먹고 도망가. 그러면 안 되지."

"얘 취했다. 선호 형. 그만 집에 보내자."

영광이 선호를 돌아보자 선호도 이미 한계에 다다른 것 같았다. 쉽게 집에 가기는 글렀구나. 영광이 조용히 고개를 저었다.

"그럼 기다려 달라고 해. 나한테 빚졌으니까 내가 준 사랑 아끼고 아껴서, 매일 닦고 닦아서 돌려 달라고."

선호가 혀가 꼬부라진 말투로 연우를 향해 검지를 흔들었다. 연우가 그러는 사장님은 준 사랑을 전부 돌려받았냐고 하니까, 선호가 씨익 웃었다.

"받았지. 우리 하준이랑 하율이로."

"으. 됐어요. 됐어."

연우가 손바닥으로 자기 머리칼을 흐트러뜨렸다.

"넌 졌어, 인마."

영광이 웃음을 터뜨리며 연우의 머리를 두드렸다. 아내 바라기에 애들 바라기인 로맨티스트 선호를 이기기가 어디 쉬울까.

마지막 막걸리 병을 비우고 다 같이 일어나려는데, 선호가 여전히 소파에서 잠을 자는 자기 신세를 비관하며 말했다.

"아니야. 안 돌려줬어. 소희가 우리 애들만 예뻐하고 난 안 예뻐해. 내가, 내가 이렇게 매일 사랑을 던지는데! 응? 소희는 안 줘. 안 돌려줘……!"

"그쵸? 왜 안 돌려줘요. 네? 네에?"

연우가 울먹이는 선호를 꼭 껴안고 등을 토닥였다. 누가 누굴 위로하고 있는 건지. 영광이 혀를 내두르며 계산을 마치고 두 사람에게 빨리 가게 밖으로 나오라며 소리쳤다. 비틀대는 남자 둘이 좁은 문을 동시에 나오다가 머리를 박고 바닥에 주저앉았다.

"아앗!"

"아야……."

영광이 한숨을 쉬며 이마를 손바닥으로 쓸었다.

"이 아저씨, 아니 이 청년까지 큰일이네."

대책 없는 두 사람을 보다가 효영 생각이 났다. 술이 잔뜩 취한 선호를 집에 데려다주었다가 소희와 더 냉전에 빠질까 걱정이 들었다. 전화라도 해서 어쩌면 좋을지 물어봐야 하나. 뭘 또 굳이 전화하느냐고 생각할까.

 잠깐 고민하던 영광이 결국 스마트폰을 꺼내 효영의 전화번호를 눌렀다.

4

초저녁의 서울숲이었다. 새로 산 러닝화를 신은 효영이 동규와 함께 8월의 숲을 달렸다. 낮 동안 햇빛에 바짝 말라 있던 잎들이, 저녁이 되어 약간의 습기를 머금자 다시 풀 내음을 뿜냈다. 효영은 그사이 15분을 쉬지 않고 달릴 수 있는 체력을 길렀다. 물론 여전히 동규가 그녀의 옆에서 속도를 맞춰 줘야 했지만.

"동규 오빠."

"왜."

"달릴 때 무슨 생각해?"

"글쎄다."

하나둘, 하나둘. 짧은 대화를 나누는 와중에도, 효영은 마음속으로 숫자를 셌다. 리듬이 끊기면 다시 돌아가기가 어려웠다.

"생각을 왜 하지? 그냥 달리는 건데."

"그런가?"

"우효영 평소에도 생각 엄청 많지 않나. 달릴 때는 그냥 달려."

동규가 달리는 속도를 높였다. 이제 좀 더 빨리 따라오라는 신호였다. 효영이 진지한 표정으로 팔다리를 더 힘껏 앞뒤로 흔들었다. 두 사람은 곧 꽃사슴 방사장으로 들어왔다. 평소와는 다른 코스였다.

"뭐야, 왜 여기로 왔어."

"사슴 보면서 한 템포 쉬자. 오늘은 나도 좀 힘들다."

동규가 가로등 앞에서 멈춰 섰다. 8시가 조금 넘은 시간이었다. 벤치를 찾은 동규가 먼저 가서 자리를 잡았다. 효영은 주머니에서 손수건을 꺼내 목덜미에 난 땀을 한 번 닦아 냈다. 동규 옆자리에 앉은 효영이 맞은편 방사장 안에서 슬근슬근 움직이는 사슴의 나른한 모습을 구경했다. 한동안 둘은 말이 없었다. 어디선가 풀벌레 소리만 났다.

잠시 뒤, 동규가 입을 열었다.

"이 시간에 안 뛰면 원래는 뭐 했어?"

"음, 아마 드라마를 보든가 책을 읽겠지. 근데 요즘은 러닝 안 하는 날엔 글 써."

"편지 에세이? 잘 써져?"

"그런 건 모르겠어. 그냥 하고 있어."

"잘하고 있네. 원래 다 그냥 하는 거야."

동규와 효영이 약속이라도 한 듯 시선을 내려 발끝을 보았다. 일주일에 두 번씩 이렇게 일이 끝나고 서울숲에서 러닝을 했다. 그동안 두 사람은 한 번도 영화 얘기를 꺼내지 않았다. 어쩌면 서로에게 여전히 상처가 될 것 같아서, 그리고 또 어쩌면 영화 곁에서 호기롭게 굴던 과거가 더는 마음에 들지 않아서. 조금은, 창피해서.

대신 둘은 사슴 얘기를 했다. 통통한 몸통을 떠받치고 있는 가느다란 두 쌍의 다리에 대해서, 눈송이가 떨어진 것 같은 하얀 등 무늬에 대해서, 보슬보슬한 솜털이 난 사슴뿔의 귀여움에 대해서. 효영은 자리에 앉아 어깨와 허리를 두드리며 사슴의 움직임을 눈으로 좇았다.

"난 요즘 너 만나면 놀라."

동규와 효영이 동시에 서로를 보았다.

"이젠 너랑 영화 없이도 대화할 수 있다는 게 신기해."

"나도 그래."

영화 커뮤니티에서 만난 사이였다. 효영과 동규는 정말 밤을 새워서 오즈 야스지로의 〈꽁치의 맛〉이나 자크 타티의 〈플레이 타임〉 등의 영화 얘기를 했다. 씨네필로 가득한 곳이었지만, 대부분 두 영화를 안 봤거나 봤어도 지루하다고 여겼기에 어떤 날은 두 사람만 다른 채팅방으로 추방을 당하기도 했다. 그렇게 할 말이 많으면 따로 하고 오라는 방장의 투정 때문이었다.

효영이 그때를 생각하며 작게 미소 지었다.

"그땐 거의 영화 순교자처럼 지냈는데."

"그러게. 근데 난 너랑 연락이 뜸해지고 얼마 지나지 않아서 영화에 흥미를 잃었어."

"왜?"

"영화사에서 일하니까 싫어지더라고. 난 그냥 팔짱 딱 끼고 멋있는 척 감 놔라 배 놔라 비평하는 게 재미있었나 봐. 방구석에서."

"그럼 영화 비평을 하지. 동규 오빠 시선 좋잖아."

"효영아."

동규가 효영을 지그시 보고는 말을 이었다.

"나 사실 많이 비겁해. 잘해야 할 때마다 도망치는 것 같아."

동규는 사실 4년 전 영화 비평으로 등단을 했다. 이후로 청탁이 두어 건 왔지만, 동규 쪽에서 거절했다. 자기의 문장 하나가 사람들에게 울림만 줄 리가 없었다. 어쩌면 영화에 대해서 잘 모르면서 주절댈까 봐 겁도 났다.

동규는 이 얘기를 하며 쓸쓸한 미소를 지었다.

"아니, 사실은 그만큼 영화를 사랑하지 않았던 건지도. 진짜 사랑하면 실패도 껴안아야 하는데, 이상하게 싫었어."

"그럼 잘했어. 억지로 싫은 걸 할 필요는 없지."

효영도 지난 2년간 시나리오 공모전에서 내리 낙방한 얘기를 꺼냈다. 나중에는 떨어져서 얻은 상처보다는, 영화를 완전히 관둔다고 했을 때 실망할 사람의 얼굴이 떠올라서 힘들었다는 말도 했다. 이게 진짜 내 꿈인지 의심이 들면서도 관성처럼 또 빈 문서를 열게 되는 거였다.

"나도 오빠랑 비슷해. 난 그냥 우아하게 당선이라는 자리에 앉고 싶었던 거 같아. 뽑아 달라고 구걸하기도 싫고, 이 이상 열심히 하기도 싫고."

"우린 환상을 사랑한 건가."

동규가 무언가 더 하려던 말을 멈추고 허공을 보았다. 동규의 어깨너머로 사슴이 고개를 푹 숙였다가 들어 올리는 모습이 보였다. 환상을 사랑했다는 그 말은 동규에게 영화이기도, 결혼을 약속했다는 여자와의 이야기이기도 했다.

"근데 효영아."

동규가 효영을 보며 말했다.

"무언가를 사랑하려면 환상은 꼭 필요한 거 같아. 처음엔 그 환상을 사랑하고 잠시 뒤에는 환상이 꺼지는 광경을 사랑하는 거지."

자기는 그러지 못했다고, 그래서 떠나는 여자를 붙잡

지 못한 거라고 말했다.

"바꿔 말하면 누군가를 진심으로 사랑하기 위해서는 그 환상이 휘발되었을 때도 여전히 그 사람을 사랑할 수 있다는 믿음이 필요한 것 같아."

결국 환상과 현실을 함께 껴안을 수 있는 사람만이 사랑을 지킬 수 있다는 걸까. 효영은 어쩌면 영광이 자기에게서 비롯된 환상이 꺼지는 순간을 견디지 못했을지 모른다고 생각했다. 그 반대로 자기도 마찬가지였고. 다른 연인들의 이별도 크게 다르지 않겠지. 효영은 자기의 사랑만이 특별하다고 기억할 생각도 없었다.

"이제 그만 갈까?"

동규가 먼저 자리에서 일어날 때였다. 효영의 스마트폰이 울렸다. 영광의 전화였다. 무심코 통화 버튼을 누른 효영이 익숙한 목소리를 들었다.

—효영아.

시끄러운 배경 소리를 듣고 짐작하건대, 선호와 연우까지 셋이서 술을 마시는 날인 것 같았다. 예상대로 영광이 술을 마시던 중이라고 말했고, 인사불성이 된 선호가 오늘은 절대 집으로 들어가지 않겠다고 주사를 부린다고 했다.

—선호 형 스마트폰은 잠금이 되어 있고, 내가 소희 누나 번호가 없네.

"지금 언니랑 사이가 안 좋을 텐데."

―이런 모습 보여 주긴 좀 그렇지? 나도 고민 중이었어. 그냥 우리 집으로 데려가서 재워야겠다.

"연우는 같이 있지?"

―먼저 보냈어. 애도 제대로 취해서.

"혼자 괜찮겠어?"

선호보다야 영광의 체격이 더 크긴 했지만, 온몸이 축 늘어진 성인 남자를 혼자 부축하긴 쉽지 않아 보였다.

―괜찮지, 그럼.

"알았어. 조심히 가."

통화를 끊자 동규가 효영을 보았다. 효영은 편지 가게 사장 선호 얘기를 짧게 전했다. 일과 가정의 밸런스를 잡지 못해 방황하는 그의 사연에 동규가 천천히 고개를 끄덕였다.

"전화 한 사람은 누군데? 편지 가게 직원?"

"아니. 그냥 아는 사람."

효영과 동규가 서울숲을 빠져나올 때였다. 집으로 데려다주겠다는 동규에게 효영이 먼저 인사했다.

"오늘은 알아서 갈게. 걱정돼서 사장님 좀 보고 가야겠어."

"그래. 알았어."

동규가 희미하게 웃으며 먼저 돌아섰다. 효영은 동규

의 뒷모습을 잠시 지켜보다가 영광에게 전화를 걸었다.

 서로를 삼킬 듯 입을 벌리고 악을 쓰던 이별은 아니었다. 눈앞에 떨어진 물건처럼 발밑에 있던 이별을 서로 집어 들었을 뿐. 그러니 반년이 지나 다시 만난 영광에게 효영은 별다른 아쉬움이 없어야 했다.
 효영은 인사 대신 모른 척 차도로 시선을 돌리고 영광에게 물었다.
 "택시 잡았어?"
 "아직. 지금 잡으려고."
 성수동 글월과 멀지 않은 곳에 있는 전집이었다. 고소한 기름 냄새가 물씬 풍겨 왔다. 보도와 도로 사이에 깔린 울타리에 선호가 등을 기대고 콩나물처럼 늘어져 있었다. 영광이 선호를 향해 한숨을 쉬었다가 효영을 돌아보며 눈썹을 찡그리고 민망한 듯 웃었다.
 스마트폰을 꺼내 택시를 부른 영광이 효영 옆에 섰다. 헤어진 연인이 재회하기에 딱히 애틋함을 느낄 상황은 아니었다. 효영은 그래서 좋았다. 글월에서 만났다면 웃어야 할지 무표정을 지어야 할지 몰랐을 것이다. 지금은 선호를 보며 혀를 끌끌 차고, 영광을 보며 어색하게 웃음을 지을 수 있었다.
 "얼마나 걸려?"

효영이 영광의 스마트폰을 흘끗 보며 물었다.

"5분. 가깝네."

우물쭈물하다 보면 금방 헤어질 시간이었다.

효영이 시간에 쫓기듯 영광에게 물었다. 이미 메시지로도 주고받은 말이지만, 그래도.

"잘 지냈어?"

"응. 넌?"

"나야 똑같지. 글월 잘 꾸리고 있어."

"좋아 보여."

"그래?"

둘 사이로 후끈한 바람이 불었다. 하나도 시원하지 않은, 땀 한 방울 말리지 못하고 찝찝함만 남기고 가는 바람이었다. 효영은 끈적한 목덜미를 맨손으로 쓸고 나서 말했다.

"웹툰은?"

"잠깐 쉬고 있어. 결말만 남아서."

"결말은 정했어?"

"아직."

그때 울타리에 등을 기대고 있던 선호가 보기 좋게 바닥으로 주저앉았다. 영광이 선호의 겨드랑이에 손을 넣어 그를 일으켰다. 선호가 두 눈을 꼭 감은 채 술주정을 부렸다.

"소희야……. 소희야!"

"네네. 일어나세요, 형."

효영이 한숨을 쉬며 한 손으로 이마를 짚었다. 그동안 농담조의 말로 소희 언니와 사이가 좋지 않다는 말을 했지만, 생각보다 심각한 것이었나.

"선호 오빠는 왜 이렇게 많이 마셨대."

"맘대로 안 되잖아. 사는 게."

영광이 희미한 미소를 지으며 효영을 보았다. 곧이어 예약한 택시가 도착했다. 5분이 이렇게 짧았나. 효영이 얼떨결에 손을 흔들었다. 그러다 다시 영광에게 도와주지 않아도 되냐고 물었다.

"뒷문만 좀 열어 줄래?"

"어."

효영이 뒷문을 열자 영광이 선호를 뒷자리에 앉혔다. 그사이 영광이 입은 티셔츠 뒷면에 땀 자국이 났다. 효영은 손 부채질이라도 해 줄 것처럼 손을 가슴께까지 들고 섰다. 언제 인사를 해야 할지 알 수 없었다. 영광은 양팔을 허리에 올리고 잠시 숨을 골랐다. 턱 끝에 맺힌 땀방울이 뚝 떨어지는 옆모습을 효영이 가만히 지켜보았다.

"먼저 갈게."

순간, 영광이 몸을 돌려 커다란 손으로 효영의 손을

가볍게 쥐었다. 고열을 앓는 환자처럼 뜨거운 체온에 효영이 놀랐다. 영광이 곧바로 손을 떼고 뒷자리에 올라탔다. 마치 리허설 대로 연기를 하는 데 실패한 배우가 당혹감을 안고 무대를 떠나는 것 같았다.

"조심히 가."

"어어."

효영이 제자리에 서서 영광과 선호를 태운 택시가 사라지는 걸 지켜보았다. 근황을 나누기에는 몇 분이라는 시간이 너무 짧았다. 그럼 무슨 얘기를 더 해야 했나. 뒤돌아선 효영도 답을 찾을 수 없었다. 애초에 내가 올 필요가 있었나? 택시 뒷문을 열어 준 것 외에는 딱히 한 것도 없었는데 말이다.

집으로 향하는 효영의 손등이 아직도 뜨거웠다. 손등에 닿았던 영광의 손 모양을 그대로 그릴 수도 있을 것 같았다. 효영은 자기 손을 연신 주무르며 걸었다. 어디선가 또 텁텁한 바람이 불어 왔다. 방금까지 있었던 일이 전부 한여름 밤의 장난 같았다.

넷,

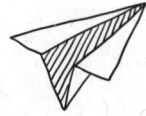

인연과 사연

1

친애하는 버지니아

당신 편지를 받으면 얼마나 좋은지.

편지를 받으면 하루를 얼마나 활기차게 맞이하게 되는지.

당신 편지를 받는 일이 너무 좋아서 아침 우편물을 열 때면 가장 마지막까지 남겨두곤 해요.

아이가 마지막 초콜릿 조각을 남겨두듯이.[1]

서간집을 읽는 효영의 입가에 미소가 떠올랐다. 작업을 시작한 서간집 형태의 에세이에 무언가 도움이 될까 싶어, 편지 가게가 한가할 때 틈틈이 이렇게 타인의 편지를 들여다보았다. 효영은 특히나 보내는 이인 '비타'가 쓴 편지 말미의 마지막 문장을 좋아했다.

---

1) 버지니아 울프&비타 색빌웨스트, 『나의 비타, 나의 버지니아』, 큐큐, p.37

늘 당신의, 비타

 늘 당신의 누군가로 남겠다는 영원성이 느껴지는 말이었다. 고작 100년 남짓 살 수 있는 인간에게 영원이란 단어는 부질없는 말장난일 뿐이지만, 어떤 사랑은 인간의 상상력을 최대한 동원해야만 그 깊이와 길이를 표현할 수 있었다.
 "책 읽어? 이제 작가라 이건가?"
 선호 사장이었다. LCDC 도어즈의 월간 회의에 참석하고 오는 길이었다. 그 사이 머리도 깔끔하게 다듬고 웬일로 멀끔한 셔츠를 입고 나왔지만, 여전히 삶의 피로가 얼굴빛에 묻어 나왔다. 효영이 책 사이에 깃털 모양의 황동 책갈피를 끼우고 말했다.
 "원래 제가 책 좀 읽습니다."
 "아닌데? 나 너 여기서 책 읽는 거 처음 보는데?"
 "놉. 바빠서 그동안 직원들이 어떻게 사는지 못 챙기신 거겠죠."
 선호가 한 방 먹었다는 표정으로 입술을 꾹 다물더니, 글월 선반에 디피한 제품들을 천천히 살펴보았다. 벌써 9월이었다. 가을이 오면 알록달록 단풍색과 어울리는 제품들을 선반 위쪽에 올려 두는 식으로 디피를 조금 바꾸었다. 가구의 위치나 벽에 붙은 포스터 등이 자리를 옮기는 걸 보다 보면 1년이 다 갔다.

효영이 새로 들어온 편지지 세트를 포장하면서 선호에게 물었다.

"오늘은 회의를 좀 오래 했나 봐요?"

"아니. 정시에 끝났어. 그냥 오는 김에 도어즈 대표님들이랑 일대일 인사."

"인사랍시고 가게마다 20분씩 수다 떨고 온 게 아니라?"

선호가 억울한 표정도 없이 맑게 웃으며 고개를 끄덕였다.

"이런 재미라도 없으면 어떻게 사니. 집에 들어가면 한마디도 안 하는데."

"그 냉전 참 오래 가네요."

"우리 생활이 바뀌지 않으니까. 내가 미안하다고 싹싹 비는 건 소용이 없지."

안 그래도 선호는 곧 새 직원을 뽑아, 효영은 물론 선호의 업무량도 3분의 1은 덜어 낼 계획이라고 했다. 그래야 집에 들어가서도 하준과 하율의 앞에서 진심을 담은 웃음을 지어 줄 수 있을 것 같다면서.

선호는 창가에 양팔을 포개어 올리고 성수의 가을 풍경을 감상했다.

"거 참, 편지 쓰기 좋은 날씨네."

"편지 가게 사장님 눈에는 그렇게 보이겠죠. 라멘집

사장님 눈에는 라멘 먹기 좋은 날씨겠고, 옷가게 사장님 눈에는 카디건 사기 딱 좋은 날씨겠고."

"어라?"

선호가 장난기 섞인 눈으로 효영을 보며 말했다.

"요즘 일 끝나면 서울숲 달린다더니 별 효과가 없나 봐?"

"무슨 소리예요?"

"원래 운동하면 스트레스도 풀리고 마음에 여유도 생기는 거 아닌가?"

"제가 지금 여유가 없어 보이나요?"

"어. 마음이 아주 뾰족뾰족해 보여."

허 참. 효영이 헛웃음을 치고 고개를 돌렸다. 선호가 바로 옆에 둔 책상에서 의자를 꺼내고 앉았다.

"너 요새 얼굴 보면 3년 전, 아니 이제 곧 4년 전인가? 너희 언니 편지 피해서 서울로 도망 왔을 때를 보는 것 같아."

"그때 내가 어땠는데요."

"뭐긴 뭐야. 도망친 사람의 얼굴이었지."

딱히 반박할 말이 떠오르지 않았다. 집안의 온 기대를 다 안고 자란, 무려 서울대를 나온 효영의 언니는 어찌 된 일인지, 호기롭게 들어간 대학원을 졸업하지 못했다. 교수 대신 선택한 학원 강사 일을 하다가 애인을 사귀었고, 그와 같이 학원을 차리려다가 크게 사기를 당했다. 가족은 물론 친척들에게까지 빌린 돈을, 애인이 들고 날았던 것이었다. 살면서 처음으로 '실패'를 경험한 언니 효민은 서른 살이 넘어서 모든 책임을 뒤로한 채 잠적해 버렸다. 그래 놓고 때마다 효영에게 편지를 보내 효영의 마음을 벅벅 긁었더랬다.

언니의 편지가 꼴 보기 싫어 안산에서 서울로 무작정 올라왔는데, 딱히 계획도 없던 차에 선호를 만나고 편지 가게 직원이 된 것이다. 편지를 피해서 편지 가게 직원이 되는 아이러니라니. 지금 생각해도 웃음이 나왔다.

"그때 네가 무슨 말을 했더라?"

"도망친 곳에 낙원은 없다고요?"

"맞아. 기억하네."

히죽 웃은 선호가 연희점으로 넘어가려 일어설 때였다. 도어즈에서 도자기 브랜드를 꾸리고 있는 민주가 들어왔다. 그녀가 손바닥 두 개만 한 상자를 선호에게 건네며 말했다.

"아내분이 찻잔 좋아하신다면서요. 신제품이 나와서 가져와 봤어요. 선물로 드려요."

"오, 정말요? 사장님 최고십니다!"

"하하. 이번에는 꼭 화해하시길 바랄게요. 내가 보기에는 정말 예쁜 부부인데, 어쩔 수 없이 겪는 성장통인 거야."

"고맙습니다. 진짜 감동이네."

파이팅을 외친 민주가 다시 자기 가게로 향하고, 선호는 쇼핑백에 상자를 담고는 글월 선반에서 편지지 세트를 하나 꺼냈다. 아내 소희에게 선물과 함께 편지까지 건넬 모양이었다. 효영이 왜 이러냐는 표정을 지으며 말했다.

"그거 연희점에도 있잖아요. 왜 성수점 재고를 축내지?"

"오늘 차 안 가져왔어. 지하철에서 쓰면서 가게."

"지하철에서 어떻게 편지를 써요?"

"어차피 나 악필이라 괜찮아. 평지에서 쓰나 흔들리는 데서 쓰나."

"그건 그렇지만……."

무릎 위에 편지지를 놓고 애써 한 자씩 편지를 적어 나갈 선호를 생각하면 웃음이 났다. 조금은 로맨틱해 보이기도 했고.

"편지는 필이 올 때 딱 쓰는 거야. 민주 사장님의 선물이 바로 신의 계시 같은 거지."

"맞춤법 확인하면서 써요. 일지 보면 요즘에도 맞춤법 가끔 틀리더라."

"알겠습니다. 걱정을 마셔요!"

효영에게 손을 흔든 선호가 가벼운 발걸음으로 글월을 나섰다. 두 아이의 아빠로, 믿음직스러운 남편으로 그리고 편지 가게를 꾸려 나가는 사업가로, 선호는 주어진 짐들을 책임지려 인생의 근력을 키우는 중이었다. 서로 다른 종류의 사랑을 지키기 위해서, 선호는 기꺼이 처음 밟는 스텝을 밟으며 앞으로 나아가야 했다.

 그렇게 잠깐의 휴식이 끝나고, 6시 전까지 도어즈 전체에 손님이 몰렸다. 중정 공연을 보러 온 손님들이 대부분이라 글월을 알고 온 사람은 많지 않았지만, 친구와 연인에게 보낼 작은 엽서를 한 장씩 사 들고 가는 손님도 많았다. 펜팔 서비스 설명을 열심히 듣다가 다음에 꼭 다시 오겠다는 손님도 있었고. 어떤 외국인 손님은 한국어를 배운 지 얼마 되지 않았다면서도 꿋꿋이 편지지 한 장을 꽉 채우고 가기도 했는데, 봉투에 써진 글씨가 선호의 것보다 예뻐서 놀랐다.

 곧이어 퇴근 시간이 다가왔다. 손님이 빠져나간 글월에 홀로 남은 효영이 일지를 쓰고 빠르게 일어났다. 오늘은 러닝이 없는 날이니 일찍 집에 가서 간단히 저녁을 먹고 에세이를 쓸 예정이었다. 가죽 필통에서 연필 몇 자루를 꺼내 종이봉투에 담고 가방에 넣었다. 에세이가 편지다 보니 키보드로 쓰기 전에 꼭 연필로 쓰는 습관이 있어서, 요즘 들어 뾰족한 연필이 계속 필요하던 참이었다. 가방을 잠그려던 효영이 미색 봉투를 발견했다. 연우가 선반 어딘가에서 찾아 준 효영이 쓴 편지였다. 반년 전에, 효영이 영광을 떠올리며 쓴 편지.

이제 와 열어 보니 영광과 헤어진 지 두 달 후에 쓴 편지였다. 어차피 보낼 편지도 아니었지만, 편지를 쓰고 얼마 뒤에 영광이 작가 레지던스 프로그램으로 네덜란드를 갔다는 말에 무심코 글월 철제 선반에 아무렇게나 던져 놓았다. 이제 기억났다. 그때 효영의 마음이 퍽 차갑고 쓰라렸다는 걸. 영광이 말도 없이 네덜란드로 떠났다는 사실이, 자기와는 절대 다시 잘해 볼 생각이 없다는 마음을 표현한 것 같다고 생각하던 참이었다.

그냥, 우연히 되새겨진 우리 추억에
답장을 해 보고 싶었어.

영광과 사귀기 전, 크리스마스쯤이었다. 영광이 선호 사장 대신 연희동 글월에 크리스마스트리를 만들어 주러 온 날이었다. 선호 사장은 회화를 전공한 영광이 그래도 자기보다는 미적 감각이 뛰어날 거라면서, 퇴근 시간에 영광이 올 예정이니 오늘은 문을 닫지 않고 퇴근하라는 말을 전했다.

그날 효영은 퇴근 시간이 지나서도 글월을 떠나지 못했다. 영광이 오너먼트가 담긴 상자를 들고 올 때까지 집에 가고 싶지 않았던 거다. 처음에는 살면서 한 번도 크리스마스트리를 만들어 본 적이 없어서, 바보 같지만 영광의 옆에서 크리스마스트리를 만드는 걸 구경하고 싶어서인 줄 알았다.

그런 핑계로 퇴근도 하지 않고 글월에 남아 영광과 함께 트리를 꾸몄다. 트리에 두른 꼬마전구가 반짝이고, 라디오에서는 좋아하는 가수의 감미로운 목소리가 들리고, 차가운 가게 바닥에 앉아서도 자꾸만 미소가 나는 그 순간에 효영은 무척이나 행복했다.

몇 번이고 만끽하고 싶은 밤을 만나는 건 흔한 일이 아니었다. 영광은 그런 밤을 몇 번이나 만들어 주는 남자였다. 인연은 끝이 났지만 효영은 영광에게 답장도 하지 못한 편지를 잔뜩 받은 기분이었다. 조금쯤 미안하고, 가끔은 아쉬워서 그날도 그렇게 편지지를 꺼낸 거였다.

그렇게도 황홀한 기억 다음에 또 이런 날이 따라올 줄은, 반짝임에 눈이 먼 연인이 예측할 수는 없는 일이었겠지. 미색 봉투를 내려다보는 효영의 머릿속에 그날의 기억이 대책 없이 몰려왔다.

영광의 어머니가 심장 수술을 받았다는 소식을 우연히 알게 된 날이었다. 그날은 효영이 마지막이라고 생각한 공모전에 낙방한 날이기도 했다. 답답함과 불안을 꼭꼭 삼킨 날에는 꼭 안 해도 되는 집안일을 하게 되었다. 영광이 외출한 사이, 그의 아파트로 찾아가 베갯잇을 벗기고 소파에 걸쳐 둔 무릎 담요를 집어다가 드럼 세탁기에 집어넣었다. 그래도 공간이 남아 영광의 옷장에서 봄 재킷을 꺼냈는데, 우연히 외투 주머니에서 영광이 어머니와 병원에 다니며 받은 영수증을 발견했다. 3개월 사이 다섯 번. 전부 대학병원의 심장외과를 다녀오고 받은 영수증이었다.

뒤늦게 영광이 돌아오자, 효영은 영수증을 식탁에 꺼내놓으며 왜 여태껏 어머님이 아프다는 말을 하지 않았냐고 따졌다. 더는 글을 쓰고 싶지 않다는 좌절과 피로 때문인지 효영의 말투는 의도했던 것보다 더 날카롭고 차가웠다. 영광도 그날따라 입을 떼기가 힘들었다. 이미 효영이 아니더라도 어머니 걱정으로 마음이 지친 상황이었다. 어디서부터 어디까지 얘기해야 할지 가늠하고 싶지 않았다.

입을 꼭 다문 영광을 노려보던 효영이 입술을 깨물었다.

"왜? 왜 나한테는 매번 힘들다는 얘기를 안 하는데."

작년 말 동생이 전세 사기를 당했다는 말도 한참 뒤에나 들었다. 효영이 PC 카카오톡에 남은 동생과의 대화를 우연히 보게 된 날, 영광은 이미 다 해결했으니 괜찮다며 조용히 넘겼다. 효영은 이게 다 영광의 배려라는 걸 알고 있었다. 본심까지 오른 공모전에 연이어 떨어지고 효영이 의기소침한 상태였던 것도 맞았으니까.

하지만 이날은 영광의 속 깊은 행동이 오히려 효영을 외롭게 만들었다. 자기 앞가림도 제대로 하지 못한 내가 어떻게 다른 사람의 아픔을 껴안을 수 있겠어. 그렇게 생각한 거겠지. 영광이도. 효영의 눈에 눈물이 고였다.

"내가 뭘 돕진 못하더라도 알고 있게는 해 줘야지. 내 남자 친구가 어떤 상태인지, 나도 알 권리 있잖아."

"알면 어떻게든 부담이야. 내가 다 알아서 해결하겠다고 아무리 말해도 너한테는 부담이라고."

"부담 좀 가지면 안 돼? 우리 연인이잖아."

부엌에 켜진 펜던트 조명 아래서 영광의 얼굴 한쪽에 그림자가 졌다. 식탁에 오른 병원 영수증을 영광이 손바닥으로 하나하나 구겨 잡으며 말했다.

"넌 네가 이루고 싶은 꿈이나 이뤄. 내 걱정은……."

"야! 차영광!"

벌떡 일어난 효영이 힘껏 소리를 질렀다. 효영의 어깨에 부딪힌 조명이 좌우로 몸을 틀며 빛을 사납게 만들었다. 두 사람의 인영이 엉망진창으로 흔들렸다.
"오늘은 네가 날 초라하게 만든 거야. 알아?"

늘 당신의 누군가로 남고 싶었는데.

끝낼 거면 찾아온 날처럼 반짝이며 사라지면 좋으련만,
사랑은 결국 제 밑바닥을 다 드러내고서야 말라붙었다.

2

꿀잠 자는 요리사 님께.

어느덧 9월에 접어들었습니다.
요리사님의 가게는 잘되고 있나요?

저는 이렇게 다른 사람을 걱정해 줄 정도로
마음이 꽤 여유로워졌습니다. (굉장한 발전이죠?)

솔직히 러닝은 아직 시작도 못 했어요.
제가 더위를 너무 많이 타서
아마 이 날씨에 요리사 님처럼 달리다가는
온몸에 수분이 다 빠져나가 버릴 거예요.

요즘 저희 동네에는 모기가 기승이라,

매일 밤 모깃소리에 한 번씩 잠에서 깬답니다.

안 그래도 어렵게 든 잠인데 얼마나 아까운지!

사실 최근에 그분이 보낸 메시지를 읽었어요.

이번에 책을 내게 되었는데

혹시 내가 그린 그림을 책 표지로 써도 되냐고요.

제가 그림으로 밥벌이를 하거든요.

연애 시절에 제가 그분이 일하는 모습을

그린 그림을 말하는 거였어요.

과거에 건넸던 그림 한 점에

아직 어떤 힘이 남아 있었나 봐요.

이렇게 연락도 받게 되고.

솔직히 잘 모르겠습니다.

그분은 정말 다른 뜻 없이 한 말일 텐데,

여기에 또 다른 의미 부여는 하지 않아야겠죠?

하기야 지금의 제 마음도 알 수 없으니 말입니다.

감정을 다 쓰면 정말 후회가 없는걸까요.
감정을 다 썼으니까 후회가 남는 거 아닐까요.
밤에 쓰는 편지라 아침에 다시 읽으면
몇 문장은, 아니 꽤 많은 문장을 지워 버리고 싶을 것 같은데
그냥 편지봉투에 넣고 봉하겠습니다.

P.S. 함께 러닝하는 '그 분'과는 잘 되고 있으신가요?

당신의 안녕을 빌며, 돌고래가.

PENPAL SERVICE

"뭘 그렇게 웃으면서 읽어?"

효영이 창가 자리에 앉은 동규를 보며 말했다. 동규가 과장된 몸짓으로 편지를 손등으로 가리고 말했다.

"어어! 프라이버시다?"

"안 읽습니다. 안 읽어요."

효영이 피식 웃고는 카운터로 돌아갔다. 동규는 조금 전에 구입한 편지지에 돌고래에게 보낼 답장을 적기 시작했다. 어떤 새로운 소식을 전해 줄까. 처음으로 고용한 직원이 생각보다 너무 일을 잘해 주어서 감사하

다, 이번 달 매출도 많지는 않지만 마이너스가 아니어서 행복하다, 자기가 봐도 잘 만들어진 파스타가 손님의 테이블에 오를 때는 뭔가 경건한 마음까지 든다. 뭐 이런 얘기들이 어떨까. 어쩌면 그동안 꺼내지 않았던 영화 얘기를 해도 될 것 같았다.

"나한테 편지가 새로운 취미 생활이 될 줄 몰랐어."

"그래?"

효영과 철제 선반 사이에서 대화를 나눴다. 얼굴을 마주하지 않고 서로의 목소리가 오고 갔다. 둘은 서로 최근에 본 OTT 영화를 추천해 주었다. 동규가 효영이 좋아하는 감독이 곧 신작을 낼 거라는 소식을 전해 주자 효영은 함께 그 영화를 보러 가자고 말했다. 그리고 또 한참 말이 없었다. 효영이 과일 편지지 세트를 포장하는 동안 동규는 창밖의 성수동을 감상하다가 한 문장을 떠올리고 편지지에 적었다. 오늘도 아오키 하야토의 음악이 글월의 감도를 채웠다. 〈Fog〉라는 곡이었다. 이렇게 금방이라도 비가 올 것 같은 날씨에 제격이었다.

"길 잃은 사람의 발걸음 같아."

동규가 편지지에 시선을 고정하며 말하자, 효영이 되물었다.

"뭐가?"

"지금 나오는 음악. 안 그래?"

"제목이 안개야. 역시 뭘 좀 아네."

"그럼 안개 속에서 헤매는 건가. 어디로 가야 할지 몰라서?"

둘은 말을 잇지 않고 조용히 음악을 감상했다. 그때 창가에 비가 내렸다. 낙하하는 빗방울이 전깃줄을 툭툭 건드리며 나름의 연주를 하는 것 같았다. 9월의 가을비가 연주하는 곡은 어떤 느낌일까. 토닥토닥 등을 두드리는 위로의 노래? 아니면 아주 오랜만에 전하는 안부 같은 노래?

"효영아."

동규의 목소리인 줄 알았는데 영광이었다. 효영이 가게 문 쪽으로 시선을 옮겼다. 브리프 케이스를 든 영광이 효영에게 손을 흔들며 웃었다.

"수업 끝내고 오는 길이라 잠깐 들렀어."

"어, 그래?"

동규가 볼펜을 쥐고 있던 손을 멈추었다. 철제 선반에 몸이 가려져 있어 딱히 얼굴이 보일 자리도 아니었다.

효영이 자연스럽게 웃으며 영광을 맞이했다. 영광은 폴로 셔츠에 베이지색 면바지 차림이었다. 학생을 가르치는 중이라 평소보다 단정한 옷을 찾아 입은 것 같았다.

"수업은 재미있었어?"

"그래도 첫 수업보다는 낫더라. 처음에는 진짜 엉망이었거든."

이대로 고개를 들면 영광의 얼굴을 볼 수도 있었다. 동규는 살가운 대화 속에 어색한 목소리를 예민하게 감지했다. 효영이 작게 웃는 목소리가 배경으로 깔린 음악과 따로 노는 것 같았다. 동규가 있는 자리에서 고개를 오른쪽으로 조금만 돌리니 영광의 발이 보였다. 갈색 가죽 구두가 대화 내내 그 자리를 꼼짝없이 지키고 있었다. 긴장하기는 그도 매한가지인 것 같았다.

동규는 헤어진 연인을 주제로 시나리오를 쓴다면 딱 지금 같은 장면을 만들 수 있을 것 같았다. 그런 생각을 하다 보니 자기도 모르게 입꼬리가 올라갔다.

곧이어 영광이 먼저 입을 뗐다.

"표지 일러스트 말이야. 혹시 색 보정이나 수정이 필요하면 편히 말하라고."

"에이, 어떻게 그래. 그림 쓰는 거 허락해 준 것만으로도 고마운데."

"뭐가 고마워. 우리 사이에."

분절된 대사가 어떤 의미인지 동규는 알 것 같았다. 여기서 어떻게 태연한 표정을 지을까. 동규가 쓰고 있던 편지지 위의 문장 하나를 볼펜으로 직직 그었다. 그리고 편지를 턱턱 접어 주머니에 구겨 넣었다. 자리에서 일어난 동규가 철제 선반을 끼고 나와 효영에게 말했다.

"에어컨 기사 아저씨 연락이 와서 그만 가 봐야겠다. 가게 에어컨이 고장 났거든."

"그래? 편지는 그럼 나중에 써서 줘."

"그래. 연락할게."

씨익 웃은 동규는 고개를 돌려 영광과 눈을 마주쳤다. 영광은 악의 없는 얼굴로 동규를 빤히 보다가 짧게 고개를 숙였다. 효영이 먼저 나서서 영광에게 동규를 소개했다.

"나 돈 없을 때 밥도 사 주고 술도 사 주고 그랬어. 밤새 영화 얘기도 하고."

"그랬구나. 처음 뵙겠습니다."

영광이 동규에게 손을 내밀었다. 악수를 나눈 동규는 효영이 그와 사귀는 동안 한 번도 자기 얘기를 하지 않았다는 게 내심 서운했다. 그렇게 오랜 밤을 채팅도 하고 술도 마시고 수다를 떨며 보냈는데, 지나가는 투로도 애인에게 말한 적이 없었던 모양이구나.

동규가 빠른 걸음으로 글월을 나서고 난 뒤, 영광이 효영을 보고 말했다.

"글월에서도 다시 보니까 좋다."

"우리가 뭐 못 볼 사이였나."

그런가. 그렇다고 해서 편히 마주할 사이는 아니지 않나. 추억은 다르게 적힌다는 어느 노래 가사를 떠올리며 영광이 천천히 고개를 끄덕였다. 효영이 뭔가 생각났다는 듯 카운터 뒤에 둔 가죽 필통을 집어 왔다.

"혹시 연필 필요해? 나 혼자는 다 못 쓰겠더라고."

"아니. 이젠 괜찮아."

효영이 한 손 가득 쥐고 있던 가죽 필통을 내려놓았다. 그사이 글월에 흐르는 음악이 바뀌었다. 마리히코 하라의 〈Landscape in Portrait〉 앨범 속 피아노곡이었다.

"있잖아."

효영이 카운터 위에 둔 손가락을 까딱이고 말했다. 영광은 그녀의 다음 말을 기다리며 브리프 케이스의 손잡이를 더 세게 쥐었다. 에어컨 바람이 서늘하게 깔린 공간인데도 손바닥에 땀이 났다.

"나 사실 영화를 관둔 게 그다지 슬프지 않았어."

먹구름이 해를 가린 모양이다. 둘 사이에 그림자가 깔렸다. 고요 속에서, 빗방울이 창틀에 부딪혀 흩어지는 소리가 났다.

"빨리 성공해야겠다는 조급함 때문에 화가 났던 게 아니야. 우리가 헤어진 게 그것과는 무관하다는 말을 하고 싶었어."

"그 얘기를 왜 하는 건데."

영광이 창밖으로 고개를 돌렸다. 아카데미에서 우산을 두고 온 것이 이제 떠올랐다.

"그냥…… 우리 이별이 고작 그런 거 때문은 아니었다고 말하고 싶어서."

"괜찮으니까, 효영아."

두 사람의 눈빛이 흔들렸다. 하지만 아직도 먹구름이 지나가지 않았는지, 둘 사이가 어두웠다. 영광이 고개를 숙인 채 나지막이 말했다.

"이제 와서 그런 걸 바로잡지 않아도 돼."

"그런가."

효영이 창가로 시선을 돌리며 어색하게 웃었다. 고개를 든 영광이 카운터 안쪽 벽에 걸어 둔 효영의 스트링 백을 보았다. 조명 아래에 걸린 백에서 운동화 모양의 실루엣이 비쳤다. 러닝화인가.

"그만 가 볼게."

영광이 돌아섰다. 효영이 작은 목소리로 잘 가라고 말했지만 의미 없는 대꾸였다. 영광이 완전히 사라지고 나서야 효영의 얼굴이 화끈거렸다. 무슨 말을 하고 싶었는지 정리하지도 않고는 무작정 입을 열었다. 자기변호로만 들릴 만한 소리였다. 영광의 말이 맞았다. 폐허가 된 과거라는 정원을 이제 와서 다시 가꾸려는 건 효영의 욕심이었다. 폐허는 폐허로 놔 두어야 했다. 다시 찾고 싶지 않게 텅 비워 놓아야 했다.

그 후로 세 팀의 손님이 더 왔다. 모두 어깨와 머리끝에 습기를 머금은 채였다. 글월에 디피한 향수인 잉크우드 향과 비 냄새가 묘하게 섞여 촉촉한 흙냄새를 풍겼다. 아니, 산화 중인 철이 내뿜는 비명과 같은 향인가. 후각에 묶이면 묶일수록 이상하게 울음이 나왔다. 효영은 티슈를 뜯어 코끝을 가볍게 닦고 다시 카운터 앞에 섰다.

연애를 시작하고 효영은 종종 영광의 집에서 책을 읽고 시나리오를 썼다. 영광은 따뜻하게 끓인 차를 부지런히 내왔다. 부엌 테이블에 앉아 펜던트 조명 하나만 켜고 효영은 영광의 웹툰 얘기를, 영광은 효영의 시나리오 얘기를 했다.

그러다 효영은 영광이 그린 콘티 속 남자 주인공을 가리키고 말했다.

"이 남자는 왜 자꾸 밥을 먹을 때마다 입을 닦는 거야. 아직 식사도 안 끝났는데."

"아빠한테 물려받은 버릇. 일종의 강박이랄까."

영광은 실제로 효영을 만나기 1년 전까지 이런 강박이 있었다고 고백했다. 입가에 작은 고춧가루 한 점이 묻어 있는 것 같아 수시로 손바닥을 들어 입가를 닦는 버릇이 있었다고. 우스꽝스러운 모습을 보이는 걸 피하는 캐릭터도 아닌데, 자기만 아는 부분에서는 완벽해야만 직성이 풀리는 성격 탓이었다.

"너무 못나 보여?"

"아니. 귀여워."

효영이 씨익 웃으며 콘티를 계속 훑어보았다.

"물론, 여주가 아직 남자를 사랑하고 있으니까."

"사랑이 끝나면 다시 못나 보이는 건가?"

"한 번 보여 줘 봐. 얼마나 별론지 상상해 보게."

영광이 손바닥으로 입가를 닦자 효영이 배꼽을 잡고 웃었다.

"아, 이런 느낌? 알았어."

"알았으면 솔직하게 말해 봐. 매력 없어?"

"아니."

효영이 영광의 양 뺨을 잡고 가볍게 키스했다. 말랑한 입술의 감촉과 숨에 섞인 찻잎의 향이 향긋했다. 영광이 효영의 손등을 잡아 자기 어깨 위에 올렸다. 그리고 둘은 더 가깝게 몸을 당겼다. 숨과 숨이 만나는 소리에 귀가 다 간지러웠다.

곧이어 영광이 효영과 손을 맞대었다. 효영은 피아노를 연주하듯 영광의 다섯 손가락을 부드럽게 누르자, 손가락이 파도를 치듯 리드미컬하게 춤을 추었다. 부얼 벽에 두 사람이 만든 그림자가 우아한 곡선을 그리며 일렁였다.

글월이 문을 닫는 시간, 효영이 맥북 화면에 켜둔 음악 창을 닫았다. 작은 소음도 남지 않은 고요한 편지 가게의 풍경. 오늘따라 효영의 마음 한구석에서 먼지가 이는 것 같았다.

3
—

 소파 테이블 위에 줄 없는 노트. 그 위에 그려진 엉킨 실타래 같은 낙서. 뭉툭해진 연필과 흩어진 흑심 가루. 그 옆에 펼쳐 놓고도 한 글자도 쓰지 않아 빈 편지지.

 "괜찮으니까, 효영아. 이제 와서 그런 걸 바로잡지 않아도 돼."

 생각할수록 얼굴이 화끈거렸다. 그 자리에서 옛날얘기를 꺼낸 효영에게 꼭 다른 의도가 있었던 것도 아닐 텐데. 이를테면 그날의 과오를 바로잡고 다시 잘 해 보자는 그런 말…… 그런 것도 아닐 텐데. 영광은 효영이 헤어지자고 말했던 그 날을 떠올리며 덜컥 겁부터 먹었다. 그리고 이미 다 끝났으니 그날은 구멍 난 양말처럼 두자고 말해 버렸다. 당장 버리지는 않았어도 다시는 신겠다고 꺼내 들지 않는 구멍 난 양말. 그냥 미련해서, 서랍 속에 던져만 놓은 양말 같은 기억.

"바보 같은 새끼. 으······."

소파에 누운 영광이 쿠션을 집어 자신의 얼굴을 뭉개듯 꾹 눌렀다. 그러고는 벌떡 일어나 에어컨을 틀었다. 찬 공기에 한숨을 몇 번 불어 놓고 나니 체온이 내려간 것 같았다. 베란다로 나가 스트레칭을 하면서 길 건너 연희동 글월이 영업 중이라는 걸 확인했다. 오늘은 선호 사장 대신 주혜가 근무하는 날이었다. 원래는 연희동 우체국 직원이었던 주혜는 카페 창업을 준비하며 벌써 2년째 연희동 글월에서 파트타임으로 일하는 중이었다. 효영과도 각별한 사이라 종종 대화도 많이 나눴는데, 효영과 헤어지고 나니 괜히 주혜가 일하는 날에는 글월에 가지 않게 되었다.

"일하자. 일."

작업용 방으로 들어간 영광이 웹툰용 태블릿 앞에 앉아 콘티를 그렸다. 간단한 선으로 컷마다 캐릭터의 동작과 구도를 정하는 중이었다. 야근 중인 연정과 그의 남자 친구 호진이 회사에서 초밥을 먹는 장면이었다. 통유리로 된 회사 탕비실에서 초밥을 먹는 두 사람은 이곳이 호텔에 있는 오마카세집이라고 상상하며 허리를 꼿꼿이 하고 앉았다.

["바깥 뷰 좀 봐봐. 빌딩 숲이 만들어 내는 밤도 반짝반짝하고 예쁘지?"]

["그런가? 난 증권가에서 야근하는 샐러리맨의 비명이 들리는 거 같은데?"]

["야! 박호진! 너 비싸게 주고 산 낭만을 왜 깨?"]

["우아. 비싼 상상이었어? 미안."]

심통 난 표정으로 나무젓가락을 내려놓은 연정이 호진을 째려보았다. 호진은 민망한 얼굴을 하며 입가를 티슈로 닦았다. 연정은 이제 두 장밖에 남지 않은 초밥집 티슈를 보고 말했다.

["넌 왜 그렇게 입을 자주 닦아? 아직 식사도 안 끝났잖아."]

["버릇. 강박. 아버지가 밥 먹을 때 예절을 중요하게 생각하셨어."]

["아버지 멋쟁이셨지?"]

["그렇기도 하고, 남한테 폐 끼치는 걸 싫어하셨지."]

콘티를 그릴 때는 캐릭터들의 표정을 대부분 간단하게 처리했다. 그러면서도 전자펜을 든 영광은 연정과 호진의 표정을 자기도 모르게 따라 했다. 어느 날은 연정의 고백에 경악하는 호진의 표정을 그리다가 30분

동안이나 놀란 표정을 하고 있어서, 옆에 있던 효영이 결국 배꼽을 잡고 웃음을 터트렸다.

그때를 떠올리며 미소를 짓던 영광의 표정이 천천히 굳어갔다.

효영과 병원 영수증 일로 다툰 뒤에는 한참 서로 말이 없었다. 효영은 이제 자기도 자신의 고민을 연인에게 절대 넘겨주지 않겠다는 사람처럼, 혼자 묵묵히 서 있었다. 두 사람 사이에 시간이 필요하다는 건 영광도 알고 있었다.

그렇게 며칠 뒤, 영광은 어머니의 퇴원을 도우려 차를 몰고 나갔다가 오후 늦게 집으로 돌아왔다. 부엌 싱크대에 선 효영은 커피포트 뚜껑을 열고 찻잎을 담은 거름망을 꺼내는 중이었다. 우롱차의 찻잎이 거실까지 짙은 향을 뿜었다. 영광이 수세미로 커피포트를 닦는 효영의 가는 어깨를 보다가, 문득 효영과 연결된 주파수가 미세하게 어긋나는 기분을 느꼈다. 건조한 날 정전기가 이는 것처럼 당혹스럽고 불쾌한 감정이었다. 궤도를 이탈한 행성처럼 마음과 마음이 서로 다른 방향으로 멀어지는 것 같았다. 지금 붙잡지 않으면 영영 되돌아오지 않을 것처럼.

그냥 지금은 날 이해해 주면 안 돼? 안 그래도 힘든

너한테 어머니 아프다는 말로 부담 주기 싫고, 그 옆에서 내 불안한 마음을 들키고 싶지도 않아. 난 네가 너한테 흠뻑 빠져서 글을 쓰고 있는 모습이 좋아. 너랑은 괜찮은 미래만 상상하고 싶어. 연정이랑 호진이가 종종 하고는 했던 '비싼 상상' 말이야. 두 사람이 만든 세상에는 아픈 사람도 없고 이겨 내야 할 고통도 없고 누군가 누굴 떠날 거라는 불안도 없다고.

"결혼하자, 효영아."

영광은 싱크대를 보고 선 효영의 뒤로 다가갔다. 효영의 어깨를 양팔로 감싸고 그녀의 심장 소리에 귀를 기울였다. 효영과 함께 잠시 모든 걸 잊고 아주 긴 낮잠을 자고 싶었다. 미지근한 물 속에서 오랫동안 부유하며 그녀와 좋아하는 것들을 나열하고 싶었다. 겨울날의 잎 차, 주머니 속에 마주 잡은 손, 크리스마스트리 오너먼트 그리고 너랑 주고받은 편지.

"아니. 우리는 지금."

효영이 잠시 말을 멈추었다. 수도꼭지에서 물방울이 뚝뚝 떨어졌다.

"헤어져야지."

잘 돌아가고 있던 라디오 전선이 끊어지듯, 효영은 건조한 말투로 말했다. 그게 맞아. 효영이 물기가 남은 손을 싱크대 안에 툭툭 털었다. 영광은 그녀의 어깨를 감싸던 팔을 풀고 뒤로 물러서며 말했다.

"더 할 말도 없는 거야? 나한테 소리를 지르고 왜 그러냐고 화낼 생각도 없는 거야?"

"응."

부엌을 나서는 효영이 영광을 돌아보며 말했다.

"나도 이제 지쳤거든."

효영이 안방에서 캐리어를 끌고 나왔다. 도어락이 닫히는 소리가 들릴 때까지 영광은 그 자리에 그대로 멈춰 서 있었다.

전자펜을 손에 끼운 채 멍하니 있던 영광이 고개를 들었다. PC 모니터가 어느새 대기 화면으로 바뀌어 있었다. 불 꺼진 모니터에 비친 자기 얼굴이 수렁에 빠진 사람처럼 당혹스러워 보였다. 이 표정을 하고 몇 년을 버틴 거야. 어디선가 효영이 나무라는 소리가 들리는 것 같았다.

동규의 레스토랑, '펀치 드렁크 러브'의 간판이 반짝였다. 동규가 마지막 손님을 위한 스테이크를 굽는데, 함께 일하는 직원이 가니시로 쓰는 아스파라거스가 모자란다며 다가왔다.

"사장님, 그러니까 아스파라거스는 두 줄씩만 올리

기로 했잖아요. 주문하면 그새 또 동이 난다니까요?"

"미안. 일단 파인애플 한 조각 더 올려드려."

동규가 한숨 쉬듯 웃고는 미디움으로 구워진 스테이크를 넓은 접시에 올렸다. 불 가에 있다 보니 땀이 비 오듯 떨어졌다. 부엌을 나와 바 테이블 앞에서 생맥주 한 잔을 채워 직원에게 건넸다. 직원이 슬쩍 웃으며 잔을 받아 부엌에 반쯤 몸을 숨기고 맥주를 마셨다. 동규도 맥주 한 잔을 따라 바 테이블 안쪽에서 맥주 한 모금을 마셨다. 창가에 앉은 커플이 와인을 나눠 마시며 웃는 모습이 예쁘게 보였다.

맥주를 금세 비운 직원이 바 테이블에 맥주 잔을 조용히 올려놓고는 말했다.

"보기 좋으네요."

"그러네."

"사장님은 저런 거 보면 안 부러워요?"

"왜 아니겠냐. 이렇게 술맛이 쓴데."

직원은 좋아하는 시인의 북토크 참석 때문에 오늘은 마감 전에 일찍 퇴근하기로 했다. 앞치마를 벗고 가방을 멘 직원이, 갑자기 엽서 크기의 포스터를 꺼내 무언가를 적어 동규에게 건넸다.

"이건 맥줏값이요."

"뭔데?"

"성수에 비디오 숍이 하나 있더라고요. 거기서 '펀치 드렁크 러브' 비디오가 들어왔어요. 이건 주인분이 벽에 붙여 둔 포스터."

"비디오 숍이라고? 우와."

"사장님 영화 좋아하셨다고 해서. 나중에 한 번 가 봐요."

포스터를 받아 든 동규가 가볍게 입꼬리를 올렸다. 키스를 나누는 연인의 실루엣이 담긴 익숙한 영화 속 장면이었다. 그 위에는 직원이 적은 영화 명대사가 있었다.

"이 위에 쓴 건 또 뭔데."

"오늘, 동규 사장님 상태?"

씨익 웃은 직원이 떠나고 곧이어 마지막 손님도 레스토랑을 나섰다. 가게 정리를 하던 동규가 바 테이블에 올려 둔 포스터 속 문장을 다시 읽어 보았다.

나한텐 당신이 모르는 힘이 있어.
내가 가진 사랑.

은근히 사람 관찰을 잘한다니까. 동규는 자신도 모르는 '상태 변화'를 직원이 먼저 알아본 것 같아 웃음이 났다. 오랜만에 명대사를 읽으니 혀끝에 달콤한 술맛이 나는 것 같았다. 오늘 같은 날에는 술에 취하듯 달리기에 취하고 싶었다. 이미 땀이 뻘뻘 났으니 집에 돌아가기 전에 심장이 터질 듯 뛰어보자, 그런 마음이었다. 글월에서 효영의 전 애인을 마주치고 난 뒤로 동규는 파스타를 만들다가도 설거지를 하다가도 울컥울컥 자리를 박차고 나가고 싶었다.

가을 낙엽이 길가에 점점이 떨어져 있었다. 동규는 허벅지를 힘차게 움직이며 앞으로 나아갔다. 그날 이후 레스토랑 일이 바쁘다는 핑계로 효영과 러닝을 한 주 쉬었다. 이상하게 마음이 복잡했다. 괜히 효영이 먼저 연락해 주기를 기다리고 있었다.

원래 내가 이렇게 유치했나? 퇴근 후 소파에 앉아 예능 프로그램을 보다 문득, 클래식 음악을 틀어 놓고 뜨거운 물에 샤워하다가 문득, 효영도 무엇 때문에 자기에게 연락을 하지 않는 건지 궁금해지곤 했다.

봄에는 벚꽃이 만발했을, 벚꽃 나무 길에 접어들었다. 5년 전인가 6년 전인가, 낮술을 하고 싶다고 조르던 효영과 어묵을 팔던 이자카야 2층에서 정종을 마신 날이 떠올랐다. 창문을 활짝 열고 미지근한 정종을 마시다 보니 갑자기 바람이 일었고, 효영의 잔에 벚꽃 잎이 올라앉았다.

"오빠, 나 좋은 일 생기려나 봐. 이거 봐."

 별거 아닌 일에도 아이처럼 웃는 그 미소가 예뻐서, 동규는 우리가 조금 다른 방식으로 인연을 맺었다면 어땠을까 생각했다. 영화를 사이에 끼고 하는 사랑 얘기 말고, 우리에게도 사랑이 태어날 가능성이 있을지도 모른다고 한 번쯤 생각해 봤다면 어땠을까.

 하지만 효영은 또 효영보다 대단치도 않은 남자에게 빠져 버렸다는 소리를 하고, 동규는 벚꽃 잎이 담긴 잔에 새 술을 따라 주면서 오래오래 효영의 얘기를 들어 주었다. 반쯤 취해 흐드러진 벚꽃이 노을을 등에 지고 흩날리는 풍경을 보니 그저 배경처럼 곁에 있는 것도 나쁘지 않겠다는 생각이 들었다. 괜히 만나고 헤어져서 그녀의 인생에 없는 사람이 되지 말고, 언제까지나 옆에서 말 잘 들어 주고 술 잘 마셔 주는 오빠로 남는 것도 나쁘지 않은 삶이겠다고.

 그런데 이제는 그렇게 놓친 시간이, 피고 지는 벚꽃이 다 아깝게만 느껴지는 건 왜일까. 동규는 영광과 주고받은 편지들을 떠올렸다. 불면에 시달리는 '돌고래'가 효영의 전 애인인 걸 알기 전, 동규는 글월의 구석 테이블에 앉아 그에게 보낼 편지를 적고 있었다. '그것 참 굉장한 인연이네요. 다시 잘 해 보길 응원할게요.'라고.

하지만 글월에 나타난 영광이 효영과 나누는 대화를 듣자마자, 동규는 조금 전 쓴 문장 위를 볼펜으로 직직 그었다. 이제 그 사랑을 응원해 줄 수가 없었다. 가게로 돌아와 다섯 가지 종류의 파스타를 돌아가면서 만들고, 양배추를 썰고 토마토를 익히면서 동규는 예전과는 다른 방식으로 효영에게 다가가고 싶다는 강한 열망을 느꼈다.

'사랑하는 거구나. 효영이를. 그럼 그렇지.'

밤의 서울숲. 여기저기 켜진 가로등 불빛 아래를 동규는 열심히 달렸다. 어느새 서른 중반도 넘어간 나이였다. 자기 마음이 어떤지 정도는 불빛 아래 놓고 유심히 지켜보지 않아도 알 수 있었다. 정종 한 병을 다 마시고 나온 날, 4월, 한밤중에 동규와 한강을 걷던 효영은 밤에 보는 벚꽃도 이렇게 아름다운지 처음 알았다며 활짝 웃었다. 효영은 검지와 엄지로 'ㄱ'자를 만들어, 양손으로 네모난 프레임을 만들었다. 프레임 속에 가득 찬 밤 벚꽃을 감상하던 효영이 동규에게 다가가 속삭였다.

"이거 봐 봐. 오늘은 이 장면이 내 클라이맥스야."

하나둘, 하나둘.

밤이 깊어져도 동규는 지칠 줄을 몰랐다. 한참을 더 달리다 멈춰 선 자리에서 동규가 스마트폰을 꺼내 시간을 확인했다. 10시 32분. 그리고 메시지도 한 통 와 있었다.

> 러닝 중이야?

동규가 그렇다고 메시지를 보내자 금세 효영의 메시지가 이어졌다.

> 나도 뛰고 싶었는데.
> 다음엔 같이 뛰어.

씨익 웃은 동규가 가쁜 숨을 내쉬며 그러자고, 다음에는 꼭 같이 오자고 답장했다.

양손으로 네모난 프레임을 만든 동규가 밤하늘을 비추는 가로등을 프레임 안에 넣었다. 밤의 햇살이 오늘은 동규의 클라이막스였다.

Geulwoll Shop Log   **Letter Service in Seoul**

글월 일지 — 성수점

— 일자: 20XX년 9월 24일
— 날씨: 맑음
— 근무자: 서연우

— 방문 인원: 34명
— 카드 매출: 376,900원
— 현금 매출: 14,000원
— 총 매출: 390,900원

— **품절 제품 리스트**
: 『조금 더 쓰면 울어버릴 것 같...』 소량 남았습니다.
: 투프롬 다이어리 소량 남았습니다.
: 릴리풋 실버 F

— **필요한 비품**
: 연애 Oak 띠지
: 종이 포장 봉투 모든 사이즈

— **특이 사항**: 입대 일주일 전입니다. 오늘이 마지막 근무예요. 근무 요일 바뀐 거 확인하셨죠? 화요일에는 연희점의 주혜 누나가 등판하십니다. 성수의 발랄함이랑 잘 어울리겠네요. 아마 선호 사장님이 1~2주간은 계속 부산 전

시 준비로 좀 바쁘실 거예요. 요즘 영광이 형이랑 설치 미술가 계속 만나고 있거든요. 이미 들으셨으려나?

오늘은 펜팔 서비스를 하러 온 커플이 세 커플이나 되었어요. 남자분이 여자 친구를 귀엽게 단속(?)을 하는 장면도 보았답니다. 펜팔 장에 있는 펜팔을 보고 남자가 쓴 것 같은 편지는 가져가지 말라고 하는 거죠. (부러워라!)

투프롬 다이어리가 외국인 손님에게 특히 인기가 많아요. 직접 쓰려고 사는 사람도 있고 선물용으로도 좋고. 양쪽 면이 쫙 펼쳐지는 게 마음에 든다네요. 재고를 좀 더 채워 두면 좋을 것 같아요.

P.S. 누나한테 편지라도 쓰고 가려다가 관뒀어요. 지금껏 우리가 주고받은 일지가 편지 아니겠어요? :)

    연우가 남긴 일지를 읽은 효영이 작은 미소를 지었다. 맞다. 매일 반복해서 적고 쌓은 글월의 일지가 연희점과 성수점을 운영하는 우리들의 일기고 편지였다. 효영은 그동안 쓴 일지를 종이로 프린트한다면 얼마큼의 두께일지 상상했다. 무겁게 쌓인 일지를 통통 두드리면 꼭 나무 두드리는 소리가 날 것 같았다.

    글월만 그런 것은 아니겠지만 손님들은 밀물과 썰물처럼 빠르게 몰렸다가 빠지기를 반복했다. 가끔은 효영도 파도 풀에 몸을 맡긴 것처럼 정신없을 때가 있었다. 오늘은 중정에 꽤 유명한 인디밴드의 공연이 있어서인지 오후가 되면서 손님이 급격히 많아졌다. 아마 공연이 시작될 6시까지 도어즈를 오고 가는 손님이 꽤 될 것 같았다.

"저, 여기 오늘 남자 직원은 안 나오나요?"

키치한 디자인의 프린트 티셔츠를 입은 여자였다. 머리를 하나로 높게 땋은 모습이 스타일리시해 보였다. 효영은 연우를 찾으러 온 여자의 정체를 알 것 같았다. 팝업 스토어에서 만난 연우의 썸녀.

"혹시 서연우 찾으세요?"

"네. 오늘은 근무하는 날이 아닌가요?"

"연우는 어제까지만 일했어요. 다음 달에 입대라서."

"아......!"

입대 사실 자체를 모르고 있었던 건 아니지만, 막상 진짜 입대를 한다는 말에 당혹스러워하는 듯한 눈빛이었다. 여자는 양손에 쥐고 있던 엽서를 만지작거리며 효영에게 말했다.

"답장을 썼는데 못 주게 되었네요."

"훈련소에도 편지를 보낼 수 있어요. 연우한테 연락 오면 발송해 드릴게요."

여자가 엽서를 내려다보며 잠시 멈춰 섰다.

"편지 두고 가시겠어요?"

"아뇨. 그냥 갈게요."

글월에 들어올 때의 설레는 표정은 어디 가고, 여자의 눈빛에는 체념이 느껴졌다. 다시 불을 밝히기에는 애매한 인연이었을까. 하기야 연우도 여자를 붙잡을 생각이었다면 여자에게 확실한 입대 날짜를 미리 알렸지 않았을까 싶었다.

"누나!"

마감 시간을 10분 남겨 두고 글월에 반가운 손님이 찾아왔다. 효영은 편지를 포장하던 손을 멈추고 카운터 앞으로 나왔다. 그사이 초등학교 2학년이 된 하준은 키가 부쩍 자라 있었다. 권투 글로브가 그려진 진보라색 후드티를 입은 모습이 귀여웠다.

"하준이 왔어? 아빠는?"

"오늘은 엄마랑 왔어."

곧이어 글월로 파란색 카디건을 입은 선호의 아내 소희가 들어왔다. 2년 전 대기업 과장을 단 소희는 매해 부서에서 유능함을 입증하고 있다고 했다. 못 본 사이 숏 컷으로 헤어 스타일을 바꾸었는데 시원한 입매와 갸름한 턱선이 드러나 잘 어울렸다.

"안녕하세요, 언니. 선호 사장님은 두고 오셨어요?"

"말도 안 하고 왔어요. 근처에 자동차 정비를 맡겨서

잠깐 들른 거예요."

 소희가 밝게 웃으며 글월 안을 구경했다. 새로 들어온 서간집과 신제품으로 나온 노트 등을 훑어보는 얼굴이 여유롭게 느껴졌다. 선호 사장의 말만 들었을 때는 소희도 꽤 복잡한 심정일 것 같았는데 조금은 과장된 정보였던 걸까.

"일 끝나고 뭐 해요? 같이 저녁 먹을까요?"

"너무 좋죠. 일지만 쓰고 마감할게요."

"그럼 저는 정비소 가서 차 가지고 올게요. 한 20분만 하준이랑 있어 줄래요?"

"그럼요. 천천히 오세요."

 소희가 나가고 얼마 지나지 않아, 고래 문진을 뚫어져라 보고 있던 하준이 말했다.

"누나. 우리 아빠 글씨체 알지?"

"응. 알지."

"혹시 우리 아빠 대신 편지 좀 써 줄 수 있어?"

 하준이 맑은 눈을 깜빡였다. 효영이 무슨 일인가 싶어 카운터를 나와 하준의 앞에 섰다.

"엄마한테 미안하다고, 사랑한다고 대신 편지 써 줘."

"왜? 엄마 아빠 아직도 자주 싸워?"

"그건 아닌데 옛날처럼 집에서 뽀뽀를 안 해. 같은 방도 안 써."

다행히 저녁은 한 식탁에서 같이 먹고, 소파에 멀찌감치 떨어져 앉기는 했지만 뉴스 정도는 함께 본다고 했다. 대신 선호는 여전히 몇 달째 소파에서 잠을 자는 신세라고.

"하준이 방에서 같이 자면 안 돼?"

"나도 이제 아홉 살이야, 누나. 개인 생활이 필요해."

"오. 그건 그렇지."

선호의 유머와 소희의 야무짐을 균형 있게 물려받은 하준이었다. 하준은 자기가 빨리 커야 엄마 아빠가 하율이만 신경 쓸 수 있다고 어른스러운 소리를 했다. 지금은 반에서 자기가 두 번째로 크니까 계획대로 잘 진행되는 중이라는 말도 했다.

"근데 하준아, 편지에 거짓말을 쓰면 안 돼."

"거짓말 아니야. 아빠는 정말 엄마한테 미안해하거든. 나한테 그랬어. 하율이 태어나고서는 일 줄이겠다는 약속을 못 지켰다고."

"음, 그럼 그 말은 아빠가 하게 기다려 줘야지."

하준이 글월 문밖을 흘끗 보더니, 효영을 향해 목소리를 낮추고 말했다.

"우리 아빠가 엄마 무서워하잖아. 그래서 못 하는 거야. 다른 사람이 도와줘야 해."

알아들었다는 듯 효영이 고개를 끄덕였다. 하지만 아

무리 선호 사장의 마음이 그렇다고 해도 가짜 편지를 써 줄 수는 없었다.

"그치만 하준아, 편지에는 진심만 담아야 해. 자기 손으로 한 글자씩 쓴 편지 말이야. 진심이 아닌 건 시간 들여 쓸 필요도 읽을 필요도 없어. 그런 건 뭐랄까……."

"낭비?"

"맞아. 종이한테 미안한 거지."

하준이 입술을 삐죽이 내밀었다. 그때 효영에게 뭔가가 떠올랐다.

"근데, 아빠가 엄마한테 선물 안 드렸어?"

"어떤 거?"

"찻잔 세트. 요만한 크기의 상자였는데."

효영은 그날 도자기 브랜드를 운영하는 민주가 준 상자의 크기를 상상하며 손짓했다. 생각해 보니 선호 사장이 돌아가는 길에 편지도 쓰겠다고 했는데.

하준이 고개를 갸웃하고 말했다.

"그런 거 준 적 없는데?"

"어라? 왜 안 줬지?"

설마 그사이 마음이 바뀌어서 선물을 다른 사람에게 준 것은 아니겠지? 괜히 말했나 싶던 그때 효영에게 전화가 왔다. 소희의 전화였다. LCDC 건물 앞에 차를 가져왔으니 하준과 함께 내려오라는 소리였다.

통화를 끊으려는 순간, 하준이 효영의 옆에 바싹 붙어 까치발을 들고 소리쳤다.

"엄마! 아빠가 엄마한테 선물 안 줬어?"

어디로 갈까 잠시 고민하던 소희는 LCDC의 건물의 4층 꼭대기를 보고 말했다.

"저기 위가 바라고 들었는데, 식사도 팔고요. 가 봤어요?"

"어, 한 번요."

효영이 영광과 데이트를 하던 날을 떠올리며 고개를 끄덕였다. 오늘 같은 날은 분위기 있는 곳에서 식사하고 싶다는 소희의 말에 효영도 좋다고 답했다. 엘리베이터를 타고 4층에 들어서자 '바 피에스(Bar. P.S)'의 입구가 보였다.

회색빛 대리석이 깔린 내부에는 곡선을 매끈하게 다듬은 바 테이블과 검은색의 동그란 테이블이 듬성듬성 놓여 있었다. 야경에 어울리는 공간답게 조도는 어두웠다. 마치 그림자에 휩싸인 듯한 고요한 풍경이었다.

"P.S.면 그건가요? 'Post Script'?"

검정 테이블 앞에 앉은 소희가 인테리어를 눈으로 훑으며 물었다.

"네. 편지에 쓰는 '추신'이요. 여기는 사람과 사람 사이에 못다 한 이야기를 나누기 위한 공간이래요. 컨셉이 딱 편지 가게랑 어울리죠?"

"그러네요. 왜 글월이 여기 입점했는지 알겠네."

하준이는 테이블과 테이블 사이에 놓인 높다란 와인 진열장을 올려다보았다.

"우와! 컵이 엄청 많아. 쏟아질 거 같아, 엄마."

"안 쏟아지니까 걱정하지 말고, 빨리 먹고 싶은 거 골라."

하준이 메뉴판에 눈을 대고 반짝이는 동안 효영이 나지막이 소희에게 말했다.

"선물 얘기는 잊어 주세요. 아니, 일단 모른 척……."

"그럴게요. 요즘 부산 전시 준비 중이라고 바빠서 아내 선물은 까먹었다에 한 표 보냅니다."

"설마요. 아무리 바빠도 그렇지, 화해의 선물을!"

소희가 코끝을 찡그리고 억지웃음을 지으며 말했다.

"말해 뭐 해요. 그게 강선호인데."

소희는 와인 한잔하고 싶은 기분이지만 차를 가져오는 바람에 논 알코올 칵테일이라도 마셔야겠다고 했다. 효영도 소희와 같이 오미자로 만든 논 알코올 칵테일을 시켰다. 곧이어 하준이 시킨 문어 튀김이 나왔다. 작은 튀김 조각을 야무지게 씹으며 하준이 말했다.

"나 연희동에서 영광이 형 봤어, 누나."

"그, 그래?"

하준이 고개를 끄덕이며 말을 이었다. 효영은 칵테일 잔을 어정쩡한 자세로 든 채 하준의 다음 말을 기다렸다.

"어떤 여자 친구랑 같이 글월 앞까지 걸어갔어. 막 웃으면서."

"아······. 그랬구나."

소희가 효영과 하준을 돌아보다가 어색하게 웃으며 말했다.

"여자 친구가 아니라 그냥 친구겠지."

"친구인데 여자면 여자 친구잖아."

"뭐, 그렇기는 한데······."

효영이 먼저 크게 웃으며 손을 저었다.

"친구면 어떻고 애인이면 어때요. 저 괜찮아요."

"그런 건가?"

"헤어진 지 이제 1년? 아니, 아직 1년이 조금 안 됐죠."

"벌써 그렇게 됐네. 그래. 벌써 가을이다, 자기야."

소희가 멋쩍게 웃자 효영이 마침 새로 나오는 요리를 보며 눈을 반짝였다.

"맛있겠다. 여기 스파게티도 맛있어요."

"그래요. 일단 먹자."

포크로 면을 돌돌 만 효영이 고소한 스파게티를 입에

넣고 꼭꼭 씹었다. 아무렇지 않다고 말하니까 정말 아무렇지 않은 것도 같았다. 마치 선잠에 빠졌다가 깬 것처럼. 없으면 죽을 것 같은 사랑이 어디 있어. 쓸쓸한 이별도 혀 위에 올려놓고 야금야금 녹이다 보면 다 사라지는 법이었다. 얼마나 다행인가. 견딜 만해서. 외로움 때문에 혼자서는 못 살 것 같은 세상에 떨어진 게 아니라서.

"엄마. 우리 차 그럼 다 고친 거야?"

"응. 별거 아니었대."

두 모자의 대화에 효영이 싱긋 웃으며 말했다.

"다행이네요. 금방 고쳐서."

다섯,

답장해도 될까요

1

안녕.

이건 두 번째로 쓰는 보내지 않을 편지.

너를 언제부터 사랑했는지 떠올리다 보면 글쎄다,
딱히 언제라고 하기가 참 어려워.

그래서 너를 언제부터 잊었냐고 물으면
그걸 답하는 데도 꽤 오랜 시간이 걸릴 것 같아.

에세이집 때문에 편지를 쓰려고 가방을 열었다가,
너랑 헤어지고 두 달이 지나서 쓴 편지를 발견했어.

괜히 민망해서 읽지 않고 있었는데

오늘은 웬일인지 편지를 다 읽어도

아무 일이 일어나지 않을 것 같더라.

그래서 읽었어. 그때의 내가 너한테 건네고 싶었던 말들을.

잘 지내고 있냐고, 잘 자고 있냐고.

그저 그런 안부…… 같은 걸 전하고 싶었나 봐.

헤어지고 얼마 지나지 않았을 때만 해도

솔직히 나, 극적인 재회 뭐 그런 걸 상상했던 것 같아.

영화랑 드라마에서 볼 수 있는 그런……

현실이란 스케치 위에 이상이란 색을 덧칠한 풍경 말이야.

네가 단단한 팔로 나를 껴안았을 때

결혼하자는 그 말이 나한테는 헤어지지 말자는 말로 들렸어.

너도 뭔가 알았겠지. 너도 나만큼이나 예민한 사람이니까.

우리가 주고받는 말이 자꾸만 문지방에 발이 걸린 사람처럼

버벅거리고 불편하고 답답하기만 했던 때니까.

사랑하는 사람끼리 만났으면

당연히 행복한 결말로 달려가야 하는 것처럼,

나는 그때 네 프러포즈가 어떤 강요처럼 들렸던 것 같아.

행복하지 않냐고 묻다 보면
결국에는 행복하지 않은 내가 보이기 마련이잖아.

그런 마음에서 도망치고 싶었던 것 같아.
이제야 생각해 보면 그래.

너도 이제 잘 지내는 것 같아 보여서
더 이상 잘 지내냐는 인사를 안 해도 될 것 같아서

아마 너한테 쓰고, 너한테 보내지 않을 편지는
이제 마지막일 것 같아.

서로의 오해도 그 자리에 두고
손바닥에 남은 먼지 같은 감정도 툭툭 털어 내고
다시 각자의 내일로 걸어가겠지.

이제 진짜 우리의 결말을 본 것 같아서 기뻐.
진심으로.

안녕, 영광.

다 쓴 편지를 차근차근 다시 읽는 건 효영의 습관이었지만, 이번에는 그렇게 하지 않았다. 어차피 보낼 편지도 아니니 편지지 위의 잉크가 마르든 말든 반으로 척척 접어 봉투에 담았다. 냉장고에서 차가운 매실 음료를 꺼내 와서 어느새 붉어진 볼에 가져다 대었다. 마음이 차분해지고 나서 1시간쯤, 에세이에 넣을 편지를 타이핑하고 있었는데 동규에게서 메시지가 왔다.

> 서울숲, 바람 살짝.
> 바막 입고 나오기 딱 좋음.

주말에도 어김없이 러닝이라니. 동규의 귀여운 유혹에 효영이 결국 두 손을 들었다. 노트북을 접고 옷장에서 바람막이 재킷을 꺼낸 뒤, 러닝화를 신었다. 오늘 같은 날에는 차라리 몸을 혹사해서 쓸데없는 생각들을 바람에 털어 버리는 게 좋을 것도 같았다.

그사이 달리기 실력이 는 효영은 이제 얼추 동규의 속도에 맞출 수 있었다. 나란히 선 두 사람이 가운뎃길을 지나는 커플을 만나자 양쪽으로 찢어졌다가 다시 만났다. 자연스레 전보다 더 가깝게 붙어서 뛰었다. 바람막이 재킷 자락이 서로 부딪혀 바스락대는 소리가 들렸지만 둘은 굳이 거리를 벌리지 않았다.

"체력 많이 늘었네? 안 지쳐?"

"응. 이제 이 정도는 껌."

후, 하. 후, 하.

효영이 입술을 동그랗게 모으고 숨을 쉬었다. 몸이 달아오르고 호흡이 고르게 안정되자 이런저런 대화를 나누고도 가볍게 달릴 수 있었다.

"연우라고 우리 글월 직원이었던 애. 지금은 군대 갔고."

"어. 펜팔 쓰러 갔다가 본 것 같아. 왜?"

"썸 타던 여자랑 입대 이슈로 흐지부지된 거 같아. 여자 쪽에서 연우한테 보내겠다고 편지를 써 왔는데, 연우가 말도 없이 글월을 관둬서 그런지 편지도 그냥 가지고 가 버리더라."

"아깝네. 좋은 인연이 될 수도 있었는데."

"타이밍이 안 좋은 건가."

언덕길이 나타나자 효영도 동규도 말을 아꼈다. 효영은 허벅지에 힘을 더 세게 주며 무거운 다리를 이끌고 언덕을 올랐다. 한계까지 몰아붙였다가 평지를 만났을 때의 쾌감이란, 온몸이 다 시원할 정도였다.

"근데 난 이제 타이밍 같은 건 안 믿기로 했어."

동규가 효영의 옆에서 속도를 맞춰 달리며 말했다.

효영이 슬쩍 동규를 돌아보았다.

"뭐?"

"좋은 때라는 건 사실 없다고. 내가 좋은 때라고 믿고 싶으니까 그게 그냥 좋은 때가 되는 거지."

"맞네. 연우도 지금이 제일 좋은 때라는 걸 알아야 할 텐데."

이번에는 내리막길이었다. 속도를 늦춘 효영과 동규가 허벅지 뒤 근육에 힘을 주고 천천히 내려갔다. 그러다 거의 산책을 가는 사람처럼 슬렁슬렁 걷게 되었다. 은행나무가 노란 메모지 같은 잎을 뚝뚝 떨어뜨리는 걸 보던 동규가 효영에게 물었다.

"그때 너랑 나 진짜 잘 맞았는데. 우린 왜 안 됐을까?"

밤을 새워 가며 온라인 커뮤니티에서 영화 얘기를 한 인연으로, 둘은 종종 대학 도서관이나 미디어 센터를 다니며 오래된 영화를 감상했다. 독립 영화제 시즌에는 서울에 있는 예술 영화관을 돌며 며칠 굶은 사람처럼 영화를 찾아다녔다. 효영은 동규가 아니었으면 평생 〈히로시마 내 사랑〉을 볼 생각도 하지 않았을 것 같았다. 동규도 효영을 만나지 못했다면 평생 〈한강에게〉와 같은 독립 영화를 볼 일이 없었으리라 생각했고. 둘은 그런 식으로 사랑하는 영화의 외연을 넓혀 갔다. 무엇이든 될 수 있다고 믿던 시절에 만난 인연은 얼마나 푸릇하고 명료한 감각으로 남아 있는지.

"기억 안 나? 오빠가 그때 나 어린애 취급했잖아."

"그랬어?"

"내가 20대 초반이었으니까. 그럴 만도 했지."

"미안. 내가 그때 아는 척이 좀 많았지?"

동규가 민망한 듯 발끝을 보며 웃었다. 효영이 꼭 여동생처럼 보여서 그랬던 것만은 아니었다. 경영학과를 다니던 동규는 영화 커뮤니티에서 영화를 전공한다는 부류를 은근히 견제했다. 사실은 부러움에 가까웠는데, 자격지심 때문인지 효영 앞에서 종종 어려운 용어를 쓴 기억이 나기는 했다.

"재수 없었겠네?"

"조금."

활짝 웃는 효영의 등 뒤로 동규는 순간 5년 전의 그 벚꽃을 다시 본 것 같았다. 양 뺨이 분홍빛으로 물들 정도로 딱 기분 좋게 취한 효영이, 벚꽃 길을 걸으며 양손으로 네모난 프레임을 만들던 날의 추억을. 꿈 많고 순수했던 한 영화감독 지망생의 반짝이는 눈빛을, 동규는 동경했던 것 같다. 어린 동생이라는 핑계로 알아채지도 못하고 있던 감정이었지만.

"효영아."

"응?"

어느새 효영 옆에 멈추어 선 동규가 그녀를 물끄러미 바라보고 말했다.

"좋아해, 효영아."

"뭐?"

동규가 활짝 웃으며 효영의 앞에 마주 섰다.

"아니. 사랑해. 무척이나."

더 뛸 수 없을 만큼 심장이 두근댔다. 효영이나 동규나 달릴 생각도 하지 못하고 서울숲을 정처 없이 걸었다. 결국 노을이 지는 걸 다 보고 나서야 동규가 먼저 입을 열었다.

"미안. 타이밍이 안 좋았나?"

"타이밍 같은 건 안 믿기로 했다며."

효영의 말에 동규가 쿡쿡 웃음을 터뜨렸다. 둘은 들어온 입구를 향해 다시 돌아서 걷기로 했다. 비가 오려는지 습기를 머금은 흙냄새가 났다. 금방 또 저녁이었다.

"그래도. 너 마음 복잡할 때 내가 괜히 건드렸나 싶다."

"그래 보여? 내 마음이 복잡해 보여?"

"그때 말이야. 글월에 네 전 애인이 찾아왔을 때, 괜히 자리를 비켜 줘야 할 것 같았어."

"왜?"

"할 말이 남아 있어 보여서?"

효영이 피식 웃으며 고개를 저었다. 동규가 가고 나서 영광과 무슨 얘기를 했는지 설명하다가 또 한숨을 쉬었다.

"그냥 이기심 때문이었어. 내가 나쁜 여자가 되고 싶지 않다는 이기심."

"전 애인은 뭐라는데."

"괜찮대. 그런 거 바로잡지 않아도 된대."

"섭섭했어?"

"아니. 당연했지. 벌써 1년 전 일인데. 전 애인도 새로운 여자 만나는 것 같던데?"

동규는 영광과 주고받은 펜팔을 떠올리며 고개를 갸웃했다. 펜팔 속에서 영광은 아직까지 효영을 잊지 못하는 것 같았는데. 하지만 괜히 남의 편지 내용을 떠벌리고 싶지 않았다. 그러다 의도치 않게 영광이 경쟁 상대가 될까 봐 걱정이 되기도 하였지만, 편지 위에 적힌 누군가의 마음을 맘대로 옮기는 것도 양심에 걸렸다.

"그래서? 그럼 지금 네 마음은 뭔데."

"솔직히 좀 놀랐어. 오빠한테 난 늘 편안한 여동생인 줄 알았으니까."

효영과 동규의 앞으로 서울숲 입구가 보였다. 동규는 오늘따라 서울숲이 작게만 느껴졌다. 효영이 무언가 더 말하려 동규를 돌아볼 때였다. 효영의 주머니에서 스마트폰 벨 소리가 울렸다. 액정에 '영광'이라는 이름이 뜨는 것을 동규가 흘끗 보고 고개를 돌렸다.
 "응. 무슨 일이야?"
 ─효영아, 나 지금 선호 형 입원한 병원이야.

 택시를 타고 가겠다는 걸 동규가 직접 데려다주겠다고 했다. 마침 레스토랑 앞에 동규의 차가 주차되어 있던 터라, 그편이 제일 편한 방법이기는 했다. 조수석에 탄 효영이 영광과 메시지를 주고받았다. 선호가 길가에서 택시를 잡다가 오토바이에 치여 정강이를 다쳤다는 내용이었다.
 "칠칠치 못하게 정말."
 효영의 혼잣말에 동규가 가볍게 웃으며 말했다.
 "밑에서 기다리고 있을게. 병문안 끝나면 와."
 "왜. 괜찮아. 데려다만 주고 가라니까."
 "나 아직 대답도 못 들었는데, 가라고?"
 동규가 아쉽다는 얼굴로 효영을 돌아보았다. 효영이 민망한 듯 웃음을 터뜨렸다.
 "맞네. 숙제가 있었네."
 "장난이야. 그냥 끝까지 데려다주고 싶어서 그래. 너 저녁도 안 먹었잖아."
 돌아가는 길에 레스토랑에 다시 차를 대고 효영을 위

해 국수라도 끓여 주고 싶다고 말했다. 대답 같은 건 나중에 들어도 되니까 혼자서 고심하고 대답해 달라는 말도 잊지 않았다.

"알았어. 근데 이탈리안 레스토랑에서 무슨 국수야?"

"내가 사실 국수를 기가 막히게 끓이거든."

효영이 운전석에 앉은 동규를 보며 조용히 미소 지었다. 예상치 않은 사건으로 밤의 도로를 함께 달리는 지금이 어색하면서도 싫지 않았다.

2

 5인실 병실 창가에 깁스한 선호가 누워 있었다. 이미 저녁 식사를 끝낸 선호는 영광이 깎아 주는 사과를 먹다가 효영을 보고 앓는 소리를 했다.

 "효영아. 나 어쩌냐. 글월의 기둥인 사람인데, 기둥이 똑 부러져 버렸어."

 "뭐 하다가 오토바이에 치여. 조심 좀 하지."

 곧이어 선호가 하소연하듯 뱉은 사연은 이랬다. 민주에게서 찻잔 세트를 선물로 받던 날, 신이 나서 지하철에 탄 선호는 발아래에 찻잔이 담긴 선물 상자를 놓고는 편지지를 꺼냈다고 했다. 소희에게 줄 편지를 쓰려고 볼펜을 쥔 채 집중하다 보니 어느새 내릴 역이었고, 급하게 지하철을 나서다가 발밑에 둔 선물 상자를 깜빡한 것이었다.

 "다행히 유실물 센터에서 찻잔 세트를 찾았지. 그거

받으러 가려고 택시 잡다가 오토바이에 그냥, 콱! 이렇게 된 거야."

선호는 마치 연기를 하듯 독백 투로 말했다. 효영이 고개를 절레절레 흔들자 영광이 보호자용 의자를 가져다주었다.

"고마워."

"혼자 온 거야?"

"아는 사람이 태워 줬어. 지금 주차장에서 기다리는 중. 빨리 가 봐야 해."

효영의 말에 선호가 사과를 씹다가 말했다.

"그 남자? 같이 저녁마다 뛰어다닌다는?"

"러닝이요. 러닝."

효영이 짧게 답하자 영광이 아무렇지 않은 척 효영에게 사과를 건네며 물었다.

"효영이 너, 추운 거 싫어하잖아."

"아직은 괜찮더라고. 달리면 덥기도 하고."

효영은 예쁘게 깎인 사과를 입에 아삭 물었다. 그리고 곧장 선호를 돌아보았다.

"소희 언니는?"

"벌써 왔다가 갔지. 남편 다친 거 보고 아주 오열하더라고."

영광이 전혀 사실이 아니라는 듯 양손으로 'X'자를

그랬다. 효영이 코웃음을 속으로 삼키며 접시 위에 포크를 살포시 내려놓았다.

"오열이라고? 소희 언니가?"

"다친 것도 다친 거고, 사실 내가 쓴 편지를 읽었거든. 편지 한 통에 그동안 꽁꽁 얼었던 우리 소희 마음이 사르르 녹은 거 있잖니."

그러자 영광이 자리에서 일어나 효영에게 손짓했다.

"효영아, 허풍은 이 정도 들어 줬으면 됐지? 썸남 기다리시겠다. 그만 가 봐."

효영은 영광의 입에서 나온 '썸남'이라는 단어에 굳은 입꼬리를 억지로 올리며 웃었다. 딱히 정정하기도 장황하게 설명하기도 어색했다. 효영이 선호에게 그만 가 보겠다며 인사하자, 선호가 효영을 불러세웠다.

"효영아, 진짜 미안한데……. 혹시 영광이랑 부산 출장 좀 같이 가 줄 수 있니?"

순간 효영은 대답 대신 영광을 빤히 보았다. 어떤 마음을 먹어야 하는지 모른 채로 효영이 선호를 돌아보며 고개를 끄덕였다.

병실을 나서는 길에 영광이 효영의 옆을 따랐다. 아무 말 없이 엘리베이터를 기다리고 올라타서는 영광이 효영에게 말했다.

"꼭 안 가도 되는데. 사진 자료는 내가 찍어도 되고."

"어떻게 그래. 직원은 난데. 도와주신 분들한테 대표로 인사도 드려야 하고."

부산 적산가옥 전시 오픈 전, 전시를 도와준 적산가옥의 대표와 설치 미술가 그리고 전시장 직원들에게 감사 인사를 하러 가는 자리였다. 본래는 선호 사장이 가야 했던 것을 글월의 유일한 정직원인 효영이 책임지기로 한 것이다. 간 김에 전시장 스케치 영상도 찍어서 SNS에 홍보도 해야 했고.

효영이 주차장으로 내려와서는 영광을 돌아보았다.

"괜히 어색하고 그런 거면 따로 가도 돼. 전시 장소에서 만나."

"아니야. 어색은 무슨."

지난주에 하준이 소희와 함께 찾아와서 했던 말이 떠올랐다. 연희동에서 여자 친구와 걸어가던 영광을 봤다는 말. 조금 유치하지만 효영은 순간 자기와 걷던 인도를 이름 모를 여자와 걷는 영광을 떠올렸고, 영광이 동규를 '썸남'이라고 칭한 것을 끝까지 정정하지 않는 것으로 소심하게 복수했다.

"안녕하세요. 또 뵙네요."

어느새 차에서 나온 동규가 영광을 보고 인사했다. 영광이 고개를 꾸벅이고는 조수석에 타는 효영을 보았다.

동규가 운전석에 오르기 전 영광에게 다가와 물었다.

"태워드릴까요? 연희동이면 그렇게 멀지 않을 텐데."

효영과 연희동에서 처음 만났다는 걸 썸남도 알고 있는 걸까. 글월이 보이는 건너편 아파트에서 살고 있다는 것도? 영광이 고개를 저으며 거절했다.

"괜찮아요. 택시 타고 가면 돼요."

"영광 씨라고 했죠?"

"네."

"답장이 없어서 미안해요."

"네?"

동규가 영광의 놀란 얼굴을 보며 웃었다. 영광은 펜팔 속에 왜 자꾸 '러닝' 얘기가 나왔는지 이제야 이해했다. '파스타보다 국수를 잘 끓이는 비운의 요리사'가 효영을 마음에 품고 있었구나. 영광이 표정을 풀고 여유로운 척 연기했다.

"기다리지는 않았어요. 답장."

"와. 그건 좀 섭섭하다. 우리 되게 말 잘 통했잖아요."

"그래도 뭐, 각자의 사연이 있을 테니까요."

두 사람이 서로를 마주 보며 시선을 교환했다. 그때, 조수석 창문을 연 효영이 얼굴을 빼꼼히 내밀었다.

"안 가?"

"미안. 가."

운전석으로 돌아가려던 동규가 잠시 멈추어 서서는 영광을 보았다.

"효영이랑 제 레스토랑에서 국수 먹으려고요."

"아, 네."

안 물어봤는데. 뾰로통한 표정을 들키지 않으려는 영광이 고개를 돌려 차도를 보았다. 지나다니는 택시를 찾는 중이라는 듯.

그때, 동규가 '잠 못 드는 돌고래 님'에게 말했다.

"저녁 안 드셨으면 같이 갈래요? 따뜻한 거 먹으면 잠이 잘 올 거예요."

동규가 '잠 못 이루는 돌고래 님'을 지그시 보며 그의 대답을 기다렸다. 영광은 이게 마치 도발 같았다.

"갈게요, 저도."

결국 물러서지 않기로 했다. 뭐에 물러서지 않기로 한 건지도 모르면서.

함께 갈 줄 몰랐던 효영이 뒷좌석에 올라타는 영광을 돌아보았다. 영광이 쿨한 척 웃으며 너스레를 떨었다.

"나도 배고파서."

"어, 그래. 그럼."

효영이 다시 앞으로 몸을 돌렸다. 출발한 지 5분도 안 되어 영광은 동규의 차를 얻어 탄 것을 후회했다. 눈치도 없지, 속도 없지. 썸남 썸녀가 단둘이 타고 갈 차에

꾸역꾸역 왜 탄 거야. 영광은 뜨거워진 이마를 창에 대며 눈을 질끈 감았다.

'펀치 드렁크 러브'에 들어온 영광은 그제야 이곳이 하와이안 피자를 팔던 피자집이라는 걸 실감했다. 자리에 앉은 효영이 피자집이었던 시절부터 살아남은 기둥을 가리켰다.

"봐 봐. 기둥은 그대로야."

"그렇네?"

효영이 조금 아쉬운 듯 씁쓸한 미소를 지었다.

"이제 파인애플이 듬뿍 들어간 피자 대신 아스파라거스를 듬뿍 얹은 스테이크가 유명한 레스토랑으로 바뀌었어."

양쪽 다 '누가누가 더 쿨한가' 내기를 하는 사람처럼 자연스레 대화를 나눴다. 적어도 글월에서 만났을 때보다는 서로 편안해 보였다. 영광이 새로 꾸민 내부를 둘러 보며 효영과 인테리어 얘기를 했다. 바 테이블에 짐을 내려놓은 동규가 부엌에 들어가기 전, 영광에게 물었다.

"그림 그리신다고 했죠? 어때요, 제 미감?"

"좋은데요? 선반에, 식기도 고급스럽고 예뻐요."

동규가 효영을 보고 의기양양한 표정을 지었다.

"봐 봐. 나도 소싯적에 미장센 좋은 영화를 얼마나 많이 봤는데."

"알지. 동규 오빠 영화 취향."

효영이 씩 웃으며 동규가 부엌으로 들어가는 모습을 지켜보았다. 곧이어 부엌 안쪽에서 접시 부딪히는 소리와 물소리, 도마 위에서 채소를 자르는 소리가 났다. 영광이 의자에서 엉덩이를 떼며 뭐라도 도와야 하는 게 아닐까 물었는데 효영이 고개를 저었다.

"나도 처음에는 도우려고 일어났는데, 오히려 더 불편하대. 셰프의 영역을 존중해 달라나 뭐라나."

"아, 그래?"

영광이 다시 자리에 앉아 접시 옆에 둔 포크와 나이프를 집어 이리저리 살폈다. 물론 그 시절의 기둥이 남아 있긴 하지만 피자를 팔던 날의 풍경이 더는 떠오르지 않는다는 게 이상하게 서글펐다. 아니, 어쩌면 자기도 모르는 사이 동규와 많은 시간을 보냈을 효영을 아무렇지 않게 보고 있는 게 불편했을지도.

"그나저나 이번에 부산 전시 섭외한 작가들은 어때? 작업은 잘 진행하고 계시대?"

"응. 다들 의욕이 넘쳐서 작업 속도는 이상 없어."

"고마워. 웹툰 원고로도 바쁠 텐데, 작가 섭외도 도와주고."

"나야 뭐 연결만 해 준 거지. 맞다. 이번에 참여하는 작가 중에 네가 아는 친구도 있어."

"그래? 누구?"

"가연이. 예전에 합동 전시회 같이 갔을 때 봤을 거야."

"아, 가연 씨. 알아."

영광은 가연 덕에 새로운 설치 미술가도 모실 수 있어서 다행이었다는 말도 전했다. 최근에도 동네에서 만나 전시품들의 디피를 같이 고민했다고. 효영은 무심한 표정으로 물잔에 물을 따르며 말했다.

"들었어. 하준이가 영광이 형이랑 여자 친구가 글월 앞을 지났다고 다 말해 주던데?"

"이것 봐. 내가 쓸데없는 소리 하지 말라고 했는데."

영광이 콧바람을 쉭쉭 내쉬며 장난스럽게 말했다. 효영이 괜히 부엌 쪽으로 시선을 옮기며 말했다.

"잘 해 봐. 가연 씨 대학 다닐 때 너 좋아했다며."

"진심이야?"

영광이 사뭇 진지한 투로 효영에게 말했다. 효영은 물잔을 쥔 손을 내려다보며 빙긋 웃었다. 뭐라고 대답해야 할까. 이미 몇 번이나 너를 잊는 연습을 다 해서, 이제 정말 아무렇지도 않다고 얘기해야 하나.

"자, 이탈리안 요리사표 잔치국수입니다."

그때 동규가 영광과 효영의 앞에 국수를 내려놓았다.

동규는 자기 몫의 국수를 효영 옆에 내려놓고 자연스럽게 그녀 옆에 앉았다.

"영광 씨한테는 처음 대접하는 거라 떨리네? 배고프실까 봐 단출하게 만들었어요."

대충 국수만 삶았다는 말과 달리 고급스러운 면기 위에는 예쁘게 썰린 호박과 계란, 고기, 쑥갓 등이 올라가 있었다. 국물도 효영을 위해 미리 푹 끓여 둔 육수를 넣었다고, '굳이' 설명까지 덧붙였고.

효영이 장난스러운 표정을 지으며 동규를 놀리듯 말했다.

"매번 남의 영화 평가만 하다가 요리사 되고 매일 같이 남들 평가 들으려니까 고되지?"

"어. 그동안 평점 짜게 준 영화감독들한테 석고대죄하고 싶어. 평가받는 거, 이거 진짜 쉬운 일이 아니네."

영광이 숟가락으로 국물을 퍼마시고는 웃었다.

"매 회차 별점에 댓글에 스트레스받는 웹툰 작가 앞에서 다들 무슨 말씀이신지."

"어, 그러네. 미안 미안."

효영이 눈을 동그랗게 떴다가 미소를 지었다. 동규도 맞는 말이라며 고개를 끄덕였다. 국수를 한 젓가락 입에 넣고 난 영광이 동규를 보며 말했다.

"맛있어요. 효영이는 좋겠네요. 요리 잘하는 사람을

가까이 돼서."

"그쵸? 본인만 모르는 척해. 내가 얼마나 잘해 주는데."

동규가 효영을 부드럽게 바라보며 젓가락을 들었다. 그릇 옆면을 부딪치는 젓가락 소리가 툭툭 영광의 내면의 집요하게 두드리는 소리처럼 들렸다.

집으로 돌아온 영광은 곧장 냉장고에서 사이다를 꺼내 마셨다. 체한 것은 아니지만 괜히 더부룩한 기분이 들었다. 효영과 동규와의 대화 속에서, 두 사람이 함께한 시간이 생각보다 더 길고 집요했다는 걸 알았다. 괜히 샘이 났다. 둘이서 영화 커뮤니티에서 한참을 싸웠다는 얘기를 듣고 아무렇지 않게 웃고 있던 자신이 바보처럼 느껴졌다. 마치 효영과 누가 더 쿨하게 보이는지 내기라도 하는 것 같았다. 아마 이 연극은 부산에 함께 내려가는 날에도 이어질 거였다.

다 비운 사이다 캔을 찌그러뜨려 부엌 베란다에 둔 재활용 용기에 넣고 나왔을 때였다. 오랜만에 엄마의 전화를 받았다. 며칠 병원에 다니다가 요새는 컨디션이 좋아 슬근슬근 산책도 다닌다고 했다.

─밥은 잘 챙겨 먹는 거니? 일은 잘돼 가?

"그럼요. 금방 다시 연재 들어갈 거예요. 지금은 세이브 원고 쌓는 중."

―다행이다. 또 오래 방황하는 줄 알고 걱정했잖아.

"내 걱정은 무슨. 엄마 건강 먼저 챙겨요."

엄마가 또 시작이라며 혀를 끌끌 차고 말을 이었다.

―나처럼 차라리 한 번 쓰러지면 온 가족이 달라붙어 걱정이라도 해 줘. 근데 넌 좀체 쓰러져 본 적이 없잖니. 몸뚱이든 마음이든 고장 나도 소리 한 번 못 지르고.

"아빠 닮아서 그렇다고. 또 그 말 하려고 했죠?"

―맞아. 나도 이제 레퍼토리 좀 바꿔야 하는데, 그치?

영광이 스마트폰을 붙잡고 고개를 숙이며 웃었다. 엄마가 진지한 목소리로 말했다.

―엄마 소원이 뭔지 알지? 네가 나한테 걱정 끼치는 아들 되는 거.

"그게 무슨 소원이야."

―상현이 반만 따라가라고. 반만.

"상현이가 그럼 걱정 끼치는 아들이란 소리예요? 상현이한테 이른다?"

영광이 놀리듯 말을 잇자 엄마가 섭섭하다는 투로 대답했다.

―어머. 됐다. 무슨 말을 못 해, 말을. 끊어.

한바탕 엄마의 잔소리가 끝나자 휑한 거실에 고요만이 남았다. 영광은 거실 베란다 밖으로 보이는 연희동의 밤 풍경을 감상했다. 낮은 주택 건물이 눈앞에서 줄

줄이 이어졌는데, 불이 꺼진 창문이 반이었다. 큰길을 따라 천천히 달리는 초록색 버스도 보였다.

"하……."

잡념이 너무 많았다. 영광은 오늘도 새벽 늦게까지 잠을 이루지 못할 것 같았다.

Geulwoll Shop Log   **Letter Service in Seoul**

글월 일지 — 성수점

— 일자: 20XX년 10월 5일
— 날씨: 구름 많음
— 근무자: 정주혜

— 방문 인원: 39명
— 카드 매출: 427,500원
— 현금 매출: 4,000원
— 총 매출: 431,500원

— 품절 제품 리스트
: 원고지 편지봉투
: 십년메모—Navy

— 필요한 비품
: 펜팔 서비스 가이드

— 특이 사항: 드디어 정주혜가 성수에 입성했습니다! (짝짝짝) 이제 일주일 중 하루, 성수점은 제 차지입니다. 그동안 연우 없이 혼자 6일 내내 근무하시느라 힘들었죠? 가게 챙기느라 책 못 쓴다는 핑계는 이제 그만 대시고, 쉬는 날 생겼으니 집필 활동 쭉~ 이어 나가시길 바랍니다. 누구보다 언니의 첫 책을 기다리는 1인이라고요 :)

확실히 성수는 그냥 쓱 둘러보고 가시는 손님이 많네요. 외국인 손님도 많고요. 선물용 문구류를 사 가시는 분들이 세 분 있었습니다. 각각 트리 문진, 깃털 북마크, 투프럼 노트 사 가셨습니다. 펜팔 참여자는 총 세 분이었습니다. 그중 한 분은 지난여름에 군복을 입고 매장에 선·후임과 함께 왔다는데, 이제는 전역했다는 반가운 소식을 전하고 가셨어요.
갑자기 또 성수 글월의 마스코트였던 연우가 생각나네요. 어디서 안 울고 씩씩하게 잘 있으려나~~??

효영은 어제자 일지를 읽은 뒤 듣고 싶은 노래를 틀고 가게 안을 청소했다. 영업시간에는 편지를 쓰러 오는 손님을 위해 가사가 없는 음악을 틀었지만, 오픈 전에는 종종 볼륨을 낮춰서 원하는 노래를 듣기도 했다. 주로 김동률의 발라드 곡이었다. 〈감사〉와 〈기억의 습작〉이 지나고 〈산책〉이 나올 때쯤에 동규가 찾아왔다.

"드라마가 담긴 노래도 의외로 여기랑 잘 어울리네? 몰랐어."

"영업시간 전에만 볼 수 있는 글월의 또 다른 면이랄까?"

동규가 철제 선반에 놓인 디피 제품들을 눈으로 훑으며 서성였다. 그러다 선반 아래쪽에 둔 세 개의 딱풀을 보며 미소를 지었다.

"딱풀? 봉투 붙일 때 쓰라고 파는 거야?"

"응. 왜 그렇게 신기하게 봐?"

"초등학교 졸업하고서는 딱풀을 산 적이 없는 것 같아서."

더 이상 사용하지 않는 물건은 누군가에는 유물이었다. 박물관에서나 보는 전시품처럼 보이는 것도 어쩌면 당연했다.

"오늘은 이걸 사야겠네."

동규가 딱풀 하나를 집어서 카운터로 가지고 왔다. 효영이 동규가 내민 현금을 받아들고 물었다.

"뭐야. 진짜 필요해서 사는 거야?"

"일단 주머니에 넣어 놓고, 언제 쓸지는 나중에 생각할래."

효영이 딱풀을 포장지에 포장하고 있을 때, 동규가 조심스레 입을 열었다.

"지난번에 내 고백은 거절인 건가?"

"응?"

"아님 고심해서 알려달라고 했더니 아직도 생각하는 중?"

효영이 손바닥으로 입을 막고는 민망한 듯 웃었다.

"미안. 잊은 건 아니야."

동규가 눈웃음을 지으며 고개를 저었다.

 "빚 독촉하는 사람 같네. 미안해."

 효영은 선호의 병문안을 간 날, 영광을 만난 이후로 정리되지 못한 감정 때문에 혼란스러운 날을 보내고 있었다. 마치 튜브 하나만 허리에 끼고 망망대해를 떠다니는 기분이었다. 답을 기다리는 쪽도 초조할 거라는 걸 알면서 효영은 동규와 메시지로 농담만 주고받으며 대답할 시간을 뒤로 미뤘다.

 오랫동안 동규를 친한 오빠로만 생각해 온 것도 대답을 미룬 이유였다. 무슨 고민이든 말할 수 있을 것 같던 동규가 연인이 되고, 또 언젠가 이별을 한다면 영광을 잃는 것만큼이나 좋은 사람을 또 잃을 것만 같았다. 언제부터 사람을 만나면서 이별을 상정하게 되었는지는 모르겠다. 다만 효영이 자기도 누군가에게 깊은 상처를 받을 수 있는 사람인 동시에 또 누군가에게 깊은 상처를 줄 수 있는 사람이라는 걸 인지해 버렸다는 게 문제였다.

 사랑은 할수록 자신감이 붙는 게 아니라 겁만 늘어갔다. 솔직히 지금은 제자리에 서 있는 것은커녕 자꾸만 뒷걸음질만 치고 싶은 기분이었다.

 "알았어. 그럼 다음에."

 동규는 효영의 마음을 알겠는지 그만 가 보겠다며 손

을 흔들었다. 글월을 나서는 동규에게 효영이 카운터 밖으로 상체를 내밀고 크게 말했다.

"주말에, 부산 다녀와서 밥 먹자. 그때 다시 얘기해."

동규가 싱긋 웃으며 고개를 끄덕였다.

점심시간이 지나고 잠시 한가한 때가 왔다. 효영은 카운터 안쪽 책상에서 노트북을 열고 밀린 에세이 원고 작업을 시작했다. 벌써 10월이었고 에세이 원고의 마감까지 겨우 두 달이 남은 시점이었다. 더듬더듬 글을 쓰다가 문득, 동규가 평론가로 등단하고 난 뒤 쓴 글이 궁금했다. 동규는 절대 보여 주지 않았지만, 검색 몇 번으로도 영화 잡지 홈페이지에 동규가 쓴 리뷰 몇 편을 찾을 수 있었다. 벌써 4년 전의 글이었다.

효영은 그중에서 '3점대 영화 컬렉션'이라는 특이한 제목의 글을 클릭했다. 망한 작품도, 그렇다고 대작도 아니지만 자기 전 태블릿으로 틀어 놓고 보기에는 안성맞춤이라는 영화가 5편이나 소개되었다.

3점대 영화 컬렉션

콘텐츠가 범람하는 이 시대에, 바쁜 현대인에게 4~5점대의 영화도 아닌 3점대의 영화를 소개해 주는 이유는 뭘까. 차라리 1~2점대의 영화를 소개해 준다면 지뢰를 피하듯 최악의 영화를 피할 수 있는 또 다른 형태의 유용한 글이 될 수도 있을 텐데 말이다.

하지만 필자는 3점대 영화의 특별한 가치를 알고야 말았다. 뛰어난 연출이나 스토리 또는 유명한 배우의 기절할 만한 연기가 부재한 우리의 3점대 영화는 '잘 만들어질 법했으나 대작의 기준이 되는 몇 가지 기준에서 미끄러진 아쉬움'을 끌어안고 있다.

필자는 세상의 평균이 된 '3점'이, '대단하지 못한 대단함'을 품고 있다는 걸 한창 깨닫고 있는 참이다. 매일 같이 야근을 하고 애를 써도 나만 무능력하다고 느낄 때, 인생의 목표가 사실 자신의 능력보다 한참 위에 있다고 느낄 때, 걸음마를 떼는 것만 해도 박수를 받았던 삶이 얼마나 그리운가.

하나 모두가 반짝이는 별 5개를 향해 달려가는 지금, 5개의 별을 찾는 방향이 아니면 모든 길이 불필요하다고 여겨지는 지금, 필자는 자랑스럽게 3점대 영화를 찬양하기로 했다. 내가 그렇게 대단하지 않다고 여겨질 때는, 반대로 내가 그렇다고 그다지 부족하지 않다는 걸 알아야 한다. 인간의 삶도 3점 정도면 괜찮지 않으려나? 대부분 인간이 잘하려고 했으나 잘되지 않은 삶을 등에 지고 살지 않나?

'3점'은 필사적으로 싸운 내가 당당하게 얻은 나의 평균점. 나를 더는 소모하지 않게 도와주는 합리적인 점수라고 볼 수 있다.

마우스 스크롤을 부지런히 내리며 4년 전 동규의 글을 읽던 효영이 짧은 탄성을 뱉었다. 정말 딱 동규를 닮은 글이었다. 무리하지 않고 욕심부리지 않고 딱 제가 소화할 수 있을 만큼만. 그래, 내가 오빠의 이런 점을 좋아했던 것 같아. 문득 효영은 동규가 자기를 좋아한다고 해 줘서, 빙빙 돌리지 않고 자신의 마음을 정확히 전해 줘서 고마웠다. 아직 동규에 대한 마음을 한쪽으로 정리한 것도 아니지만 좋은 사람에게 사랑받는다는 기분은 늘 가슴을 설레게 했다.

"여보세요. 우효영 씨?"

그런 생각을 하는 와중에 은채가 편지 가게로 들어왔다. 한 손에는 처음 보는 편지봉투를 쥔 채였다.

"뭘 보는데 혼자서 웃어?"

"그냥 글. 읽을 게 있어서."

"글 쓴다고 아주 티를 내네, 우효영 작가."

"뭐래. 근데 뭘 들고 온 거야?"

효영이 은채가 들고 있는 편지봉투를 가리켰다. 그 사이 은채가 성수점에서도 펜팔을 했나 싶었다.

"몰라. 문 앞에 있던데?"

은채가 어깨를 으쓱거리고는 효영에게 편지봉투를 건넸다. 봉투를 뒤집자 그 위에 붙여 둔 노란 포스트잇이 보였다.

> 늦게 보낸 답장이 제대로 닿을지 모르겠어요.
> 그래도 연우 씨한테 보내 주시면 감사하겠습니다.

연우의 썸녀가 쓴 편지였다. 그사이 어떤 이유 때문인지 마음이 바뀌어 다시 연우에게 편지를 보내기로 한 모양이었다. 효영이 가벼운 미소를 지으며 포스트잇을 카운터 안쪽에 걸어 둔 코르크판에 붙였다. 가끔 글월이라는 공간을 좋아하는 사람들이 글월 직원에게 편지를 건네는 때가 있었는데, 그런 편지들을 붙여 두는 곳이었다.

은채가 카운터 안쪽으로 상체를 쭉 빼고 물었다.

"뭐야? 누가 보낸 건데?"

"여기 다니던 남자 직원이랑 썸 타던 사람."

"아, 그 군대에 갔다던 친구?"

"응. 흐지부지된 썸이라 여자도 편지를 써 놓고 보낼지 말지 고민했나 봐."

그사이 여자에게 어떤 고민의 시간이 있었을까. 그래도 용기 내어 편지를 보내기로 한 그녀에게 응원의 마음을 보내고 싶었다.

그때 은채가 효영이 들고 있는 편지봉투를 보며 말했다.

"네가 농땡이 피우는 거 보고 그냥 문 앞에다 두고 갔나 봐."

"그런 거 아니거든!"

효영이 눈을 번뜩이며 은채를 쳐다보자 은채가 입을 크게 벌리고 와하하 웃었다. 그러다 문득 효영의 '썸'이 떠올랐는지, 눈을 게슴츠레 뜨고 물었다.

"그 셰프랑은 어떻게 됐어. 그냥 계속 러닝 메이트가 끝이야?"

"고백받았어."

"우앗! 대박!"

은채가 자기도 모르게 큰 목소리를 냈다. 이어서 외국인 손님 둘이 글월 문을 들어섰고, 효영이 검지를 입술 위에 대고 은채에게 조용히 하라고 주의를 주었다. 은채가 입술을 꾹 깨물었다가 효영에게 말했다.

"나 단역 배우 캐스팅되어서 의상 사러 나온 거거든? 2시간 뒤에 퇴근이지? 오늘은 나랑 데이트해. 오케이?"

가을은 야장의 계절이라고, 은채가 길가에 놓인 플라스틱 테이블에 앉자마자 말했다. 시원한 가을바람과 함께 노을이 지는 풍경이 멋들어진 저녁이었다. 은채는 고민도 없이 전갱이 튀김에 생맥주를 시켰다. 묵직한 생맥주 잔을 부딪치며 은채와 앉은 지금도 또 하나의 힐링이었다. 효영은 명치 속에 쌓아 둔 혼란스러운 감정을 알싸한 맥주로 쓸어내렸다.

"대답은?"

"아직."

"이유는?"

"몰라."

은채가 전갱이 튀김을 잘근잘근 씹으며 효영을 보았다. 효영은 늘 옆에서 함께 달려 주는 동규를 떠올리며 복에 겨운 고민을 하고 있다고 느꼈다. 좋은 사람이 옆에 있어 주길 바라는 건 인간의 본능이었으나, 막상 효영 자신이 동규에게 좋은 사람인지는 의문이 들었다. 이별과 꿈의 좌절로 자존감이 떨어진 사실과는 별개의 문제 같았다.

"그냥, 영광이가 '펀치 드렁크 러브'에 앉아 있는 게 이상하잖아. 우리가 갔던 피자집은 다 사라지고, 새 테이블에 새 포크에. 어색하게 마주 앉아서 영광이 썸녀 얘기만 하는 게, 이상하잖아. 이탈리안 레스토랑 집에서 끝내 주게 맛있는 잔치국수를 먹고 있는 모습만큼이나."

"뭐야. 전 애인 때문이었어? 셰프의 고백을 못 받아 주고 있는 게?"

꿀꺽꿀꺽. 효영이 맥주를 반이나 비웠다. 쓸어내린 줄 알았던 감정이 다시 혀뿌리까지 올라온 기분이었다. 효영은 억울한 표정으로 영광에게 썸녀가 생긴 것 같다는 말도 했다. 웹툰 연재로 바쁘다면서 왜 썸녀가 동네에 찾아오면 턱턱 만나 주는 거냐고 괜히 심통도 부렸고.

그러고 나니 또 은채 앞에서 부끄러운 기분이 들어 맥주만 홀짝일 뿐이었다.

"이제 진짜 끝이라 생각하고 도끼로 꼬리 자르듯 인연을 확 잘랐다고 생각했는데, 내가 자른 게 도마뱀 꼬리였나 봐. 또 슬그머니 자라는 거 같아."

"자라는 부위가 막 간질간질하냐? 처음 연애할 때처럼?"

"나 웃기지? 속 모르는 남자 지긋지긋하다면서 차 버릴 때는 언제고."

은채가 알기는 잘 안다면서 소리 내어 웃었다. 두 번째 안주로 계란말이를 시키고 포장마차 주인이 밖에 내어 둔 테이블을 하나둘 접는 걸, 지켜보았다. 밤의 성수는 그 자체로 어둑어둑한 나른함을 풍겼다. 양손 가득 쇼핑백을 들고 지하철역을 향해 걷는 사람들은, 마치 실컷 놀고 난 뒤에 폐장한 놀이공원을 나오는 것처럼 보였다.
 "근데 있잖아. 효영아…….."
 어느새 무겁게 감긴 눈을 들어 올리고, 효영이 은채의 말을 이어 들었다.
 "이제 네가 그 속 모를 남자 마음을 알 것 같아서 이러는 거 아니야?"

여섯,

가을엔 편지를 할래요

1

10월의 중순, 이제 바람이 조금 찼다. 두꺼운 니트 카디건에 가벼운 머플러를 두른 효영이 부산행 KTX에 올라탔다. 선호 사장이 영광과 효영을 초대한 단톡방에 몇 시까지 적산가옥에서 만나면 되는지 전해 주었다. 효영은 내심 영광이 서울에서부터 같이 움직이자고 말할 줄 알았는데, 'OK' 알파벳을 든 돌고래 이모티콘만 보낸 뒤 아무 말이 없어서 실망하던 차였다.

주중 아침이라 생각보다 빈 좌석이 많았다. 창가 자리에 앉은 효영이 핸드백을 무릎 위에 올리고는 스마트폰으로 주혜가 쓴 업무 일지를 확인했다. 카페 좋아하는 사람 아니랄까 봐 업무 일지에 '부산에서 꼭 가 봐야 하는 카페 TOP 3'를 찍어 주기까지 했다. 이제는 아예 업무 일지가 아니라 소식지가 된 기분이었다.

스마트폰 메시지 음이 울렸다. 소희가 선호 대신 고

생해 주어서 고맙다며 커피 기프티콘을 보낸 것이었다. 효영은 소희에게 메시지로 선호의 다리가 잘 낫고 있는지 물었다. 그러다 선호의 편지 얘기가 나왔다. 소희는 효영에게 '분노 이모티콘'을 보냈다가 급기야 전화까지 걸었다.

―그거 진짜 치사했던 거 알아요?

"네?"

―남편이 쓴 거 편지가 아니라 거의 유서였다니까요?

선호가 자주 보는 예능 프로그램이 하나 있었다. 일반인 부부의 이혼 상담을 다루는 프로그램이었는데, 심리 치료도 하고 상대방의 역할에 빙의한 역할극도 하며 서로를 이해하는 내용이었다. 그 프로그램에서 부부 관계 개선을 위해 사용한 방법 중 하나가 바로 '유서 쓰기'였던 것이다. 내가 죽고 난 후에 상대에게 어떤 미안한 마음이 들지, 어떤 게 후회가 될지 미리 상상해 보는 코너였다.

"선호 사장님이라면 그럴 수 있을 것 같아요."

―나름 저랑 화해하려고 갑자기 죽은 사람 빙의해서 쓴 것 같은데, 아무튼 그거 써 놓고 바로 교통사고 났으니 울음이 안 나오겠어요?

"완전. 그럴 것 같아요. 진짜 반칙이네."

―맞아요. 반칙!

소희가 높은 목소리로 말했다. 효영은 지하철 의자에 앉아 심각한 표정으로 편지를 썼을 선호를 생각하며 웃음 지었다. 삐걱대긴 하지만 선호와 소희는 사랑스러운 커플이었다. 그걸 알아서, 효영은 선호 사장을 슬쩍 도와주기로 했다. 도자기 가게 사장인 민주에게 찻잔 세트를 받자마자 선호가 소희에게 편지를 써야겠다고 얼마나 호들갑을 떨었는지부터, 사실 하준도 엄마 아빠의 화해를 위해서 '가짜 사과 편지' 의뢰까지 해 왔다는 말까지 전했다.

―하여간 강 씨 집안 두 남자 이상한 데 에너지 쏟는 데는 뭐 있다니까?

"그래도 깜찍하지 않아요? 언니를 향한 마음은 진심이라니까요."

―알죠. 아니까 여태껏 살지.

기분 좋게 웃은 소희가 다시 한번 고맙다고 인사한 뒤 통화를 끝냈다. 꺼진 스마트폰 액정을 보고 희게 웃는 효영이 다시 창가로 고개를 돌렸다. 도무지 멈추지 않을 것처럼 신나게 달리는 기차가 풍경을 빠르게 뒤로 밀어내고 있었다. 매일 똑같은 하루를 보낸다고 생각했지만 뒤돌아보면 수백 가지 꽃이 피고 지는 정원 같은 삶을 살고 있었다.

여름에 찾아온, 펜팔할 생각은 없고 자기 편지만 버

려 두고 가고 싶다던 여성 손님은 그 뒤로도 몇 번 더 글월에 찾아와 펜팔 친구와 답장을 주고받았다. 처음 봤을 때보다 훨씬 미소가 자연스러웠고 편안한 모습이었다. 어떤 날은 연인인지 썸남인지 알 수 없는 남자와 들러서 작은 엽서를 사고 가기도 했는데, 그런 풍경을 볼 때면 편지의 가치를 인정받는 것 같아 절로 기분이 좋아졌다.

문득 그런 생각을 하고 있을 때, 뒷좌석에 있던 누군가가 불쑥, 효영이 앉은 좌석과 창문 사이로 반으로 곱게 접은 메모지를 내밀었다.

조금 놀랐지만 소리를 내지는 않았다. 메모지를 펼친 효영이 작게 웃었다.

> 조용히 자면서 가려 했는데
> 가을 햇살에 잠이 다 날아갔어.
> 기왕 이렇게 된 거
> 네 옆에 앉아서 가도 돼?

바스락거리며 메모지를 접은 효영이, 창가에 이마를 붙이고 뒷좌석을 보았다.

"난 또 어색해서 연락도 안 하고 따로 가는 줄 알았다?"

"그것도 틀린 말은 아니고······."

너스레를 떠는 영광이 효영의 옆자리로 와서 앉았다. 카키색 버버리 롱 코트에 메신저 백을 멘 모습이었다. 호기롭게 옆자리를 허락했지만 딱히 할 말이 떠오르지 않았다. 어머님의 건강을 물어볼까 하다가 괜히 무거운 얘기부터 꺼내는 거 같아 입술을 꾹 다물었다. 영광은 간이 테이블을 내리고는 가방에서 생수를 꺼냈다.

"물 마실래?"

"아니. 괜찮아."

"그거, 종이 좀 줘 봐."

효영이 메모지를 건네자 영광이 가방에서 소형 수채화 물감 세트를 꺼냈다. 손바닥만 한 팔레트에 갖가지 색의 수채화 물감을 미리 짜 둔 것이었다. 새끼손가락만 한 붓도 있어서 곧바로 그림을 그릴 수 있었다.

"우와. 이게 뭐야? 귀여워."

"유튜브에서 보고 바로 샀지. 여행 갈 때마다 들고 다녀."

영광이 가볍게 웃고는 팔레트 한쪽에 생수를 살짝 붓고 메모지 뒷면에 수채화를 그렸다. 조금 전 영광이 뒷자리에서 본 효영의 모습을 그리는 중이었다. 창가에 비친 효영이 눈을 반짝이며 미소를 짓고 있었다. 동화 일러스트처럼 따뜻하고 부드러운 색감이었다.

"오랜만이다. 너 그림 그리는 모습 보는 거."

"나도 오랜만이야. 너 그리는 거."

효영이 숨을 죽이고 영광의 붓이 움직이는 모습을 가만히 지켜보았다. 작은 메모지 위에 파란색 의자와 효영의 갈색 머리, 창밖의 너른 밭과 햇살, 산, 나무 들이 전부 담겼다. 한때는 영광도 회화 미술가가 되고 싶었다는 말을 한 적이 있었다. 하지만 대학에 들어와 보니 재능 있는 사람들이 너무 많아서 상업 콘텐츠의 길로 빠르게 진로를 틀었다고 했다. 가끔은 효영도 영광이 하고 싶은 예술을 고집했다면 지금 어떤 모습일지 궁금했다. 카스텔라처럼 부드럽고 달콤한 그림을 그리는 영광에게도 또 다른 성공이 마련되지는 않았을까.

"이제 완성이야?"

효영이 붓끝을 휴지에 닦는 영광을 보며 물었다.

"아니지. 물감이 다 마를 때가 완성이지."

영광이 맑게 웃으며 효영을 보았다. 효영은 영광의 검지에 분홍색 물감이 묻은 것을 보다가 가방에서 물티슈를 꺼냈다. 그러다가 가방 안에 둔 미색 봉투가 발치에 툭 떨어졌다. 놀란 효영이 봉투를 곧바로 집어 가방 안에 넣었다.

"무슨 편지야?"

"어? 이거 그냥 옛날에 쓴 거. 나한테."

효영은 물티슈를 한 장 뽑아 영광에게 내밀었다. 손가락을 꼼꼼히 닦은 영광이 효영에게 고개를 돌린 채 담담하게 말했다.

"나, 동규 씨랑 펜팔 친구인 거 알아?"

"뭐?"

효영이 자기도 모르게 큰 목소리로 말했다. 그러고는 곧바로 손바닥으로 입을 막고 웃었다.

"진짜야?"

"역시 몰랐구나? 이제는 답장 안 하는데, 그래도 서로 서너 번씩 보냈을 거야."

"연우 있을 때는 연우가 주로 관리했어. 난 다른 업무가 많아서."

"그랬구나. 동규 씨가 너한테는 얘기 안 했나 봐?"

효영이 고개를 끄덕이다가 영광을 보고 물었다.

"그럼 넌 그걸 어떻게 알았는데?"

"동규 씨가 같이 러닝하는 여자분 얘길 하더라고."

동규가 영광에게 편지로 무슨 얘기를 했는지 알 리가 없었다. 효영은 괜히 얼굴이 빨개져서 아랫입술을 깨물었다.

"그냥 캐주얼한 얘기만 했어. 그래서 나도 선호 형 병문안 때나 알았고. 동규 씨가 말해 줘서."

"그 오빠는 또 어떻게 알았는데?"

"우리 셋 다 글월에서 만났을 때, 에세이집 표지 얘기 했잖아. 내가 그 얘기를 편지에 썼거든."

결국 서로에게 전달한 정보가 쌓이면서 오프라인에서 결과를 맞닥뜨린 것이었다. 익명을 규칙으로 하는 펜팔 친구가 이렇게 서로의 정체를 들킨 건 글월 펜팔 역사상 최초겠지. 효영은 혹시나 동규가 편지 속에 효영에게 고백할 거라는 말을 적었을까 봐 신경 쓰였다.

"다 말랐다."

영광이 수채화를 담은 메모지를 양손을 들어 햇살에 대고 가볍게 흔들었다. 그러고는 스마트폰으로 시계를 확인하고 말했다.

"부산 도착해도 전시회 시작까지 1시간 정도 여유가 있다."

"그러네?"

"그림값으로 커피 한잔 사 줄래?"

"좋지."

주혜가 뽑아 준 추천 카페 목록 중 부산역에서 가장 가까운 곳으로 가기로 했다. 편집숍이 즐비한 거리를 걷던 효영이 문득 가연이 생각나서 영광에게 물었다.

"가연 씨 선물 하나 사 갈까? 고생 많았을 텐데."

"괜찮아. 내가 따로 챙길게. 안 그래도 전시 핑계로

우리 동네 와서 술 엄청 얻어먹었거든."

그 이상 챙겨 줄 이유는 없다며 영광이 눈을 가늘게 뜨고 고개를 저었다.

"그래도 올 때마다 사 주긴 한 모양이네?"

"대학원 다니면서 활동하는 중이니까. 배고픈 예술가잖아."

효영이 아무렇지 않은 척 고개를 끄덕이고 카페로 들어갔다. 천장에 기하학무늬의 대형 LED 전광판이 설치된 감각적인 카페였다. 메뉴를 고르고 자리에 앉자마자 선호가 만든 단톡방 알람이 울렸다.

> 너네 만났어?
> 아님 아예 따로 가는 중?

출발했으면 연락 좀 하라는 선호의 말에 영광이 웃음을 터뜨렸다.

"심심한가 보네. 어제까지만 해도 알아서들 하라면서 자긴 상관 않겠다더니."

"그래도 도착한 거 인증은 하자. 그래야 사장님이 티켓 값 비용 처리 해 주지."

키득대며 웃은 효영이 영광의 사진을 찍어 단톡방에 올렸다. 멀쩡히 잘 도착해서 커피를 마시는 중이라는 메시지와 함께. 곧바로 선호가 '커피 맛있냐?'라고 실없는 답장을 보내왔다. 영광이 스마트폰을 내려놓으며 말했다.

"병원에만 있으니까 엄청 심심한가 보다."

효영이 선호 사장의 '유서 편지'를 떠올리며 영광에게 말했다. 영광이 크게 웃고는 서울로 올라가자마자 선호 사장을 놀릴 거리가 생겼다며 좋아했다.

언뜻 예전처럼 웃고 있는 서로의 모습이 낯설어서, 효영과 영광은 희미한 미소를 지었다.

효영이 따뜻한 아메리카노가 담긴 머그잔을 양손으로 쥐었다. 영광은 이번에도 얼음이 가득 들어간 아이스 아메리카노였다. 효영은 차가운 컵을 맨손으로 쥐고 커피를 마시는 영광을 보며 말했다.

"추위 안 타는 건 여전하네."

"나는 평생 얼죽아지, 뭐."

"그래서 나 네 아파트 갈 때마다 엄청 추웠잖아."

"에이. 나중에는 너 온다고 하는 날에 3시간 전부터 보일러 올렸어."

연희동 글월 맞은 편, 80년대에 지어진 연화아파트로 영광을 만나러 갈 때면 효영은 으슬으슬 몸을 떨었다. 열이 많은 체질인 영광은 한겨울에도 보일러를 제일 낮은 온도로 맞췄다. 처음에 효영은 영광이 짠돌이가 아닌가 생각했다. 자기가 사는 원룸과 달리 평수가 있는 아파트다 보니 보일러 비가 많이 나올 것 같았으니까.

영광이 찬 음료를 포기할 때는 잎 차를 마실 때뿐이었는데, 그럴 때는 차라리 주위의 온도가 충분히 낮아야 했다. 여전히 효영은 이해할 수 없는 영광만의 취향이었다.

"내가 몇 번이나 재채기하니까 겨우 올려 준 거면서."
"네가 기본적으로 몸이 찬 거야. 지금도 수족냉증 있는 거 아냐?"

영광이 효영의 손등에 손바닥을 올렸다. 효영이 장난스럽게 영광의 손등을 다른 손으로 툭툭 쳤다.

"따뜻한 거 마셔서 괜찮거든요?"
"다행이네요, 그럼."

효영은 영광과 자연스레 장난을 주고받는 지금, 이상하게 마음 한편이 쓰라렸다. 이별 후에 느끼는 편안함은 오히려 이별을 확고하게 드러내 주는 것 같았다. 오래 볶은 커피에서 나는 탄 맛처럼, 쏩쓸했다.

효영은 괜한 생각을 떨쳐 내려 영광을 보고 밝게 물었다.

"네덜란드에서는 뭐 했어?"

"음……. 캠핑?"

"뭐야. 불멍만 실컷 하다가 온 거야?"

영광이 피식 웃더니 작가 레지던스라 창작의 고통에 빠진 예술가들끼리 밤마다 불 속에 욕을 퍼붓는 모임을 만들었다고 했다. 비평가들을 향해 각국의 언어로 비속어를 던지는 모습이 장관이었다고 했다. 게다가 독일에서 온 한 소설가는 망한 원고를 장작불에 거리낌 없이 던지기도 했다고.

"허어, 아까워라."

"나름의 심리 치료였어. 꽤 효과도 있어 보였고."

아예 원고가 다 타 버리자 작가는 미련 없이 새 소설을 쓸 용기가 생겼다고 했다. 영광은 지나고 나니 그 4개월이 본인에게도 꽤 많은 위로가 되었다고 말했다. 그랬다. 영광은 늘 밖에서 위로를 구해 오는 남자였다. 연인이던 시절, 효영은 영광의 이런 모습에 미안함을 느끼면서 동시에 섭섭했다. 아무것도 해 줄 수 없는 무력감만 느끼게 했으니까.

"너한테도 좋았겠네. 넌 뭘 태웠어? 콘티? 아이디어 메모장?"

"난 그냥 웹툰 악플 모아서 프린트 해다가 태웠지."

"푸하하. 그거 괜찮은데?"

효영이 어둑해진 감정을 숨기며 활짝 웃었다. 영광에

게 한 발짝 더 다가가고 싶은 마음과 뒷걸음질 치고 싶은 마음이 엉켜 우스꽝스러운 춤을 추는 기분이었다.

2

TO. 효영

안녕, 효영아.

여긴 암스테르담 남동부에 있는 공원이야.

레지던스 프로그램에 함께 참여 중인 조각가 부부가
카약을 타러 가자고 해서 다 같이 캠핑을 하러 왔지.

날이 아직 추운데도 다들 호수 위에 둥둥 떠서 아이처럼 기뻐해.
봄날의 공원은 내가 좋아하는 올리브 그린과 비리디언 휴,
페럴렌 그린으로 가득 차 있어.
당장이라도 스케치북을 펴고 눈에 담은 모든 것들을 칠하고 싶은 기분이야.

내가 지내는 사내 호텔 방에서도 뒷마당의 짙은 초록 느릅나무가 보여.
어제는 푸릇푸릇한 나무를 한 그루 그렸다가
잘 말린 나무 위에 꼬마전구를 잔뜩 얹어 그렸어.
너랑 크리스마스를 보내지 못한 아쉬움 때문인가.

헤어지고 한 달은 참 힘들었던 것 같아.
시간이 지날수록 미안한 마음만 쌓이고, 조금쯤 창피하기도 하고.

갑자기 쓰러진 엄마 때문에 놀랐다가도
주말에도 새벽까지 시나리오를 고치고 있는 네 뒷모습을 보면
내 삶에서 한 부분은 이렇게 안락한 풍경인 채로 두고 싶었던 것 같아.

결국 날 위한 거였어.
네가 글에 집중하길 바라서 아무 말도 안 했던 게 아니라.
엄마 일로 불안해하는 모습을 들키는 게 무슨 큰일인 양……

네 말대로 널 배려한다는 말로 널 초라하게 만들었어.
답답하기만 한 나를 두고 네가 도망갈까 봐
널 붙잡을 말만 찾기 바빴어.

이렇게 먼 땅에서, 호숫가에 못난 나를 비춰 보면서
이제야 내 한심함을 마주한다.
입을 꾹 다물고 앉은, 바보 같은 표정을 짓고는.

얼마나 더 어른이 돼야 나에게서 벗어날 수 있을까.

가끔 궁금하긴 해.
하고 싶은 말을 꾹꾹 삼키다가
기어코 그 말을 뱉어 낸 사람이 어떻게 살고 있는지.

FROM. 영광

    영광은 그날 암스테르담 캠핑장에서 쓴 편지가 어떤 내용이었는지 거의 기억하지 못했다. 그래도 마지막 세 줄은 아직 마음속에 남아 있었다. 만약 헤어지자고 말하던 효영에게 꾹꾹 삼키려던 말을 조금이라도 할 수 있었다면 어땠을까. 어릴 적 아버지를 잃은 아픔이 여전히 마음속 밑바닥에 고여 있다고. 종일 멀쩡히 걸어 다니던 사람이 뿌리가 뽑혀 쓰러진 나무처럼 힘없이 고꾸라지는 걸 본 적이 있다고. 아버지 없이 홀로 자길 키우던 엄마가 억울한 일을 당하고 돌아와 베개에 얼굴을 묻고 펑펑 우는 소리를 들었다고. 모르는 척 눈을 감은 자신의 얼굴을 빤히 보던 엄마가 소리 죽여 우는 소리를 들으면 누구보다 강한 사람이 되고 싶었다고. 자기만 있어도 엄마가 행복해지기를 바라면서.

"영광은 뭘 태울 거예요?"

조각가 남편이 장작불에 장작을 던져 넣으며 영광에게 물었다. 영광은 효영에게 쓴 편지를 접어 주저 없이 불길에 던졌다. 어차피 줄 노트를 찢어서 쓴, 멋도 없는 편지였다. 영광이 웹툰 작가라는 걸 알고 있는 조각가 남편이 최근에 쓰고 있는 이야기냐고 물었다. 영광은 활활 타오르는 글자들을 바라보며 미소를 지었다.

"맞아요. 근데 결말이 마음에 들지 않아서요."

그러자 옆에 앉은 조각가 아내가 따뜻한 미소를 지으며 말했다.

"그럴 땐 차라리 마음에 들지 않은 결말을 시작점이라고 생각해 봐요."

"결말이 시작이라고요?"

"네. 거기서부터 다시 시작하는 거예요. 어차피 시간

은 전부 우리 거고, 시작과 끝을 적은 이름표도 우리가 마음대로 달 수 있는걸요."

활활 타오르는 편지를 보며 영광은 씁쓸한 미소를 지었다. 다시 시작할 엄두가 나지 않는 이별을 겪은 사람에게는 아쉬움만이 잿더미처럼 남아 폴폴 흩날릴 뿐이었다.

"여기로 들어가는 거 맞지?"

효영이 영광의 팔꿈치를 가볍게 치고 물었다. 이런저런 생각을 하다 보니 어느새 아파트 단지 옆으로 고풍스러운 적산가옥이 보이기 시작했다. 영광은 가옥에 들어가기 전 효영에게 담담한 목소리로 말했다.

"가연이는 지금 우리 사이 다 알아."

"뭐?"

"헤어진 거 안다고. 혹시 불편할까 봐 미리 말하는 거야."

밝고 솔직한 성격이 매력인 친구라서 영광은 혹시나 가연이 효영 앞에서 너무 거침없이 행동하지 않을까 걱정한 것이었다. 워낙 예술가로 산 세월이 길다 보니 이별이라는 것도 농담처럼 입에 올릴 친구일 게 뻔했다. 효영도 그런 유형의 사람을 이해 못 할 건 아니었지만, 그게 가연이라는 사실이 못내 마음에 걸렸다.

"불편할 게 뭐 있어."

또 마음과는 다른 말이 나왔다. 효영이 조용히 입술을 달싹이며 적산가옥을 향해 앞장서서 걸었다.

전시가 열리는 적산가옥은 아파트를 등지고 있었다. 1920년대에 지어진 2층짜리 가옥이 현대적인 아파트와 함께 있는 풍경이 생경하게 느껴졌지만, 그 안에 남은 고즈넉한 자태에 천천히 매료되었다.

돌계단을 오르자 바닥에 큼지막한 회백색 디딤돌이 놓인 정원이 나왔다. 왼편으로 심어 둔 대나무가 바람에 살랑살랑 잎사귀를 흔들었다. 전시 관람 인원이 한정되어서인지 출입구 앞에 손님들이 앉아서 기다릴 수 있는 작은 벤치가 놓여 있었다. 벤치를 지나자 고즈넉한 마당과 함께 적산가옥이 고고한 얼굴을 내밀었다.

효영이 가옥 문 앞에 놓인 돌계단 위에서 신발을 벗었다. 흐린 하늘 아래, 마당에 심어 둔 나무줄기가 습기를 잔뜩 머금고 진한 색을 띠었다. 금방 추적추적 비가 내렸다. 지붕 밑에 선 영광이 하늘을 올려다보며 웃었다.

"가을비라니. 편지 쓰기 딱 좋은 날씨다."

"전시 일정이 가을에 있어서 다행이다 싶었어. 찬 바람이 불면 사람 손길이든, 손길이 닿은 물건이든, 그런 게 그립잖아."

효영이 차가워진 양손을 비비며 가옥 안으로 들어갔다. 현관 안쪽에는 길쭉한 전신 거울이 있었는데, 그 위에 선호가 고심해서 고른 편지에 관한 문구가 화이트펜으로 적혀 있었다.

> 편지는 수신인이 혼자서만 읽는 호사스런 문학이다.
> 그것은 혼자서 듣는 오케스트라의 공연과 같다.
>
> (중략)
>
> 편지에는 수신인이 지정되어 있다.
> 고백체의 소설과 편지를 가르는 변별 특징은
> 수신인의 개별성이다.
> 자신의 내면을 가장 잘 이해할
> 친숙한 사람에게 열어 보여주는 양식.[2]
>
> —강인숙

"선호 형이나 나나 필체가 별로여서, 급한 대로 가연이 시켰어."
"잘했어. 글씨 예쁘네."

---

2) 강인숙,『편지로 읽는 기쁨과 슬픔』, p.7 (마음산책, 2011)

마룻바닥으로 올라선 두 사람에게 전시 안내자가 다가와 실내화를 건넸다. 영광의 얼굴을 알아본 안내자가 먼저 인사하자, 영광은 효영을 글월 직원이라며 소개했다. 안내자는 안 그래도 선호 사장에게 미리 연락을 받았다며 효영과 인사를 나누었다.

"전시 도와주신 분들도 하나둘씩 도착하셨어요. 편하게 둘러보다가 인사 나누시면 됩니다."

 문지방으로 구획이 나누어진 걸 보아 대충 어디가 거실로 쓰였는지, 어디가 큰방이고 작은방이었는지 알 수 있었다. 전시를 위해 문을 활짝 열거나 아예 문을 떼어 놓아서 전시된 작품과 편지를 쓸 수 있는 공간이 한 번에 보여 좋았다.

 안내자가 제일 왼쪽 공간을 가리키며 말했다.

"이쪽이 원래는 부엌이었어요. 지금은 여기서 미리 준비한 다식과 차를 나눠 드리고 있으니까, 전시 쪽 보고 돌아오시면 따뜻한 차를 내어 드리겠습니다."

 안내자의 말에 효영과 영광이 꾸벅 고개를 숙였다. 문지방을 건너 넓은 거실로 들어서자 전면에 난 창으로 잘 가꾼 정원이 보였다. 툇마루에는 작은 소반과 방석이 놓여 있어서 비 내리는 풍경을 감상하며 차를 마실 수도 있었다.

 효영은 다다미가 깔린 작은 방으로 향했다. 바닥에는

방석과 낮은 책상이 있었고, 성수동에 어울리겠다 싶은 철제 우편함이 책상 한쪽에 놓여 있었다. 선호가 말한 크리스마스에 받는 편지를 쓸 수 있는 자리였다.

"선호 사장님한테 가끔 뭘 준비하고 있는지 사진으로 받아 보긴 했는데, 직접 오니까 정말 좋다. 바스락거리는 종이 소리가 들릴 만큼 고요한 거, 진짜 그리웠거든."

효영은 툇마루와 연결된 넓은 거실을 향해 등을 돌렸다. 바닥에 깐 하얀 천 위에 글월의 제품과 편지를 쓸 때 필요한 물품들이 일정한 간격으로 놓여 있었다. 선호 사장의 감각 중에 효영이 제일 높게 사는 것이 '여백'이었다. 선호는 여백을 사용할 줄 알았다. 그것이 쓸모없이 버려지는 자리가 아니라 다른 모든 것을 충만하게 느끼기 위해 꼭 필요한 재료라는 걸 알고 있었다. 그 마음이 전시 곳곳에 묻어 나오는 것 같아, 효영은 입술을 작게 움직여 다시금 "좋다."라고 말했다.

그때 효영과 영광을 발견한 가연이 활짝 웃으며 다가왔다.

"뭐야? 사이 좋아 보이네?"

영광이 먼저 나서서 입을 열었다.

"그럼 뭐 헤어졌다고 울상으로 서 있을 줄 알았어?"

"적어도 어색할 줄 알았지."

영광이 대꾸할 필요도 없다는 듯 웃자 가연이 효영을

돌아보며 말했다.

"또 만났네요. 잘 지냈죠?"

"네. 가연 씨 작품 보러 왔어요."

"내 건 2층에 있어요. 같이 올라갈까요?"

가연이 매끄럽게 다듬어진 목제 난간을 잡고 계단을 올랐다. 그녀를 따라 80년대나 90년대 주택에서 보던 나무 계단을 오랜만에 오르는 효영은, 어릴 적 할머니 집에 갔던 옛 기억을 절로 떠올렸다.

"삐걱대는 소리가 너무 재미있는 거 있죠? 원래는 바빠서 전시 제의 안 받으려 했는데, 여기 장소가 흥미로워서 하기로 한 거예요."

가연은 무릎을 높게 들어 계단을 올랐다. 옴브레 염색을 한 단발머리, 청치마와 진녹색 카디건. 통통 튀는 목소리와 밝은 분위기는 여전했다. 가연은 제일 위에서 올라가는 영광의 옆구리를 툭 치며 말했다.

"애가 꼭 도와 달라고 몇 번이나 조르기도 했고요. 처음에 글월에 무슨 지분이 있나 했다니까요."

"내가 도와 달라고 먼저 졸랐어? 진짜?"

"아니야? 그렇다고 치자, 뭐."

계단을 다 오르자 왼편에는 좁은 복도가 오른편으로는 넓은 방이 보였다. 셋은 곧바로 문지방을 넘어 방 안으로 들어갔다.

"여기 바닥에 둔 종이 나비가 제 작품. 예쁘죠?"

효영은 가연이 가리키는 다다미 바닥을 내려다보았다. 창틀과 복도에 흩뿌려지듯 놓인 종이 나비는 그 자체로 하나의 편지 같았다. 수신인을 향해 훨훨 날다가 잠시 멈추어 작은 숨을 쉬고 있는. 게다가 격자창마다 들어오는 햇빛은 도심 속 가을을 단번에 호사스러운 풍경으로 만들었다.

효영이 햇빛을 향해 손을 하늘하늘 흔들자, 가연이 얼른 효영 곁으로 다가왔다.

"창문을 넘어오는 햇빛이며 바람, 나무 바닥이 깔린 복도의 명암까지가 다 작품이죠. 여기 바람 불면 천으로 만든 모빌이 흔들리는 것도 예뻐요."

"정말 그러네요."

"사진 찍으셔도 돼요."

가연이 영광의 어깨를 툭 치며 효영의 사진을 찍어 주라고 말했다. 영광이 스마트폰을 꺼내며 사진을 찍고 싶냐고 물었고, 효영은 작품을 만든 작가 앞에서 사진을 찍어 줘야 예의인 거 같아 그러겠다고 했다. 마침 선호에게 적산가옥에 왔다는 보고라도 하려고 사진을 찍을 생각이기도 했고.

"사진 찍고 저쪽으로 가면 다락으로도 올라갈 수 있으니까 다녀오세요. 거기서도 편지 쓸 수 있거든요. 전

1층에서 차 먼저 마실게요."

가연이 효영을 보며 밝게 웃고는 계단으로 향했다. 잠시 뒤 영광이 모빌 앞에 선 효영의 옆모습을 몇 장 찍었다. 효영의 은은한 미소와 등 뒤로 떨어지는 그림자의 곡선이 아름답게 느껴졌다.

효영이 스툴에 올려진 시집 제목들을 속으로 읽으며 걷는 동안, 영광은 일정 후에 가연과 저녁 식사를 하고 올라갈 예정이라고 넌지시 말을 꺼냈다.

"너도 같이 저녁 먹고 올라갈래?"

효영이 대답 대신 스마트폰을 꺼내 모바일 탑승권을 열었다. 효영은 영광보다 2시간 먼저 KTX 타고 서울로 올라갈 예정이었다. 당장 취소하고 영광과 같은 시간에 출발하는 표를 끊을 수도 있었지만, 덥석 가연과 저녁을 먹을 마음이 생기지 않았다.

"잘 모르겠네."

"피곤하면 먼저 올라가도 돼."

배려 때문인지 영광도 효영에게 다시 권하지 않았다. 효영이 창가 밖에서 빗방울이 나무 잎사귀를 툭 치고 떨어지는 풍경을 멍하니 보았다. 영광이 자기 모습을 몇 장 더 찍고 있는 걸 알았지만 모른 척했다. 오랜만에 만난 가연은 영광과 훨씬 더 스스럼이 없어 보였다. 이제 효영과 아무 사이도 아닌 걸 알아서일 수도, 아니면 전시 준비로 그동안 영광과 많은 시간을 보낸 덕에 더 친해진 걸 수도.

괜히 또 복잡한 심정이 되어 효영이 혼잣말처럼 말했다.

"피곤하긴 하네. 돌아가면 한밤이고."

"그래, 그럼. 이제 그만 아래층으로 갈까?"

이럴 줄 알았으면 KTX 안에서 영광에게 가연과 무슨 사이인지 확실히 물어볼걸 그랬나. 영광도 자기에게 동규와의 사이를 묻지 않아서 더 물을 생각을 안 했던 것 같다.

삐걱삐걱. 나무 계단을 내려가는 소리가 효영을 놀리는 것만 같았다.

3

 1층의 편지 쓰는 자리에서 가연이 다 쓴 편지를 우편함에 넣고 있었다. 영광이 다가가서 누구한테 편지를 썼냐고 물었다.
 "너지. 누구겠어."
 "나한테? 왜?"
 "전시 준비 때문에 힘들었다고 징징대는 내용이야. 크리스마스에 읽고 나한테 선물이나 하나 보내라고."
 "그거 잊지 말라고 보내는 거야? 무섭네."
 "네가 가만두면 한없이 무심한 놈이잖냐."
 효영이 둘의 대화를 무심한 척 듣고는 왼편에서 전시 안내자에게 차를 부탁했다. 안내자가 미리 꾸려 둔 피크닉 바구니를 내밀었다. 제법 무게가 나갔는데, 차를 우릴 따뜻한 물이 담긴 보온병과 다기 세트, 시집 한 권이 들어 있다고 했다. 일부는 선호의 아이디어였고 일부는 적산가옥을 운영하는 기획자의 아이디어였다.

영광의 몫까지 양손에 차 바구니를 든 효영이 툇마루로 가려다가 멈춰 섰다. 은빛 우편함을 돌아보고 새로운 아이디어를 떠올렸다. 보내지 못한 편지를 글월의 우체통에 넣으면 새 편지지를 주는 이벤트는 어떨까. 그렇게 치면 효영도 새로 받을 편지지가 꽤 많을 거라는 생각이 들었다.

"영광. 너도 한 통 써. 나한테!"

"싫어."

"섭섭해. 나한테 할 말이 그렇게 없냐?"

"너한테 할 말은 그냥 말로 하는 게 편하지. 빙빙 돌려 말하는 사이 아니잖아."

"알지. 뼈아프게 알지."

효영은 툇마루에 앉아 영광과 가연이 수다를 떠는 소리에 귀를 기울였다. 그러다 이게 다 뭐 하는 짓인가 싶어 고개를 흔들며 차 바구니를 열었다.

바구니 안에는 다기를 놓을 아기자기한 무늬의 면보와 천 코스터가 함께 있었다. 효영이 소반 위에 직사각형의 면보를 펴고 그 위에 찻잔을 올렸다. 도자기 주전자에 호박 찻잎을 쏟고 보온병에 담긴 물을 붓자 은은한 호박 향이 피어올랐다. 영광의 차도 우려 놓을까 하다가 아직 한창 수다 중인 것 같아 관두었다.

효영은 단맛이 감도는 호박 차를 한 모금 마시고, 선호 사장에게 적산가옥 곳곳을 찍은 사진을 보냈다.

> 잘 도착했어요. 여긴 비도 추적추적 내리고, 감성이 120퍼센트 충전되는 공간이네요. 서울 돌아가서도 생각날 거 같아요.

> 우 작가님께도 많은 영감을 주는 곳이면 좋겠네요. 요즘 집필 활동이나 여러 가지로 고민이 많으신 거로 아는데 부산의 가을바람에 훨훨 날리고 오시길. :)

선호도 앞에서만 가벼운 척 연기하지, 사실 속 깊은 사람이었다. 효영이 티를 내지 않으려 해도 동규와 영광 사이에서 갈피를 잡지 못하는 것이 눈에 읽혔을 거였다. 효영은 답할 문장을 적지 못하고 고맙다는 의미의 강아지 이모티콘 하나만 보냈다. 툇마루 나무 기둥에 등을 기댄 채, 처마에서 뚝뚝 떨어지는 빗방울을 보다가 가옥 안으로 시선을 돌렸다. 우편함 앞에 마련한 테이블에서 영광이 편지를 쓰고 있었다.

어느 날 연희동 글월에 찾아와 편지를 쓰던 그 모습처럼. 효영이 자기도 모르게 영광에게 마음 한쪽을 마련해 주던 그때 그 장면 같았다. 영광 옆에는 가연이 바짝 붙어 앉아, 전시용으로 둔 시집을 펼쳐 읽고 있었다. 읽은 틈틈이 영광이 편지를 제대로 쓰고 있는지 감시하는 것 같았다. 결국 영광을 졸라 편지를 쓰게 만들었구나. 효영은 입술을 삐죽이며 차를 한 모금 마셨다.

"미안. 많이 기다렸지."
"아니야. 차 식겠다."
"차가 식게 둘 수는 없지."

영광이 주전자를 들어 찻잔에 차를 따르자 전시 안내자가 다식 두 접시를 양손에 들고 왔다. 효영이 얼른 영광의 차 바구니에서 안개꽃 무늬가 그려진 면보를 꺼내 소반 가운데에 깔았다.

"약과와 인절미, 생초콜릿 등의 다식입니다."

작고 소박한 아름다움이 깃든 다식이었다. 효영이 손가락 한 마디 크기의 동글동글한 약과를 귀엽다는 듯이 내려다보다가 한입 베어 물었다. 영광은 바구니 안에 든 시집을 집어 들었다. 황동규 시인의 『버클리 풍의 사랑 노래』라는 시집이었다. 차와 시집과 비 내리는 정원이라니. 다시 봐도 지금 앉아 있는 자리가 명당 같았다.

효영은 툇마루에 앉아 영광이 시를 읽는 목소리를 감상했다. 효영은 '좋은 시절이다'라고 속으로 되뇌었다.

영광은 모를 것이다. 효영은 행복한 순간이 찾아올 때마다 백발이 된 여든 살의 자기를 떠올렸다. 주름진 손으로 뺨을 쓰다듬으며 오늘을 떠올릴 날이 언젠가는 찾아오지 않을까. 그런 상상을 하면 현재가 더 소중해졌다.

하지만 영광은 곧바로 시집을 닫았다. 영광의 낭독을 더 듣고 싶었던 효영은 조금 실망한 얼굴로 비가 추적추적 내리는 하늘 향해 시선을 옮겼다.

그때, 영광이 하늘을 올려다보며 말했다.

"그날, 네 감정 다 무시하고 청혼한 건 아니었어."

효영은 그의 말이 무심코 뱉은 말인지, 아니면 오랫동안 꺼낼 타이밍을 고민하다 한 말인지 알 수 없었다. 영광이 곧바로 말을 이었다.

"그냥 내가 겁이 난 거였지."

영광이 찻잔을 조심스레 내려놓았다. 효영은 자신의 어떤 행동이 영광을 불안하게 했던 걸지 고민했다. 최종심 심사평을 읽다가 영화에 20대를 전부 바친 자신의 삶이 아깝다고 징징대었을 때였나. 그냥 모든 걸 던지고 도망가고 싶다며 연고도 없는 나라의 비행기 표를 보고 있을 때였나.

아니면 연인만 되면 늘 행복할 거란 기대가 뻔한 싸움과 권태, 현실과 이상의 괴리 속에서 클리셰 가득한 사랑으로 변해 가는 모습에 한숨만 푹푹 쉬었을 때였나.

"겁이 난 건 나도 마찬가지야."

효영이 빈 찻잔에 두 번째 차를 따랐다. 아까보다 진한 향을 품은 노란빛의 호박 차가 찻잔에 가득 찼다. 효영은 지붕 아래로 손을 뻗어 빗방울이 손바닥 위에서 부서지는 걸 가만히 바라보았다.

"나한테 영화는 숙제 같았어. 좋은 작품 하나 써서 이름을 알리겠다는 포부는 20대에 끝났고, 그냥 하기로 한 거니까 뭐라도 결과가 나오기만 바랐던 것 같아. 과자 부스러기 같은 보상이라도 던져 주면 이게 내 결과다, 만족하고 돌아서게."

"무슨 마음인지 알 것 같아."

"나도 너무 여유가 없었어. 미안해."

영광이 단번에 고개를 저었다. 효영은 그에게 무슨 말을 하면 좋을까 고민하다가, 약과를 하나 입에 넣고 입을 우물댔다. 사랑은 가고 사랑이었던 걸 확인하려는 고고학자끼리 대화하는 기분이었다.

하지만 효영은 이게 우리의 결말일 리가 없다고 말하고 싶었다.

"저기, 영광아……."

그때 영광의 주머니에서 진동음이 울렸다. 어느새 빗방울이 뚝뚝 떨어지는 정원으로 영광이 스마트폰을 든 채 뛰어나갔다. 등을 돌린 영광이 통화를 받으며 중얼

대는 모습을, 효영이 가만히 보다가 입을 다물었다.

영광이 누군가와 한참 통화하는 동안 가연이 소반 옆으로 다가왔다.
"효영 씨는 저기서 편지 안 써요?"
"글쎄요. 오늘은 할 말이 안 떠오르네요."
효영을 보며 슬쩍 미소를 지은 가연이 정원에 나간 영광을 돌아보았다.
"통화한 지 꽤 됐어요?"
"어, 네. 5분쯤?"
"병원인가 보네."
혼잣말한 가연이 영광의 뒷모습을 빤히 보았다. 효영은 일부러 고개를 돌려 마당에 내리는 비가 작은 풀잎을 톡톡 건드리는 걸 지켜봤다. 지금보다 비가 더 내리면 우산을 빌려다가 영광에게 씌워 주어야겠다고 생각하면서.
잠시 뒤, 가연이 효영을 보며 물었다.
"언제 올라가요?"
"6시 좀 안 되어서요."
"어머, 그럼 곧 움직이셔야겠네?"
가연이 영광의 찻잔을 들어 한 모금 마셨다.
"저는 영광이랑 술 한잔하려고요, 오랜만에."

"들었어요. 천천히 놀다 오세요."

가연은 효영이 웃는 모습을 지그시 보다가 입을 열었다.

"효영 씨, 확실히 뭔가 분위기가 달라졌어요."

"그래요? 그냥 나이 든 거 아니고요?"

"으음. 아뇨. 좀 더 단단해 보인달까?"

그럼 그전에는 물렁물렁했다는 소리인가. 가연이 효영을 빤히 보고는 포크로 영광 몫의 생초콜릿을 집어 날름 입에 넣었다. 효영은 비뚤어진 속마음을 들킨 듯 어깨를 움츠렸다. 피곤해서 그런 건지 아까부터 괜히 가연만 다가오면 긴장이 되었다.

때맞춰 통화를 끝내고 온 영광이 효영과 가연 앞에 섰다.

"미안. 오늘 술 약속은 취소."

"어머님 괜찮으셔?"

"응. 괜찮으신데 간병하시는 분이 몸살이라 일찍 들어가셨대. 오늘 밤에는 내가 같이 있으려고."

"동생은?"

"교내 행사 때문에 지금 지방에 있어."

가연이 아쉽다는 투로 어깨를 축 늘어뜨렸다. 영광이 재차 미안하다고 사과하고는 스마트폰을 켜고 KTX 표를 찾았다. 내일이 주말이라 제일 빨리 출발하는 표가 전부 매진이라고 했다.

효영이 영광을 보며 스마트폰을 꺼냈다.

"그럼 그냥 내 표 줄게. 난 늦게 올라가도 돼."

급한 마음에 영광이 그러겠다고 했다가 마음을 바꾸었다.

"그냥 같이 올라갈래? 일단 입석 표는 있는 것 같아."

"됐어. 앉아서 편히 가. 난 여기서 바다나 좀 구경하다가 가면 돼."

그때 가연이 효영의 팔짱을 꼈다.

"그럼 오늘 술친구는 효영 씨가 해 주면 되겠네."

그러고는 영광이 코트 주머니를 뒤져 지갑을 찾는 시늉을 했다.

"카드 없어? 원래 오늘 네가 쏜다고 했잖아."

"촌스럽게 무슨 카드를 달래. 돈 보내 줄 테니까 효영이랑 맛있는 거 먹어. 조개찜 그런 거 있잖아. 해물로."

"효영 씨 해물 좋아해?"

"그럴걸?"

영광이 가방을 메고 가옥을 나섰다. 따라 나온 효영과 가연의 어깨를 가볍게 두드리고는, 다시 효영을 보고 말했다.

"너무 걱정하지 마. 서울에서 보자."

해가 지는 시간. 효영과 가연은 부산역 근처에 있는 술집으로 향했다. 해물찜을 하는 집이었다. 갑오징어와 아귀, 콩나물을 넣고 매콤하게 찐 요리가 접시에 담겨 나왔다. 둘은 청하를 마시기로 했다. 가연이 효영의 앞접시에 갑오징어를 담아 건네며 물었다.

"영광이 어머니 병문안 간 적 있어요?"

"아뇨. 헤어질 때쯤 아프신 걸 알게 되어서 갈 상황이 안 되었어요."

가연은 그래도 효영보다는 영광의 상황을 더 자세히 알고 있는 것 같았다. 그게 부러우면서 질투도 났다. 원초적인 감정이었다.

"어머님은 괜찮으신 거예요?"

"협심증인 건 알죠? 첫 번째 수술받고 괜찮아지신 줄 알았더니 예후가 좋지 않았나 봐요."

고개는 끄덕였지만 사실 영광 어머니의 정확한 병명도 모르고 있었다. 두 번의 수술을 더 받고는 주치의 말로는 많이 좋아졌다지만, 이제는 환자인 어머니가 불안증에 시달린다고 했다. 2년 사이 몇 번의 수술을 받았으니 또다시 수술대에 오르는 게 지치고 겁도 날 것 같았다.

"그래도 강한 분이세요. 아들한테 짐 되지 않으려 앓는 소리도 참으시고요."

영광이 그런 걸 닮은 모양이라고 말했다. 혼자 참고 혼자 이겨 내고. 효영이 빈 술잔을 가만히 내려다보았다. 가연이 곧장 효영의 잔을 채워 주고 말했다.

 "저요, 사실 효영 씨랑 영광이 헤어졌다는 소리 듣고 한 달 만에 영광이한테 고백했어요."

 "네?"

 "저 원래 대학 때부터 영광이 짝사랑했거든요. 꽤 오래요."

 영광의 마음이 정리되지 않았다는 거야 알고 있었지만, 가연은 본래 자기가 충동적인 인간이라며 웃음을 터뜨렸다. 워낙 마음을 숨기고 사는 걸 어려워하는 성격이라 영광도 대학 내내 가연의 마음을 몰랐을 리가 없었고, 느닷없는 고백에도 별 놀란 반응이 없었다고 했다.

 "차영광, 나이 들수록 거절도 더 예쁘게 하는 거 있죠? 얄밉게."

 차였다는 얘기에 웃어야 할지 울어야 할지 효영도 어쩔 줄 몰랐다. 가연은 다음 말을 기다리는 대신 잔을 들었다. 효영과 잔을 부딪친 가연이 빨개진 볼을 양손으로 감싸고 말했다.

 "바늘로 찔러도 소리 한 번 안 지를 것 같은 목석이, 대학 때 딱 한 번 나한테 제 속 얘기를 꺼낸 적이 있어요."

졸업을 앞둔 어느 날 술자리였다고 했다. 크리스마스가 지나고 몇 주 뒤였고 영광은 실내포차 한쪽에 반짝이는 크리스마스트리를 보다가 처음으로 가연에게 아버지 얘기를 꺼냈다.

"영광이 아홉 살 때였나. 해외 출장에서 돌아온 아버지께서 영광이 주려고 트리를 꾸밀 장식을 한 아름 사왔대요."

그런데 공항을 빠져나온 아버지의 차가 도로를 달리다가 급발진 사고를 당했고, 어렵게 가로수에 차를 박아 세우고는 겨우 멈추었다. 도롯가에 나와 기절한 아버지는 곧바로 응급실에 이송되었지만, 머리를 심하게 다쳐 수술 후 일주일을 더 사시고 세상을 떠났다고 했다.

영광은 10년이 지나서야 그날 아버지의 사고를 찍은 CCTV를 보게 되었다. 급발진으로 소송을 걸었어야 했으니 기록물이 집에 남아 있었던 것이다. 가연은 이 대목에서 코를 킁킁대며 티슈로 콧물을 닦았다.

"아버지가 정신이 없으셨는지, 차에서 내리자마자 조수석으로 가시더래요. 조수석에 둔 쇼핑백을 꺼내서 우왕좌왕하다가 딱 열두 걸음을 걷고 쓰러졌대요. 무슨 나무가 쓰러지는 것처럼요."

아버지가 남긴 쇼핑백은 크리스마스트리 오너먼트로 가득했다. 반짝이는 눈송이와 아기 눈사람, 펠트로 만든 루돌프 얼굴, 캔디 지팡이와 쿠키 모양의 양말. 효영은 조용히 술을 입에 머금었지만 차마 삼킬 수가 없었다.

"난 영광이가 불쌍하진 않거든요. 근데 그냥 좀 속상해요. 혼자 서 있어야 하는 순간마다 아버지에 대한 기억으로 픽픽 쓰러지는 것 같아서요. 무언가 소중한 걸 잃어 본 사람들은 다 이렇게 절뚝이며 사는 법밖에는 없는 거예요?"

맨날 도망가기만 하고. 혼잣말하듯 한 마디를 더 보탠 가연이 술잔을 마저 비웠다. 효영은 영광과 만들었던 크리스마스트리를 떠올리며, 그 반짝이던 전구를 하나하나 머릿속에 그리며, 조용히 눈물을 삼켰다.

사랑한 기억이 사람을 이렇게 부끄럽게 할 수도 있다는 걸 처음 알았다.

일곱,

찬란했던 시절에게

1

 창을 열자 성수동의 바람이 낙엽 냄새를 전해 왔다. 낙엽은 꼭 가을이 보낸 편지 같았다. 효영은 밤새 편지지 위에 내려앉은 먼지를 마른걸레로 훔쳤다. 선호가 요청한 대로 시몬 드 보브아르의 『연애편지』를 전시용 책상 위로 옮기고, 손님이 뜸한 시간을 틈타 철제 선반 뒤에서 소금 빵을 작게 뜯어 먹으며 창밖을 바라봤다. 이제 곧 마른 잎이 또 한 번 가지를 떠날 날이 올 거였다.
 "안녕하세요. 그때 그 언니네요."
 카운터 앞에 교복을 입은 여학생이 서 있었다. 고2나 고3쯤 되었을까. 이렇게 친근하게 인사를 건네는 건 단골인 경우가 대부분이었는데 효영은 여학생의 얼굴을 기억하지 못했다. 어쩌면 교복을 입고 글월에 찾아온 것이 처음일지도 몰랐다. 머뭇대다 고개를 끄덕이며 인사하자, 여학생 손님이 밝게 웃으며 말했다.

"여름에 왔어요. 6월에. 1월에 쓰고 6월에 받는 편지 때문에요."

"아, 그 서비스를 신청하셨군요. 이후에도 종종 오셨나요?"

"아뇨. 홈페이지에서 편지지만 몇 번 샀어요."

손님이 효영에게 엽서를 건넸다. 글월 제품은 아니었고 스누피가 지붕 위에 등을 대고 누운 장면이 그려진 엽서였다.

"글월 직원분한테 글월에서 만든 엽서 드리는 건 좀 아닌 거 같아서요. 이거 제가 아끼는 거예요."

"너무 귀여워요. 근데 저한테 편지를 쓴 거예요?"

"네. 정확히는 글월에 쓴 건가? 아무튼 저한테 언니는 글월 마스코트니까요."

하얗고 건강한 이를 드러내며 손님이 싱긋 웃었다. 손님은 왜 효영에게 엽서를 쓸 생각을 했는지 설명하지 않았다. 씩씩하게 다가와 엽서를 건네는 데에 모든 에너지를 쏟았다는 듯, 어느새 수줍은 표정을 지었다.

"그냥 갑자기 주고 싶었어요. 저 이제 갈게요!"

긴 다리로 성큼성큼 걸어 글월을 나섰다. 모델을 해도 되겠다 싶을 정도로, 앳된 얼굴에 비해 키가 큰 편이었다. 효영은 여름을 되새기며 생글생글한 미소가 매력적인 손님이 어떤 사연을 남기고 갔던 건지 떠올리려 애썼다. 그러다 딱 두 글자가 떠올랐다. 고백. 글월에서 고백을 받았다며 신이 났던 손님이었다.

효영은 지붕 위에서 낮잠을 즐기는 스누피 그림을 감상하다가 반으로 접어 둔 엽서를 열었다.

글월에게

안녕하세요. 글월을 종종 이용하는 손님입니다.
고2의 막바지를 지나고 있는 문진솔이라고 해요.
지금은 어떻게든 고3이 오지 않기를 바라며 기도하는 중이에요!

글월은 저의 절친 지훈이가(맘대로 실명 거론ㅎㅎ) 처음 알려줬어요.
지훈이는 공부도 잘하고 차분해서 이런 데랑 잘 어울리긴 해요.

제 절친이 유학 간 지 반년이 다 되었거든요?
그동안 2주에 한 번씩 편지를 주고받다가,
한 달에 한 번으로 줄었다가,
이제는 두 달이 지나서 보내요.

아마 곧 있으면 더는 편지를 주고받지 않을지도 몰라요.
모든 인연에는 끝이 있으니까 놀랄 일도 아니라고,
제 친언니는 꼭 'T'처럼 말한다니까요.

근데 사실 그 말이 맞는 것 같아요.
이제 지훈이가 다니는 학교랑 제가 다니는 학교는
분위기도 다를 거고,

지훈이도 똑똑한 친구들을 잔뜩 사귀었을 테니까
저랑 할 말이 점점 줄어드는 것 같거든요.

그래서 좀 슬프지만 서로 억지로 편지를 쓰는 건 싫어요.
아마 올해가 지나면 편지 대신
가끔 인스타 DM으로 잘 있냐 정도는 하겠죠.

근데 편지를 쓸 때랑은 느낌이 다를 거 같아요.
왜 그럴까요? (ㅡ_ㅡ??)

제가 원래 쿨한 마무리를 좋아해서요.
앞으로 공부하느라 글월에 한참 안 올 거 같으니까
이렇게 인사드리는 거에요.

글월 단골까지는 아니지만
여긴 저한테 많은 추억을 준 곳이거든요.

고맙습니다, 글월!
어른이 되면 또 놀러 올게요~~ :)

효영이 양장본 책을 덮듯 양손으로 엽서를 닫았다. 맞닿은 손끝이 따뜻했다. 부산에 다녀온 후로 며칠 또 마음이 복잡했는데, 이상하게 응원까지 받은 기분이었다. 효영은 엽서를 카운터 안쪽 벽에 걸어 둔 코르크판에 압정으로 고정했다. 때마침 글월의 또 다른 마스코트인 주혜가 글월 문을 열고 출근했다.

"어? 언니 왜 있어요?"

"오전에만 잠깐, 크리스마스 이벤트 관련해서 작업할 게 생겨서."

주혜가 뭔지 알겠다며 씨익 웃었다. LCDC에서는 매년 크리스마스 주를 기준으로 연례행사를 열었다. 작년에는 글월을 포함한 도어즈의 가게와 LCDC에서 초청한, 작지만 힘 있는 외부 소상공인들이 함께해 중정에서 매대 판매를 진행했다. 크리스마스 한정 제품과 선물하기 좋은 잡화 등을 파는 행사로, LCDC에서는 꽤 중요하게 여기는 크리스마스 이벤트였다.

행사 기간에는 재즈나 인디 음악을 하는 가수를 초청하기도 하였는데, 이번에는 특별히 글월에서 새로 기획한 이벤트를 함께 진행하기로 했다. 바로 '서랍 속에 잠자는 연애편지 꺼내기'였다.

"제 아이디어가 딱 먹히니까 며칠 커피를 안 마셔도 살 수 있겠더라고요."

"네가 업무 일지에 아이디어 쓴 거 보고 나랑 선호 사장님이랑 바로 연락했잖아. 주혜 아이디어 진짜 좋다고."

글월 손님이 보관해 둔 연애편지나 이날을 위해 특별히 쓴 고백 편지를 수집하는 기획이었다. 그중 애틋한 사연을 가진 편지는 글월 직원이 직접 무대에 올라 읽을 예정이었고. 크리스마스트리가 반짝이는 저녁, 두 사람의 소중한 추억을 꺼내 놓을 수 있는 절호의 기회였다. 아니면 '오늘부터 1일'이라는 고백이 이뤄지는 순간을 함께 축복하는 날이 될지도?

주혜가 철제 선반 앞에 서서 엽서 재고를 확인하다가 효영에게 물었다.

"언니도 연애편지 있으면 가져와 봐요. 영광 오빠랑 주고받은 거 없어요?"

"너도 참 쿨하다. 옆에 있으면 감기 걸리겠어."

"옆에서 계속 이렇게 온도를 낮춰 줘야 맘이 편해지죠."

효영이 고개를 절레절레 흔들며 카운터 안쪽 데스크에 앉았다. 맥북 창에 포토샵을 열고 연애편지 이벤트를 알리는 홍보물 작업을 시작했다. 곧이어 손님 둘이 고래 문진과 크리스마스트리가 새겨진 크리스털 문진을 살피며 작은 소리로 소곤거렸다. 어떤 걸 살지 고민하는 모양이었는데, 결국 크리스마스 선물이니까 트리가 새겨진 것으로 하자며 의견을 모았다.

계산을 마친 손님이 떠나고 마우스를 부지런히 움직이던 효영이 주혜에게 물었다.

"주혜 너는 남자 친구랑 주고받은 편지 없어? 너도 연애 꽤 오래 했잖아."

"있긴 있는데, 공개는 어려워요."

바스락. 주혜가 비닐 포장지에 꽃 그림이 그려진 엽서를 넣으며 웃었다.

"뭐야? 왜 웃어?"

"전부 서로가 서로한테 사과하는 편지거든요. 우리는 좋을 때는 편지를 잘 안 하고, 이상하게 미안한 일이 있을 때만 편지를 써요."

주혜는 그때 생각이 나는지 조용히 미소를 지었다. 효영이 주혜 곁으로 몸을 기울였다.

"와. 그렇게 말하니까 진짜 궁금하네."

"근데 서로 실수하거나 상처를 준 내용이 너무 유치해서 도저히 밖에서는 못 읽겠어요."

효영이 무슨 소리인지 알 것 같다며 다시 작업 창으로 고개를 돌렸다. 주혜가 포장을 마친 엽서를 한 손에 그러모으며 말했다.

"그때는 정말 헤어지자는 얘기가 툭툭 튀어나올 만큼 화가 났는데 시간이 지나면 별거 아닌 거 있죠? 똑같이 행동해도 지금은 화가 안 날 것 같단 말이죠. 참 이상해."

"'나한테 어떻게 이래'가, '나한테는 이래도 돼'로 바뀐 거지. 시간이 다 그렇게 만들어."

"맞네. 나한테 이래도 돼. 나니까 이래도 돼."

주혜가 시원한 웃음을 터뜨렸다. 트리가 그려진 포토샵 창에 편지 이모티콘을 점점이 찍어 넣던 효영이 글월에 흐르는 기타 소리에 천천히 눈꺼풀을 감았다가 떴다. 가만 보면 글월에 흐르는 음악은 모든 시간을 느리게 만드는 묘약 같았다. 눈꺼풀이 움직이는 감각까지 의식하도록 만드는 게 신기할 만큼.

재작년 겨울이었다. 영광의 차를 타고 눈이 두껍게 쌓인 강원도로 향하는 길이었다. 강릉에 작은아버지가 펜션을 한다고 해서 인사도 드릴 겸, 하룻밤의 여행을 하러 가는 거였다. 중간에 내린 고속도로 휴게소에서 경양식 돈가스와 충무 김밥을 시켜 나눠 먹었다. 2월 말, 마지막 겨울 추위가 곳곳에 번져 있었고 음지에 떨어진 눈은 단단하게 뭉쳐 계절의 끝자락을 붙잡고 있었다.

"아직도 트리를 안 들여놨네?"

효영은 테이크아웃 커피점 옆에 서 있는 허리 높이의 크리스마스트리를 보았다. 작은 곰 인형과 썰매, 눈송이들이 달린 트리였는데, 오랫동안 자리에 두기만 해서 여기저기 먼지가 뽀얗게 쌓여 있었다. 영광이 트리를 돌아보며 말했다.

"다시 들여놓을 타이밍을 놓치면 한 해 내내 저렇게 서 있는 거지."

"민망할 거 같아. 내가 트리면."

파티가 끝난 휑한 공터에 혼자 멀뚱히 앉은 기분일 거라고, 효영이 장난스레 말했다. 그때 영광이 희미하게 웃으며 트리 앞으로 걸어갔다. 그러고는 검지로 트리에 걸린 곰 인형의 머리를 쓱쓱 쓸어 먼지를 털어 주었다.

"그래도 기죽지 말고, 꿋꿋하게 서 있어."

그때, 영광의 손끝에서 폴폴 피어오르는 먼지가 한낮의 햇빛을 받아 반짝였다. 중력을 거슬러 오르는 풍경이 무척이나 평화롭게 느껴져서, 효영은 가만가만 눈꺼풀을 끔뻑이며 영광의 옆모습을 바라보았다.

늦겨울 먼지가 하늘로 날아오르는 풍경은 지금처럼 느릿느릿 흘러갔다. 햇빛을 받은 음수대 수도꼭지에서 똑똑 물방울이 떨어지는 모양이며, 회오리 감자나 핫바를 하나씩 입에 물고 종종걸음으로 차를 향해 달리는 가족들의 얼굴, 주차장 아스팔트에 눈이 녹아 생긴 웅덩이가 산을 비추며 흔들리던 장면까지도.

효영은 어둑어둑한 산을 바라보는 영광을 뒤에서 안고 말했었다. "네가 나한테 먼 산 보는 거 아니라며. 답 없는 생각만 한다고." 그 말에 영광이 웃었던가 아니던가.

효영은 문득 영광이 그날 트리 앞에서 했던 말이 자기 자신에게 건넨 말일지도 모르겠다고 생각했다. 영광은 그렇게 효영이 눈치채지 못하는 방식으로 쓰러지지 않으려 애써 왔을지도 모르겠다고.

2

"러닝도 안 하고 성수동 걷는 건 오랜만이네?"

단화를 신은 효영이 동규 옆을 따라 걸으며 환하게 웃었다. 며칠 효영은 에세이 작업과 글월 운영으로 바쁜 시간을 보냈고, 동규도 삿포로에서 온 친척들을 맞이하느라 거의 한 주 만에 만나게 되었다.

"생각해 보니까 그동안 너무 멋없게 달리기만 한 것 같아서."

동규가 조용히 입꼬리만 올렸다. 친척 부부를 위해서 조카를 며칠 봐 주느라 허리가 아프다며 우스갯소리를 했다. 매일 크렘 브륄레를 만들어 달라고 졸라서 레스토랑에 있는 토치를 아예 집에 들여놨다며 한숨 섞인 웃음도 지었다.

"삼촌 노릇 하기도 힘든데 아빠 노릇은 어떻게 하는 거야."

동규는 아이를 둘이나 기르면서 글월까지 운영하는 선호 사장 얘기를 꺼냈다. 효영은 병문안 이후로 선호 사장이 드디어 소희 언니와 화해했다는 소식을 전해주었다.

"다행이네. 어쨌든 편지가 아내분 마음에 닿은 건가?"

"어설픈 면도 있는 사장님이지만, 그래도 진심을 쓸 줄 아는 사람이야. 그거면 됐지. 안 그래?"

효영이 동규를 보며 맑게 웃었다. 오늘은 동규가 인스타그램에서 찾았다는 작은 영화관에 가는 날이었다. 성수동의 좁은 골목에 자리한 단관 영화관이었다. 최신 개봉작이 아닌 오래된 명작 영화가 주로 상영되는 '찐 영화인'들의 성지였다.

"좋다. 서울극장 없어지니까 내 옛 추억이 한 움큼 떨어져 간 거 같아서 아쉬웠는데. 또 이렇게 아담한 극장이 뿅 하고 나타나네."

"찾고자 하는 자, 얻게 되리라."

동규가 장난스러운 말투로 앞서 걸었다. 얼마 지나지 않아 그레이 톤의 빈티지한 건물이 나왔다. 오늘의 영화는 〈윤희에게〉였다. 영화를 먼저 본 효영이 극 중 주인공이 쓴 편지가 무척 좋았다며, 편지 본문을 직접 타이핑해 동규에게 보낸 적이 있었다.

"OTT로 말고 영화관에서 보고 싶었는데, 마침 여기

뜨더라고. 그래서 바로 예매했지."

동규는 조금쯤 신난 표정으로 팝콘과 콜라까지 샀다. 과거에 만난 동규는 영화 볼 때 절대 팝콘을 먹지 않았다. 바스락거리는 소리와 고소한 향내가 스크린에 집중하는 걸 방해한다면서.

"이제는 영화에 집중하는 것보다 영화를 보는 시간에 집중하려고."

동규가 싱긋 웃으며 효영을 보고 말했다. 그러려고 온 거니까.

상영관 제일 끝자리에 앉았다. 주중이고 아직 오전이라 효영과 동규 외에 상영관을 찾은 관객은 네 명이 다였다. 모든 소음을 다 빨아들일 것 같은 푹신한 카펫과 부드러운 의자를 보니 나른한 기쁨이 몰려왔다. 효영이 아무것도 틀지 않는 검정 스크린을 보다가 동규에게 말했다.

"상영이 끝난 영화를 스크린으로 다시 만나는 건 좀 낭만적인 것 같아."

"그래?"

"응. 뭔가 헤어진 연인과 재회하는 기분이랄까?"

효영을 향해 고개를 돌린 동규가 조용히 눈웃음을 지었다. 곧이어 상영관의 불이 꺼졌다. 두 사람은 다른 세계로 건너가듯 스크린을 바라보며 숨을 죽였다. 한때는 두 사람의 20대를 불타오르게 했던, 그 지긋지긋하고 아름다운 영화라는 존재가 스크린 위에 반짝였다.

효영과 동규는 오랜만에 영화 얘기를 하며 '펀치 드렁크 러브'까지 걸었다. 왜 이 장면은 좀 더 길게 찍었는지, 왜 두 사람이 바로 마주 보지 않도록 연출했는지, 이 배우의 연기가 어땠는지. 얘기하다 보면 또 해가 뜰 때까지 수다를 떨 수 있을 것 같았다.

동규가 부엌에서 간단하게 만든 불고기 퀘사디아를 내왔다. 효영이 그사이 동규의 요리 실력이 더 올라간 것 같다며 놀란 표정을 지었다. 테이블 위에 오른 와인 잔에 그림자가 졌다. 효영이 창밖을 보며 이따금 지나가는 성수 사람들을 구경했다.

그러다 동규가 와인 잔에 새 와인을 채우고 말했다.

"영광 씨는 어때? 부산에서 어머니 일 때문에 먼저 올라갔다며."

"괜찮은 것 같아. 뭐, 괜찮지 않아도 원래 혼자서 견디는 타입이라."

와인을 한 모금 마신 효영이 동규와 영광이 했던 펜팔 얘기를 꺼냈다.

"둘이 너무 잘 맞았는데 혹시 나 때문에 펜팔 끊은 거야? 내가 불편해할까 봐?"

"무슨. 아니야, 그런 거."

동규가 먹기 좋게 썬 퀘사디아를 효영의 접시에 올려 주었다. 효영이 다시 창밖으로 고개를 돌렸다. 하고 싶은 말을 꺼낼 타이밍을 찾는 중이라는 걸, 동규는 단번에 알았다. 민망한 말을 해야 할 때마다 미어캣처럼 이리저리 고개를 돌리는 건 효영의 오랜 습관이었으니까.

"효영아."

"응?"

"난 영광 씨를 잘 모르지만, 이런 생각은 들어."

동규가 포크와 나이프를 조용히 접시 위에 올렸다. 그리고는 효영을 지그시 보았다.

"누군가에게 기대고 싶을 때, 그 사람이 내가 기댈 수 있을 만큼 단단한 상태가 아니면 결국에 혼자 견딜 수밖에 없잖아."

효영이 와인 잔 아래를 손끝으로 소리 없이 두드렸다. 겨우 한 잔에 취기가 오르는 것처럼 얼굴이 뜨거웠다.

"영광 씨는 그렇게 살아온 거 아닐까. 혼자 서 있는 게 익숙한 사람으로."

동규를 빤히 보던 효영이 입술을 깨물었다. 동규가 곧바로 티슈를 집어 효영의 눈가를 닦아 주었다. 효영은 그제야 자기가 울고 있다는 걸 깨달았다.

"이 눈물이 네 대답이지?"

"미안해. 갑자기 왜 이러니."

"갑자기가 아니야."

동규가 자리에서 일어나 물병을 가지고 돌아왔다. 눈물을 닦은 효영이 짧게 숨을 내쉬며 다시 미소를 지었다. 동규는 부산에 다녀온 효영이 며칠 연락이 뜸한 걸 보고 사실 불안한 마음이었다. 친척 부부가 오기로 한 전날 저녁, 일을 끝내고 잠시 편지 가게에 들렀지만 철제 선반의 그 작은 틈으로 창밖만 바라보는 효영의 뒷모습을 보고는 조용히 돌아섰다.

"둘이 아직 끝을 본 게 아닌 모양이네."

어렵게 말을 전한 동규가 효영에게 물 한 잔을 건네고는, 다 먹은 접시를 집어 부엌으로 들어갔다. 싱크대에 물을 틀어 놓고 마음을 정리하려 잠시 멈춰 섰다. 가만히 있어도 심장이 쿵쾅거렸다. 다시 한번 생각해 달라거나 좀 더 기다리겠다고 말해야 했을까. 1년 뒤에, 또 3년 뒤에 자기가 지금의 효영을 그냥 보낸 것을 후회하게 될지도 모른다는 생각이 들었다.

하지만 몇 년이 되었건 효영이 행복하길 바라는 마음은 변하지 않을 거였다. 지금은 효영이 자기 자신을 투명하고 깊게 바라볼 수 있도록 조용히 비켜서 주어야 할 때였다.

부엌을 나오니 효영이가 코트를 입고 일어서 있었다.

코끝이 빨개진 효영이가 민망한 표정을 짓고는 말했다.

"나 진짜 이기적이지. 오빠랑 얘기하려고 왔으면서 갑자기 눈물은."

동규는 억지로 얼굴을 찌푸리며 웃었다.

"맞아. 너 진짜 이기적이야."

효영이 뜨거워진 뺨을 손등으로 식히며 한숨지었다.

"나 좋아한다고 말해 준 사람한테 너무했어, 내가."

그러자 동규가 카운터 위에 둔 머플러를 꺼내 효영의 목에 둘러 주었다.

"효영아, 지금은 그냥 내 생각하지 마."

파란색 니트 머플러를 두른 효영이 고개를 숙여 울 것 같은 마음을 숨겼다.

"너한테 그런 감정으로 남고 싶지는 않아."

싱긋 웃은 동규가 효영에게 먼저 가라고 말했다. 자기는 레스토랑에 남아 뒷정리를 해야 할 것 같다고. 못 데려다줘서 미안하다는 말에 효영이 얼른 고개를 저으며 문을 나섰다. '펀치 드렁크 러브'의 네온 간판이 어두운 거리에서 홀로 화려하게 반짝였다.

주말 아침부터 몸살에 시달렸다. 잘 지내고 있냐는 언니의 메시지에 건성으로 답변하고는 정오가 넘도록 긴 잠을 잤다. 눈을 뜨니 효민이 책상 앞에 앉아 문제집을 풀고 있는 게 보였다.

"뭐 해?"

"방학 특강 준비. 넌 뭐 했다고 이렇게 골골대?"

"미열이 다 나네. 갑자기 왜 온 건데?"

"엄마 김치 심부름이다. 바빠 죽겠는데 차 있는 사람이 움직이래."

집 앞에서 아무리 전화를 해도 받지 않아 직접 비밀번호를 누르고 들어왔다고 했다. 그랬더니 열이 난 동생이 죽은 듯 잠들어 있었다고.

"내가 한시가 바쁜 도곡동 일타 강사지만, 몸살 난 동생을 버리고 갈 수는 없지."

"얼씨구."

"죽 시켰어. 곧 올 거니까 같이 먹자."

효영이 무거운 몸을 일으켜 부엌까지 걸었다. 물 한 잔을 마시고 식탁에 앉아 지끈거리는 머리를 붙잡았다.

"웬일로 죽까지 챙겨 줘?"

"그 옛날 네가 속초까지 와서 사 온 죽 맛이 떠올라서 그런다, 왜."

남자한테 사기를 당하고 속초에 간 효민을 만나러 간 날이었다. 실은 술김에 쓴, 언니를 원망하는 마음을 담은 편지를 실수로 보낸 탓에, 영광의 차를 얻어 타고 편지를 되찾으러 떠났던 것이었다. 속초에 도착한 효영은 효민이 일하는 학원에 들렀다가, 언니가 감기로 조퇴했다는 소식을 들었다. 죽을 사 들고 언니 집으로 가는 길에 슈퍼 앞 평상에 앉아 자신이 쓴 편지를 읽고 있던 효민을 마주했다. 어린애처럼 징징대는 내용에 혼자 편지를 들고 쿡쿡 웃고 있던 언니가 그때는 왜 그렇게 얄미웠던지.

악을 쓰며 달려 나간 효영은 결국 평상 위에서 효민과 함께 슬랩스틱 코미디 영화를 찍었다,

영광은 한 손에 죽이 든 봉지를 들고 자매의 레슬링을 다 지켜보았다. 사귀지도 않았을 때라 정신을 차린 효영은 창피함이 스멀스멀 올라왔는데, 지금은 다 소중한 추억이 되었다.

"뭘 또 대단한 하루를 살겠다고 몸살까지 나냐."

"조금 무리했어. 날도 부쩍 추워졌고."

이윽고 초인종이 울리자 효민이 문 앞에 도착한 호박죽을 들고 돌아왔다. 좋아하는 것도 싫어하는 것도 전부 다른 자매였지만, 달콤한 호박죽을 좋아하는 것만큼은 닮았다.

효민이 죽 용기를 싼 랩을 부지런히 벗기며 물었다.

"빨리 말해. 뭐가 문제야?"

"뭐?"

"수심 가득한 네 얼굴 얘기하는 거야. 영광이 때문?"

역시 언니는 언니라는 건가. 눈만 마주쳐도 동생이 진창에 빠졌는지 마른 땅 위에 있는지 잘만 알았다.

"무섭네. 내 얼굴에 쓰여 있어?"

"진로, 연애, 우정 상담……. 학원 애들이 다 나 붙잡고 인생 상담을 신청한다? 효민 쌤은 팩폭을 너무 잘 날려서 좋대. 내가 챗지피티보다 낫단다."

효민이 죽이 담긴 일회용 용기를 열어 국그릇에 반을 담았다. 김이 모락모락 오르는 호박죽 앞에서 효영이 작게 웃었다. 효민이 효영의 손에 숟가락을 쥐여 주며 말했다.

"너 뒷북인 거 알지?"

"잘 알지. 나 많이 한심한가? 이 나이 먹도록 내 맘이 뭔지도 모르고."

효민이 호박죽을 크게 퍼서 입에 넣었다. 뜨거운지 벌린 입 사이로 김이 피어올랐다. 미열로 두통을 앓는 와중에도 그런 언니의 표정이 너무 웃겨서 효영이 콧바람을 내고 웃었다. 그러다 효민이 다시 진지한 얼굴로 말했다.

"어떤 사랑한테는 이별이 재료일 수도 있어. 다시 용기 내 봐."

담담한 효민의 말 때문인지, 목구멍으로 넘어간 뜨끈한 호박죽 때문인지. 효영은 조금쯤 가벼워진 마음으로 푸념하듯 말했다.

"사랑하면 난 내가 더 나은 사람이 될 줄 알았는데."

효민이 호박죽을 가득 푼 숟가락을 내려놓고 말했다.

"아니야, 효영아. 우리가 뭐가 되기 위해서 사랑을 하니. 그냥 사랑하다 보니까 뭐가 되는 것뿐이지. 사랑할 때 이유를 만들면 나중엔 그 이유에 깔려서 지친다?"

그러고는 갑자기 눈살을 찌푸렸다.

"넌 영화도 그렇게 대했어. 뭐가 되려고 자꾸만. 그러니까 네 눈높이까지 못 올라가면 누가 민 것도 아닌데 혼자 넘어지고. 그러지 마, 효영아."

"잘하고 싶은 거였잖아. 영화도 그랬고, 영광이도."

효영이 숟가락으로 죽을 괜히 휘저으며 말했다. 효민이 그런 효영의 손등을 잠시 붙잡았다.

"그러니까 잘하지 마. 엉망으로 해. 쪽팔려도 보고 후회도 좀 해. 그럴 생각이 없었으니까 영광이가 다가와도 모른 척한 거잖아. 다 잊었다고만 믿고. 안 그래?"

눈을 번뜩이며 자기를 바라보는 언니의 눈빛에, 효영이 천천히 고개를 끄덕이며 말했다.

"맞네. 우리 언니가 챗지피티보다 낫네. 게다가 무료고."

"누가 무료래. 내 시급이 얼마인지 알아?"

"와. 치사하게 혈육한테도 장사야?"

효민이 무서운 표정으로 효영의 호박죽 그릇을 당겼다.

"체험판 끝. 이제 돈 내."

"진짜 정 없다. 나 그때 언니랑 몸싸움하다가 패딩 찢어진 거 기억 안 나? 그 값이야. 내놔."

"네가 먼저 달려든 걸 무슨. 그럼 내가 겨울에 보내 준 코트 값은? 그거 비싼 거거든?"

눈을 동그랗게 뜬 효민이 효영의 숟가락을 잡아서는 등 뒤로 숨겼다. 효영이 억울한 듯 자리에서 일어나 효민을 향해 손을 뻗었다.

"숟가락 줘! 먹을 거 가지고 치사하게!"

"아니야. 너 목청 들으니까 멀쩡해 보여. 이거 안 먹어도 돼."

효민이 호박죽을 한 입 퍼서 입에 넣고는 쿡쿡 웃음을 터뜨렸다. 황당한 듯 언니를 보던 효영이 티슈를 뽑아 건넸다.

"그 누런 입 좀 닦아. 으으, 더러워."

"맞다. 엄마 김치. 우리 그거랑 같이 먹자."

벌떡 일어난 효민이 냉장고에서 김치를 꺼내 왔다. 푹 익은 김치 냄새에 효영의 입에 침이 고였다. 그래도 옆에서 조잘조잘 떠들어 대는 사람 덕에 피로와 함께 찾아왔던 우울이 조금쯤 가볍게 느껴졌다.

3

사랑하는 당신에게

이제는 사랑한다는 말을 건네기도 어색해졌지만 분명한 나의 사랑 당신아.
연애 때의 사랑이 뜨겁지만 거칠고 미숙했던 사랑이라면
지금의 사랑은 있는 듯 없는 듯 희미해 보여도
바위 같은 단단한 사랑이라고 생각해.
안개가 끼어서 잘 식별되지 않을 뿐.

내 삶이 무엇으로, 무엇을 위해 굴러가는지 생각해 보면
당신 덕분에, 당신에게 가까이 다가가기 위해서인 것 같아.
일과 육아에 치이느라 사랑한다는 말은 감지덕지고
대화조차 쉽지 않은 하루를 매일 살아가고 있지만
우리는 한편으로는 서로를 지지하고 응원한다고 생각해.

나는 가끔 인생이라는 여정의 절반 이상을 마친 후,
당신과 어느 벤치에 나란히 앉아 어떤 풍경을 보고
이러쿵저러쿵 대화하는 장면을 상상하곤 해. 연애 때처럼.

그때의 우리로서 존재하고 싶다.
둘이 있으면 완전함을 느꼈던 그 시절의 우리.

   글월에 도착하자마자 카운터 안쪽 책상에 주혜가 두고 간 연애편지가 보였다. 연애편지 공모가 시작되어 손님들이 보낸 편지 중에 무대에 올릴 것들을 추리고 있었는데, 주혜가 그중 기억에 남는 편지를 올려 둔 것이었다.

   편지를 읽던 효영이 따뜻한 문장 하나하나를 곱씹으며 미소 지었다. 다 읽고 나자 편지봉투 위에 붙여 둔 주혜의 코멘트가 보였다.

   —길지 않은 편지지만 행간마다 시간이 고여 있는 게 보여요. 보내는 이와 받는 이만이 그 행간을 채울 수 있다는 게 얼마나 낭만적이에요.

   '둘이 있으면 완전함을 느꼈던' 두 사람만이 이 편지를 완전하게 완성할 수 있겠지.

   "주혜 이제 아주 글월 마스코트 다 됐네, 진짜."

   효영이 기분 좋게 웃으며 손님의 편지를 공모용 편

지 상자에 다시 넣었다. 3년 전 연희동 글월에 처음 찾아온 주혜는 편지 쓰는 게 어렵다고 걱정했었다. 그런데 지금의 주혜를 보면 자기 생각을 문장으로 표현하는 게 무척이나 멋들어졌다. 주혜가 보여 준 하루하루의 행간 사이에도 분명 효영이 눈치채지 못한 수많은 서사가 들어 있을 거였다.

그렇게 생각하면 한 사람의 삶을 이해한다는 게 얼마나 무모하고 어려운 일인지 다시 한번 깨닫게 되었다. 그럼에도 사랑으로 서로의 오해를 감싸며 살 수 있다면, 다시 완전하게 존재할 기회가 생기지 않을까.

점심이 지나자 펜팔 손님이 벌써 네 팀이 오고 갔다. 손님 응대가 끝나는 틈틈이 효영은 공모 편지를 읽으며 오후를 보냈다. 어떤 편지는 주혜나 은채의 목소리로 들어도 좋을 것 같다는 생각이 들었다.

5시가 다 되어갈 무렵, 선호 사장이 아들 하준의 손을 잡고 찾아왔다.

"어때? 읽고 있으면 막 죽어 있던 연애 세포가 살아나고 그러나?"

선호가 코끝을 찡긋거리며 웃자 하준도 아빠와 똑같은 표정으로 웃었다. 해가 지나면 하준도 벌써 열 살이었다. 시간이 갈수록 선호 사장의 장난기 넘치는 말투를 닮아갔다.

"누나. 왜 남의 편지 훔쳐봐요?"

"훔쳐본 게 아니라, 일이야. 일."

효영이 연애편지를 상자에 차곡차곡 정리하며 하준에게 물었다.

"요즘에 엄마 아빠 사이 많이 좋아지셨지? 아빠 선물 덕인가 아니면 편지 덕인가."

"편지 덕이요. 엄마가 아빠 창피해하라고 편지 내용 사진으로 찍어서 친척들한테 보냈어요. 그래서 속이 좀 시원한가 봐요."

"푸하하! 속이 시원하시대?"

"네. 엄마는 아빠 놀리는 게 세상에서 제일 재미있대요."

하준의 말에 선호가 머리를 감싸고 한숨을 쉬었다.

"그걸 아버지한테까지 보냈다니까? 나 원래 그런 간질간질한 말 하는 사람이 아닌데, 모양 빠지게 진짜!"

"어휴, 거의 뭐 유서로 석고대죄하는 수준이었다면서?"

"너도 알아? 아니, 소희가 너한테도 보여 줬어?"

"전화로. 대충 내용 말해 줬어."

"그냥 쓰다 보니까 배우 지망생 시절에 빙의한 거야. 잠깐 감정 이입이 좀 세게 들어간 것뿐이라고."

얼굴이 붉어진 선호가 옆 가게 민주 씨와 할 얘기가

있다며 잠시 하준을 맡기고 사라졌다. MT에서 장기자랑 MC를 보다가 다짜고짜 과 선배에게 사랑을 고백한 전설을 만들어 낸 대학생 때와 비교하면, 선호는 매해 '부끄러움을 아는 사람'으로 변하고 있었다.

하준이 카운터 위에 둔 편지 상자를 보며 물었다.

"누나. 나도 읽어 보면 안 돼요?"

"안 돼. 글월한테 준 편지니까 행사 담당자만 봐야겠지?"

하준이 아랫입술을 삐죽이 내밀더니 글월에 디피한 제품을 하나씩 구경했다. 효영이 그런 하준을 지켜보다가 말했다.

"하준이는 연애편지 같은 거 안 써 봤어?"

"네. 전 그냥 좋아하면 말로 해요."

효영이 피식 웃고는 카운터 밖으로 나왔다. 연희점에서 일곱 살짜리 하준이 자기도 펜팔을 하겠다고 보채던 날이 떠올랐다. 삐뚤빼뚤한 글씨로 '편지를 쓰면 행운이 와요!'라고 편지지에 채워 넣더니, 펜팔 장에서 대뜸 영광이 쓰고 간 편지를 뽑았더랬다. 그땐 하준이 한참 읽기를 배우던 때라, 영광의 편지를 효영이 대신 읽어 줬고. 그 덕에 영광이 불면증을 앓고 있다는 것도 알게 되었다.

"그래도 명색이 편지 가게 사장 아드님이신데, 가끔

은 편지도 좀 쓰고 그래 주세요."

효영이 선반에 올려 둔 크리스마스용 엽서를 내밀었다. 하준이 멋쩍은 듯 검지로 뺨을 긁적였다.

"보낼 사람 없는데."

"진짜 없어? 하준이 인싸라고 엄마가 그러시던데?"

"인싸는 맞아요. 저 친구 30명 있거든요. 학교에 15명, 학원에 15명."

"역시 선호 사장님 아들 답네. 그중에서 편지 주고 싶은 사람 진짜 없어?"

하준이 알 듯 모를 듯한 표정으로 눈을 이리저리 움직였다. 보낼 사람이 없어서가 아니라 보낼 사람이 너무 많아서 고민하는 표정이었다. 그러다 하준이 조용히 입을 오므리더니 도어즈 복도를 흘끗 내다보고 돌아왔다. 다행히 선호의 수다가 끝나려면 아직 먼 모양이었다.

"누나. 저 편지 보낼 친구 한 명 생각났어요."

"좋네. 아빠 오실 때까지 쓸래?"

"네. 그냥 짧게만 쓰는 거예요. 크리스마스 인사!"

하준이 삼각 테이블 앞에 앉아 효영이 준 크리스마스 카드를 열었다. 효영이 얼른 연필꽂이를 자리에 가져다주었다.

잠시 엽서를 내려다보던 하준이 뾰족한 연필을 집어

천천히 글자를 채워 나갔다.

TO. 신윤아

안녕. 나 3반 하준이야.
나 기억하지?
우리 둘 다 참선생 수학 다니잖아.

원래 너랑 나랑 다 기초반이었는데,
지난달부터 너만 중급반 가서 좀 슬펐어.

모르는 문제 물어볼 때 귀찮아하지 않고
친절하게 알려 줘서 고마워.

나도 방학 동안 열심히 공부해서
중급반으로 올라갈게.

그리고 다음에는 너 모르는 문제 생기면
내가 꼭 도와줄게.

메리크리스마스! ^—^

FROM. 하준

얼마나 연필을 꼭 붙잡고 있었는지, 연필을 내려놓자 중지 마디에 붉은 자국이 생겼다. 하준은 틀린 글자가 없는지 확인하고는 엽서를 접어 봉투에 넣었다. 내일 수학 학원에 가서 전해 줄 생각이었다. 사실 좋아한다는 얘기는 말로 하기도 글로 쓰기도 어려웠다. 효영 누나한테는 허세를 좀 부린 것이었다.

"아들아, 가자. 연희점 지키러!"

선호가 글월로 돌아왔다. 엽서를 주머니에 넣고 일어선 하준이 효영을 보면서 입술 위에 검지를 올렸다. 엽서를 썼다는 사실을 아빠에게 비밀로 해 달라는 뜻이었다. 효영이 바로 알아듣고 윙크를 날렸다. 선호는 하준의 패딩 지퍼를 올려 주며 말했다.

"효영아, 그럼 이브 날 읽을 편지 후보 추려서 공유 부탁해."

글월을 나서려던 선호가 좋은 소식이 있다며 다시 효영을 돌아보았다.

"참, 이브 날 초대 가수 정해졌는데, 누군지 알아?"

"누구?"

"연희동 동네 주민이셨던 싱어송라이터 문영은!"

"우와. 문영은 가수? 너무 좋다."

한때 K-POP 스타를 뽑는 오디션 프로그램에서 이름을 알린 가수였다. 실제로 본가가 연희동이라 본인을 '연희동 토박이'라고 칭하며 연희동 글월에서 펜팔도 했다. 그때 뽑아간 연희초등학교 교장 금원철의 편지에 감동해서, 그의 편지를 자기가 진행 중인 라디오에서 읽어 준 적도 있었다. 그 김에 글월도 소소한 홍보 효과를 누렸고.

"오시면 신년 다이어리라도 선물로 드려야겠네."

"좋지. 글월과의 인연이 끝나지 않았구먼. 하하하."

선호가 기분 좋게 웃으며 하준과 손을 잡고 글월을 나섰다.

"그럼 조심히 들어가세요. 하준이도 잘 가고."

하준이 효영을 향해 고개를 돌리고 손을 머리 높이 흔들었다.

"네, 누나. 메리크리스마스!"

4

 영광은 웹툰 작업으로 새벽 내내 깨어 있다가 정오가 지나서야 눈을 떴다. 스마트폰을 여니 선호가 보낸 메시지가 여러 통 와 있었다. 연우가 연애편지 공모에 신청하겠다며 군에서 편지를 보냈는데 그 내용이 범상치 않다는 내용이었다.

 선호는 제일 위에 뜨는 메시지부터 확인했다. 연우가 글월 단톡방에 보낸 메시지를 캡처한 이미지였다.

> 효영 누나, 슬기 씨 편지 보내 줘서 고마워요.
> 덕분에 고된 군 생활에 큰 힘이 되었습니다.
> 동기들한테 가오(?)도 좀 살았고요.
>
> 윈터 트립 중정 행사 때 연애편지 공모한다고 해서 보냈어요.
> 그날 슬기 씨도 행사 구경하러 온다고 해서요.
> 옛정을 생각해서, 그날 제 편지를 읽어 주시면 안 될까요?
> 슬기 씨한테 꼭 하고 싶은 말이라고요.
> 제발~~~~~]

마냥 어리게만 보이던 연우가 군에 갔다는 게 다시 한번 실감 났다. 선호는 곧이어 꼭 읽어 보라고 연우가 보낸 연애편지를 찍은 사진도 전송했다.

TO. 슬기 씨

안녕하십니까. 대한민국 육군, 이병 서연우입니다.
크리스마스를 함께 보내지 못할 못난 남친이라,
이렇게 편지로나마 추억을……

(……)

이렇게 사랑할 줄 알았으면 더 일찍 사랑할 것을.
매일 매일 후회하는 밤입니다.
그래도 이렇게 사랑할 수 있어서 다행이라는 마음으로,
매일 매일 뿌듯한 밤이기도 하고요.

저는 병영 생활의 첫 겨울을 맞으며
눈이 번쩍 뜨이는 추위에
바람 빠진 풍선처럼 헛웃음만 짓고 있어요.

롱 패딩에 아아 한잔 들고 출근하던 날을 생각하면

서울은 얼마나 먼지, 슬기 씨는 또 얼마나 멀리 있는지
착잡한 마음에 찬바람이 다 얄밉습니다.

오늘의 고독이, 오늘의 그리움이
훗날 우리에게 사랑의 증거가 되길 바라며,
밤하늘의 별을 눈에 담는 마음으로
슬기 씨를 품에 안는 꿈을 꾸겠습니다.

사랑합니다, 슬기 씨.
많이요.

FROM. 보고픈 마음에 눈물 자국까지 난
연우

"으윽."

자신도 모르게 신음이 터져 나온 영광이 입술을 꼭 깨물었다. 연우가 딱 영광의 동생인 상현과 또래였다. 그 나이 때의 싱그럽고 순수한 사랑의 말이 편지 곳곳에 묻어 있어, 웃음이 나면서도 부러운 마음이 들었다.

> 근데 이거 저 보여 줘도 되는 거예요?

영광의 답장에 얼마 지나지 않아 선호가 전화를 걸었다.

―내가 그걸 왜 보여 줬을 것 같아?

"왜요?"

선호는 영광에게 이번 LCDC 행사에서 무대에 올라 편지를 읽어 달라고 했다. 연우의 편지는 아무래도 남자 목소리로 읽는 게 좋지 않겠냐면서.

―효영이나 주혜 시킬 수는 없잖아.

"형은요?"

―난 솔직히 첫 문장 읽고 웃을 것 같아.

반박할 수 없는 이유였다. 영광은 무대에 오른 선호가 연우의 편지를 읽으며 키득거리는 상상을 하며 입을 다물었다. 그 자리에 있을 연우의 여자 친구 슬기 씨에게 못 할 짓이었다.

"대신 이건 무료로 못 해 드려요."

―당연히 페이가 있지. 그리고 연희점에 신년 달력 나왔으니까 잔뜩 챙겨 가. 우리 글월 비공식 직원한테는 내가 특별히 다섯 부 증정한다.

"진짜죠? 저 바로 가지러 갑니다?"

―주혜 있을 테니까 알아서 잘 받아 가. 그럼 수고.

말끔하게 샤워를 하고 난 영광이 연화아파트를 나와

글월로 향했다. 연희점은 연하장과 다이어리를 사는 손님들로 연말 분위기가 물씬 풍겼다. 주혜가 미리 꾸려 놓은 종이 가방을 영광에게 내밀었다.

"따끈따끈한 글월의 신년 달력입니다. 저랑 같이 연말 무대에 서시겠네요?"

주혜가 방긋 웃자 영광이 한숨 섞인 목소리로 말했다.

"어쩌다 코앞에 살게 되어서, 어쩌다 선호 형을 만나서, 어쩌다 이렇게 되었네요."

"에이. 좋으시면서!"

주혜는 글월에 와서 처음으로 자기가 직접 기획한 이벤트라며 잘 부탁한다고 인사했다. 그러고는 영광에게 넌지시 물었다.

"성수에서 강의하신다고 들었는데, 혹시 오늘도 가세요?"

"왜요?"

"제가 실수로 신년 달력을 전부 연희점으로 배송시켰거든요. 퇴근할 때 성수 들러서 두고 가려고 하는데, 혹시 영광 오빠가 성수 가실 일이 있으······."

"있어요. 오늘 수업 맞아요."

영광이 고개를 끄덕이며 카운터 아래에 있는 종이 상자를 가리켰다.

"저거 맞죠? 제가 알아서 차에 실어 갈게요."

"고맙습니다. 다음에 오시면 제가 꼭 커피 살게요!"

영광은 곧장 아파트로 돌아와 주차장으로 향했다. 자동차 트렁크에 신년 달력을 싣고 운전석에 앉자마자 헛웃음이 나왔다. 강의가 있다는 것은 다 거짓말이었고 자기가 왜 갑자기 성수에 가려고 하는 건지도 알 수 없었다. 물론 성수라는 말에 효영의 얼굴이 떠오르기는 했지만, 그녀에게 무슨 말을 건넬지 한마디도 준비하지 않은 상태였다.

부산 출장 이후로 효영과 몇 번 연락을 주고받기는 했다. 어머니의 건강 얘기도 짧게 나눴고, 에세이집 표지가 어떻게 제작되는 중인지 시안을 받아 보기도 했다. 영광은 몇 가지 디자인 아이디어를 주면서 책은 잘 써지고 있는지 물었다. 효영은 이제야 마감에 시달리는 너의 마음을 알겠다며 눈물이 그렁그렁한 강아지 이모티콘을 보냈다.

급히 서울에 갈 일이 생기지만 않았어도 그날 효영과 더 이야기를 나누고 싶었다. KTX 바로 옆자리에 앉아서도 괜히 민망한 마음에 수채화 물감을 꺼내 그림만 그렸다. 말과 문자로 표현하는 것보다 그림으로 얘기하는 것이 익숙한 탓이기도 했지만, 헤어진 옛 연인에게 건네는 말이 어떤 식으로든 상처로 남을까 봐 걱정이 들어서였다.

그렇게 LCDC에 도착한 영광이 신년 달력이 든 상자를 들고 도어즈로 향했다. 복도를 걷는 길에 익숙한 얼굴과 만났다. 동규였다.

"안녕하세요. 효영이 보러 오셨나요?"

"아, 연희점에서 배달 왔어요."

어색하게 웃은 영광에게 동규가 말했다.

"전 효영이 보러 왔는데 잠깐 자리를 비웠네요."

영광이 문 안쪽을 흘끗 보자 새로운 아르바이트생이 서 있는 게 보였다. 글월에서 팝업 스토어를 열 때마다 도와주던 소희 사촌이라고 들었다.

"효영이는 요 앞에서 편집자랑 미팅 중이래요. 이제 마감이 진짜 얼마 안 남아서."

"그렇구나. 온 김에 인사나 하려고 했는데 어쩔 수 없네요."

동규가 문을 열어 주자 영광이 고개를 꾸벅이고 상자를 아르바이트생에게 건네고 나왔다. 그때까지도 도어즈 복도에 서 있던 동규가 대뜸 영광에게 점심을 먹자고 했다. 매일 레스토랑 부엌에만 있느라 정작 성수의 맛집을 제대로 못 가 봤다는 말과 함께. 영광도 식사 전이라 거절 없이 따랐는데, 동규와 함께 걸을수록 먹구름을 삼킨 듯 자기 마음이 뿌옇게만 보였다.

동규와 찾은 곳은 성수동의 한 라멘집이었다. 줄 서서 먹는 집은 아니었지만 가게가 깨끗하고 조용해서 좋았다. 곧 비가 올 것 같은 습한 날씨라 영광도 따뜻한 국물이 끌리던 참이었다.

곧이어 동규와 영광의 앞에 고기와 달걀, 다시마가 푸짐하게 올라간 라멘이 나왔다. 동규는 당장이라도 맥주 한 잔을 기울이고 싶지만, 오늘은 알코올 한 방울 없이 영광과 대화하고 싶은 기분이라며 운을 뗐다.

"펜팔 친구가 사라져서 요즘 조금 심심하네요."

"저도요. 답장을 안 보내서 이제 저랑 할 얘기가 없는 줄 알았어요."

"안 기다렸다면서요, 답장."

동규가 의미심장하게 웃으며 숟가락으로 국물을 퍼서 마셨다. 영광은 다시마를 입안에 넣고 오독오독 씹으며 동규의 다음 말을 기다렸다.

"그사이 차였거든요. 편지를 좋아하는 그 사람한테."

"푸앗!"

영광이 빠르게 티슈를 뽑아 다시마가 튀어나오려는 입을 막았다. 동규가 눈썹 끝을 늘어뜨리며 장난 투로 말했다.

"너무하네요. 이 얘기는 편지에 안 쓰길 잘했어요. 제 불행을 이렇게 웃으면서 읽었다고 생각하면……."

"오, 죄송해요. 그냥 너무 갑작스러워서."

영광이 맥주라도 시켜 주겠다고 하자, 동규는 고개를 저었다. 어차피 바로 레스토랑에 돌아가 오픈 준비를 해야 했다.

"효영이, 못 잊은 거 맞죠?"

같은 사람을 마음에 품은 남자 앞에서 표정 관리가 제대로 될 리 없었다. 동규가 효영에게 고백했다는 것에 놀람과 동시에 효영이 고백을 거절했다는 말에 안심한 것도 사실이었다. 젓가락을 내려놓은 영광이 조용히 말을 골랐다. 익명의 편지로 하는 대화보다 확실히 몇 배는 어려웠다.

"솔직히 효영이가 동규 씨한테 의지를 많이 하는 것 같았어요. 동규 씨는 뭐랄까 기대도 될 것 같은 사람이어서."

"그래서요? 나랑 잘 되길 바랐다고요?"

"아뇨. 또 그런 멋진 마음은 못 먹겠더라고요."

영광과 동규가 동시에 웃음을 터뜨렸다. 사실 이제 효영에게 필요한 사람이 동규처럼 기댈 수 있는 남자가 아닐지 혼자 생각한 적도 있었다. 효영에게 기대고자 했던 남자가 아니라.

그럼 자기가 물러서야 하지 않나. 이런 생각도 했다. 병문안 때 동규를 만나고 동규가 익명의 펜팔 상대라는 걸 알게 되면서부터 그랬다. 동규와 주고받은 편지에서도 느꼈지만 알면 알수록 괜찮은 남자 같았다. 레스토랑에서 두 사람이 나누던 대화를 듣고 있을 때는 더 확실하게 느꼈고.

그러다 보면 효영에게 자기가 어떤 모습이 부족했는지를 떠올리게 되고, 또…….

헤어진 연인은 똑같은 이유로 다시 헤어진다는 말도 있지 않나.

"제 눈에는요. 효영이나 영광 씨, 다 똑같아요."

"네?"

"완벽함을 좇느라 현실을 저당 잡아 두는 거요."

언젠가 영광이 효영과 소파에 나란히 누워 얘기를 나눈 날이 떠올랐다. 베란다 밖에서는 비가 추적추적 내리고, 습기로 차갑게 깔린 공기에 눈꺼풀이 점점 무거워지는 시간이었다. 효영이 대뜸 영광에게 어릴 적 꿈이 뭐였냐고 물었다. 영광은 예고 입시를 준비하던 때를 떠올리며 계속 회화를 하고 싶었다고 말했다. 친척에게 돈을 빌려 예고를 졸업하고 대학교 회화과까지 들어갔지만 결국은 하루빨리 돈을 벌어야 하는 순간이 왔고, 회사에 들어갔다가 우연히 웹툰 연재를 시작하면서 물살에 밀리듯 밀려 지금 모습이 된 것이었다.

영광은 효영을 뒤에서 깊이 껴안았다. 그래도 웹툰을

계속 한 덕에, 연화아파트에 작업실을 마련한 덕에, 효영을 만날 수 있었으니 얼마나 감사한 일이냐고 말했다. 그러니 효영은 끝까지 꿈을 향해 달리기를 바랐다. 내가 하지 못한 일을 효영이 대신 이뤄 주기를 바랐던 거다. 영광은 효영이 하고 싶은 것을 끝까지 응원해 주는 게 제 역할이라고 믿었다. 자신은 받지 못한 격려였으니까.

"맞네요. 완벽한 그림을 그리려고만 했네요."

영광이 쓴웃음을 지으며 물 한 모금을 마셨다. 동규가 라멘 국물이 반쯤 남은 면기를 내려다보고 말했다.

"영광 씨는 오늘 라멘 맛이 어땠어요?"

"괜찮았어요."

"저한테는 한 3점 정도 되는 맛이에요."

"어정쩡한가요?"

영광의 말에 동규가 씨익 웃으며 고개를 저었다.

"아뇨. 이 정도면 딱 좋다고 느껴요. 남은 2점은 영광 씨와의 대화로 채웠고요."

동규가 영광을 지그시 보며 말을 이었다.

"행복의 기준을 단 한 가지로 정하면 뭐든 부족한 법이죠. 라멘 맛으로만 평가하면 3점이지만, 거기서 누구랑 먹었고 무슨 대화를 나눠서 좋았는지를 합하면 5점이 되는 겁니다. 완벽은 이런 식으로 채우는 게 좋더라고요."

 조용히 미소 지은 고개를 끄덕이며 영광이 자리에서 일어났다. 가게를 나서는 길에 동규가 말했다.

"전 이제 답장한 겁니다?"

여덟,

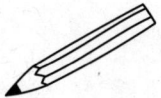

당신의 안녕

1

♪
𝄞 *It's beginning to look a lot like Christmas.*
Everywhere you go…… 🎵

글월을 나온 효영이 중정에 흐르는 캐롤을 듣고 미소 지었다. 중정 한 편에 마련된 매대에서 편지와 신년 다이어리, 달력 등을 팔고 있던 주혜가 효영을 보며 손을 흔들었다. 효영은 매대를 돌아보는 손님 사이를 지나 주혜에게 다가갔다.

"언니. 올해 분위기가 작년보다 더 좋은 거 같아요. 신년 달력 많이 뽑길 잘했다. 잘 팔려요."

"신나 보이네. 연애편지는 몇 번 더 읽어 봤어? 입에 익어야 무대에서 안 틀려."

"그럼요. 아나운서 뺨치게 읽고 내려올 거예요."

싱긋 웃은 주혜가 반대쪽 매대에 서 있는 커플을 턱

짓으로 슬쩍 가리키며 효영에게 말했다.

"저분, 글월 단골이에요. 기억하세요?"

효영이 커플 둘의 옆모습을 흘끗 보았다. 주혜가 여자 손님이라고 해서 여자 쪽 얼굴을 슬쩍 훑어보았는데, 어딘가 익숙한 얼굴이기는 했다.

"펜팔 하러 가끔 오시는 분이에요. 근처에 패션 회사 다닌다는."

효영은 그제야 여자 손님이 누군지 알 것 같았다. 남에게 보여 줄 편지가 아니라 그냥 편지를 버리고 가고 싶다며, 펜팔 장에서 다른 사람의 편지를 가져가지 않겠다고 한 손님이었다. 그 후로 웬일인지 펜팔을 하러 몇 번 더 글월에 찾아온 것도 기억했다.

"언젠가 편지를 쓰러 와서는 저한테 편지 덕에 새 사랑을 찾았다고 하더라고요."

"진짜? 혹시 펜팔 주고받다가 연애하신 거야?"

"아뇨. 동호회 모임에서 편지 쓰기 프로그램을 진행하게 됐대요. 그러다 같은 동호회 사람이랑 폴 인 러브!"

여자 손님과 옆에 선 남자가 서로의 손 장갑을 골라주며 환한 미소를 지었다. 두 사람의 머리 위로 LCDC 건물의 기다란 전광판이 보였다. 크리스마스 전구가 줄줄이 걸린 화면이 반짝이며 두 사람을 축복해 주는 것 같았다.

효영이 싱긋 웃으며 두 사람을 보고 있는데, 주혜가 말했다.
 "맞다, 언니. 지난주에 영광 오빠 못 봤어요? 가게에서?"
 "아니? 왜?"
 "신년 달력이 다 연희점으로 왔잖아요. 영광 오빠가 가게 왔길래 혹시 성수 강의 있는 날이면 이것 좀 전해 달라고 했죠. 차로 움직이시니까."
 "그랬어? 난 못 봤지."
 실망한 표정을 들키지 않으려 효영이 전광판으로 고개를 돌렸다. 강의는 진즉에 끝났을 텐데 어째서 성수까지 온 건가. 왔으면 연락이라도 하지.

 중정 한가운데에 동그란 무대가 만들어지고 있었다. 한쪽에는 피아노가 반대쪽에는 통기타가 그리고 가운데에는 마이크 스탠드가 놓였다.
 곧이어 효영은 은채가 왔다는 메시지를 받고 중정을 가로질러 LCDC 밖으로 나갔다. 큰길에서 들어온 은채가 효영을 보고 빠른 걸음으로 다가왔다.
 "와 주셔서 고맙습니다. 우리 배우님!"
 효영은 며칠 전 은채에게 무대에서 편지를 읽어 달라고 부탁했다. 명색이 배우인지라 편지 속에 담긴 감정을 잘 전달해 줄 것 같아서 선호 사장과 논의 후 직접 섭외를 한 거였다.

"우효영, 나 이번에 연극 들어간다? 전보다 큰 연극이야. 주조연 급이고."

"역시, 내 배우. 난 네가 성장할 줄 알았다!"

효영이 활짝 웃으며 은채를 꼭 껴안았다. 그때, 은채의 등 뒤로 크림색 롱 코트를 입은 영광이 걸어오는 걸 보았다. 옆에는 가죽 미니스커트에 숏 패딩을 입은 가연이 있었다.

포옹을 풀자마자 은채가 효영의 시선을 느끼고 뒤를 돌았다.

"어? 영광 씨네요?"

"네. 오랜만이에요, 은채 씨."

효영도 영광과 가연에게 차례로 인사한 뒤 중정에 설치된 무대를 가리켰다.

"선호 사장님한테 들었어. 오늘 저기에서 편지 읽으면 돼."

"와. 생각보다 본격적이네."

"떨려?"

"조금?"

그때 가연이 영광의 어깨를 가볍게 잡으며 웃었다.

"말만 이렇지, 얘 잘할걸요? 대학 때도 발표 수업 있으면 영광이가 매번 교수님한테 칭찬받고 그랬어요."

말을 마친 가연이 영광의 팔을 끌며 매대 구경을 하러 가자고 졸랐다. 영광이 민망한 듯 웃으며 효영에게 말했다.

"가연이가 문영은 가수 팬이어서. 오늘 온다고 하니까 자기도 따라오겠다잖아."

"뭐야. 그래서 내가 귀찮다는 거야?"

가연이 영광을 째려보자 영광은 일단 들어가서 구경하고 있겠다며 가연과 함께 사라졌다. 둘의 뒷모습을 보던 은채가 효영에게 물었다.

"뭐야. 영광 씨 썸녀야?"

"그냥 친구야. 별거 아니니까 신경 쓰지 마."

"우씨. 이런 게 어디 있어. 너도 빨리 동규 씨 불러."

내 친구가 뒤처질 수 없다고 성화인 은채였다. 며칠 전에는 동규의 고백을 거절했다는 말에 아깝다며 가슴을 치더니, 지금은 영광이 새 썸녀를 만들었을까 봐 또 걱정이었다.

"인연이면 안 불러도 오고, 인연 아니면 목 놓아 울어도 안 와."

"에이, 그렇다고 이렇게 맘 놓고 기다리는 것도 아니지. 목 놓아 울어야 부를 수 있는 인연도 있는 거라니까?"

"그래? 우리 한 여사가 한 말인데 틀린 말인가 보네."

은채가 뜨끔한 표정으로 효영을 보며 말했다.

"너희 어머니의 현명한 조언을 들을 필요도 있지. 연애 3년 넘게 쉰 내 얘기 말고, 결혼에 골인하신 어머니 말 들어."

효영이 웃음을 터뜨리며 은채를 데리고 중정으로 들어갔다. 어느새 무대 바로 옆에서 선호 사장과 가수 영은이 대화를 나누고 있었다. 선호가 영은에게 글월 제품을 담은 종이 가방을 건네며 감사 인사를 전했다. 효영도 매대 물건을 구경하는 은채를 잠시 혼자 두고 선호와 영은에게 다가갔다.

"영은 씨, 오랜만이에요. 오늘 또 만나게 됐네요."

"네. 성수 글월은 처음이에요. 쉬는 시간에 잠깐 들러 봐야겠어요."

선호가 영은의 펜팔 친구였던 은퇴한 초등학교 교장, 원철의 근황을 슬쩍 전했다.

"익명의 그분은 이번에 대형 서점에서 진행하는 손글씨 쓰기 대회 장원하셨습니다. 우리 글월의 최대 아웃풋이에요."

"어머. 역시 멋쟁이셔. 잘 지내고 계실 줄 알았어요."

영은은 3년 전 하늘로 떠난 친구와 무지개다리를 건넌 반려묘 때문에 우울한 시절을 보냈다. 그때 본가에 들렀다가 연희동 글월에 오게 되었는데, 펜팔 친구 덕에 이별을 견딜 힘을 얻게 되었다고 했다. 원철이 하늘로 떠난 아내에게 보내는 편지를 읽은 덕이었다.

"그럼, 첫 곡 부르고 올게요. 오늘 파이팅."

가볍게 미소 지은 영은이 무대 올라가 통기타를 어깨에 멨다. 매대에 흩어져 있던 사람들이 하나둘 무대 앞으로 자리를 잡았다. 마이크를 든 영은이 첫 곡으로 반려묘 '라임이'를 향해 만든 곡을 부르겠다고 했다.

이윽고 영은의 손끝에서 기타가 울리며 겨울의 찬바람을 살살 달랬다. DSLR 카메라를 들고 매대와 현장 사진을 찍던 선호가 무대 옆에 선 효영에게로 다가왔다.

"이따가 영광이랑 은채 씨까지 해서 밥 먹고 가. 주혜는 바로 남친 만난다니까 패스."

"선호 사장님은 가족들이랑 놀러 가고요?"

"응. 법카 줄 테니까 잘 대접해. 알았지?"

안 그래도 오늘은 꼭 영광과 하고 싶은 얘기가 있었다. 자연스럽게 자리를 마련해 준 선호 사장에게 내심 감사를 표하며, 효영은 영은의 노래에 집중했다.

크리스마스트리가 반짝이던 날.
더 많이 사랑하려고 내일을 빌려오자던 ♪
그 약속을 지키고 싶어서.

어제가 썰물처럼 빠져나간 하루를 달려.
푹신한 네 꿈자리 찾아서.

9

  두 손을 꼭 붙잡은 연인과 엄마의 팔짱을 낀 딸, 아기 펭귄처럼 아빠 앞에 찰싹 붙어 선 아들. 소중한 사람과 특별한 날을 위해 모인 이들이 크리스마스 풍경의 한 조각을 완성했다. 효영은 고개를 돌려 관객 속에 선 영광의 옆모습을 흘끗 보았다. 작년에는 영광과 크리스마스를 보내지 못했다는 생각이 문득 났다.

  영은의 첫 곡이 끝났다. 마이크를 들고 말하는 영은의 입에서 하얀 입김이 피어올랐다.

  "저에게 겨울은 그리움의 계절이에요. 거리를 걷다 찬 바람에 몸을 움츠리면, 이 바람이 아주 먼 곳에서 불어온 편지처럼 느껴질 때가 있어요. 보고 싶다는 말이 온기를 잃고 돌고 돌다가 다시 손바닥 위에 오르는 거죠."

  영은이 마이크를 거치대에 걸치고 말을 이었다.

  "차갑고 먼 것. 그치만 다시 손바닥 위에 올리면 뜨거워지는 그 마음이요. 저한테는 그게 그리움이에요."

  앞에 선 커플들이 서로의 머리를 맞대거나 춥지 않게 등을 쓰다듬었다. 활짝 웃는 얼굴로 서로의 귓가에 무언가 말하고 손을 잡아 자기 코트 주머니에 넣고 허리를 끌어안는 모습을 보며, 영은이 잠시 무대 아래로 내려갔다.

곧이어 효영이 무대 위로 올라갔다. 무대 가까운 곳에서 선호 사장이 마치 딸의 장기자랑을 찍듯 신이 난 얼굴로 카메라 버튼을 눌렀다.

"안녕하세요. LCDC 성수 도어즈에서 편지 가게 글월을 운영 중인 우효영입니다. 올해는 특별히 크리스마스 이벤트로 연인들이 직접 쓰고 보내 주신 연애편지를 읽는 코너를 마련했습니다. 사랑이 가득 담긴 편지를 함께 읽으면서, 소중한 여러분의 연인과 좋은 추억 가져가시길 바랍니다."

이윽고 박수 소리가 지나갔다. 무대에 오른 주혜가 자신감 넘치는 표정으로 편지봉투를 열었다. 군에 간 남자 친구를 위해 쓴, 편지지에 남은 향기가 인상적인 편지였다.

안녕, 내 사랑.

하루를 마치고 집으로 돌아가는 버스 안입니다.
오늘 하루는 어땠나요?
곁에 없으니 당신이 더 크게 느껴지고,
당신의 모든 것이 궁금해지는 요즘입니다.

매일 당신과 함께 걷던 이 길이

이제는 어떤 설렘도 없이 혼자 걷는 그저 출근길일 뿐이게 되었습니다.
그러나, 어느 날의 통화에서 이곳이 가장 생각나는 장소라고 하셨지요?
그 말 덕분에 우리 다시 만나는 날,
함께 가고 싶은 곳들을 고민하고 관찰하며 지내고 있어요.

당신의 작은 말 한마디 한마디는 내가 오늘을 살아가는 이유가 된답니다.
알고 있어요?
모든 것이 사랑스러운 사람, 모든 것을 완벽하게 만들어 주는 사람.

당신은 나에게 존재 자체로 기적이 아닐 수 없습니다.
당신과 함께한 후로 참 신기한 경험을 많이 해요.
노트에 적다 보면 날은 다 샐 거예요.

내가 없는 당신의 나날들은 어떤가요?
나 없이 힘들어하는 모습은 보기 싫다며 매일 위로를 건넸지만,
이기적이게도 당신도 나만큼 나를 잊지 않고
보고 싶어 해 주기를 바라는지도 모르겠습니다.

결코 짧지 않은 시간을 떨어져 지낸 지 벌써 3주가 지나고 있습니다.
몸이 멀어지면 마음도 멀어진다는 말은 옛말인가 봅니다.
내 사랑은 어제보다 더 커지고 있어요.
주체할 수 없어진 마음이 부끄럽지 않게 늘 사랑을 말해 줘서 고마워요.

오늘 밤도 여전히 당신을 나 자신보다 더 사랑하고 있습니다.
내일 밤도 여전히 당신을 나 자신보다 더 사랑할 거예요.

좋은 꿈을 꾸고 있기를.
잘자, 내 사랑

XX. 08. 22. / 훈련소에 부치는 편지

낭독을 마치자 카메라를 내린 선호가 제일 먼저 무대를 향해 엄지를 들어 올려 주었다. 아무리 봐도 무대 체질인 주혜는 마이크를 든 채 짧은 코멘트를 이어갔다.

"정말 예쁜 시를 읽는 것 같았어요. 사랑하니까 궁금하고, 사랑하니까 함께 걸을 장소를 꿈꾸고, 사랑하니까 나를 잊지 않기를 바라는 거죠. 이들의 사랑이 안녕하기를 빕니다. 남자 친구분 제대까지 파이팅!"

　무대에서 내려온 주혜가 효영에게 마이크를 건네며 방긋 웃었다. 칭찬을 기다린다는 듯이 효영을 빤히 보아서 결국 효영이 잘했다며 어깨를 두드려 주었다.

　이윽고 효영이 다시 무대에 올라 진행을 이어갔다. 관객석에서 무대로 올라간 영광이 두 번째 편지를 꺼내 들었다.

　"두 번째 편지는 반대로 군에서 온 편지입니다. 무려 군 복무 중에 고백을 받은 육군 이병이 쓴 편지라 뽑지 않을 수가 없었는데요, 바로 다음 편지를 함께 읽도록 하겠습니다."

　효영이 영광에게 마이크를 건네고 얼른 무대 아래로 내려왔다. 효영은 연우의 마음이 잘 전달되길 바라며, 관중 속 어딘가에 있을 연우의 여자 친구를 눈으로 찾아보았다.

　"저는 병영 생활의 첫 겨울을 맞으며 눈이 번쩍 뜨이는 추위에 바람 빠진 풍선처럼 헛웃음만 짓고 있어요."

　영광이 연우의 편지를 읽자, 무대를 보던 남자들이 공감한다는 듯 고개를 끄덕였다. 그런 남자 친구와 남편을 보며 피식 웃는 애인과 아내의 모습까지 더해져 재미있는 풍경이 펼쳐졌다.

"롱 패딩에 아아 한 잔 들고 출근하던 날을 생각하면 서울은 얼마나 먼지, 슬기 씨는 또 얼마나 멀리 있는지 착잡한 마음에 찬바람이 다 얄밉습니다."

관중들의 웃음 사이로 효영은 카페 통창 바로 옆에서 홀로 눈물을 훔치는 여자를 찾았다. 핑크색 숏 패딩을 입고 귀여운 털모자를 쓴 슬기는 입술을 꾹 다물며 코를 킁킁댔다.

그렇게 연우의 편지는 받아야 할 사람에게 무사히 도착했다. 남자의 삶에서 단 한 번뿐인 낭만을 품고서.

2

영광이 무대를 내려오며 짧은 숨을 내쉬었다. 다음 순서인 선호가 주혜에게 카메라를 맡기고 무대에 올라가는 동안, 효영이 영광에게 다가갔다.

"웃을까 봐 걱정이라더니, 잘 읽던데?"

"다행이다. 근데 진지하게 읽다 보니까 안 웃기더라고. 연우 진심도 알 것 같았고."

영광의 등 뒤로 전광판에 트리 이미지가 떴다. 기다란 전구가 휘리릭 크리스마스트리를 감싸며 반짝이는 영상이었다. 효영은 문득 영광에게 아버지의 기일을 물은 적이 없다는 걸 깨달았다. 물으려던 때가 있었는데 그냥 조용히 입을 닫았었다. 무의식적으로라도 영광이 그 이야기를 불편해한다는 걸 느끼던 탓이었다.

"영광아."

이젠 잘 모르겠다. 차라리 둘 사이의 문제를 더 일찍

꺼내고 싸웠다면 어떤 식으로든 지금은 상처가 아물지 않았을까 싶기도 하고.

자신을 빤히 보는 영광을 지금은 문득 안고 싶다는 생각만 했다. 겨울바람이 추웠고, 손이 아렸다. 영광의 허리를 껴안고 그의 체온에 몸과 마음을 녹이고 싶었다.

효영이 드디어 용기를 냈다.

"끝나고 밥 먹자. 할 얘기도 있고."

"할 얘기?"

"응."

무대에 올라간 선호가 또 유머러스한 말로 관중을 웃기는 바람에, '좋아.'라고 발음하는 영광의 목소리가 아주 작게만 들렸다. 효영은 행사가 끝나면 편지 가게로 오라고 말했다. 혹시 가연과 약속이 있냐고 물었는데 다행히 영광이 고개를 저었다. 자리로 돌아간 영광 옆에 선 가연이 효영을 보며 손을 흔들었다.

"아무튼, 여기도 부부끼리 오신 분들이 있다면 부부싸움은 꼭 편지로 해결하십시오. 이게 사과했다는 것도 다 기록으로 남겨야 나중에……."

주혜가 선호 사장을 향해 손을 빙빙 돌리며 빨리 시작하라고 신호를 보냈다. 결국, 선호가 목소리를 가다듬고 진지한 표정으로 편지를 읽기 시작했다.

지현에게, 나의 사랑

당신을 만날 수 있었다는 것이 너무나도 행운이라고 느껴요.
우리가 처음 만난 순간을 떠올릴 때면,
구디역에서 겨울 코트를 입고 수줍게 미소 짓던 사랑스러운 당신의 모습이 가장 먼저 떠올라요.
마치 영화처럼, 그 순간이 느린 화면으로 기억 속에 남아 있어요.

그리고 우리가 서로 얼마나 가까운 곳에 살고 있었는지 알게 되었을 때 얼마나 놀랍고 재미있었는지 생각나요.
덕분에 우리는 많은 계획 없이도 퇴근 후 자연스럽게 데이트를 할 수 있었죠.

단 두 번의 만남만으로도, 당신에게 사랑에 빠질 이유가 너무 많았어요.
당신은 진실하고 따뜻한 사람이었고, 신뢰할 수 있는 사람이었어요.
화려한 것보다 소박한 것을 좋아하고,
남을 함부로 판단하지 않으며,
더 나은 사람이 되기 위해 노력하는 모습이 멋졌죠.
그리고 무엇보다, 당신은 자연스럽게 너무나도 매력적이었어요.

그날 이후, 내 마음속에서는 이미 우리가 연인이었어요.
다만 당신이 그걸 알기까지 기다릴 필요가 있었을 뿐이죠! ㅋㅋㅋ
그래서 나는 당신에게 항상 최대한의 존중과 예의를 담아 대하려고 했어요.
당신에게 완벽한 사람이 되고 싶었으니까요.
그리고 그 마음은 지금도, 앞으로도 변하지 않을 거예요.
당신은 내 모든 것의 동기 부여니까요.

그러니, 언제나 지금처럼 자연스럽고 솔직한 당신으로 있어주세요.

당신은 나에게 완벽한 사람, 나의 사랑스러운 지현이에요.
당신을 진심으로 사랑합니다.

P.S.
우리의 반지를 함께 끼는 날이 기다려지네요.

당신의 Raph가

역시 사랑꾼인 선호는 단시간에 편지에 빠져, 보내는 이의 감정을 잘 전달했다. 이번 편지는 영어로 쓰인 편지였는데 다행히 일타 강사 효민이 번역을 맡아 주었다. 번역본을 읽은 글월 식구가 전부 감탄할 정도로 좋은 문장이 많았다. 효민의 번역 솜씨 때문만이 아니라, 편지에 담긴 진심이 고스란히 읽는 이의 마음에 도착한 덕분이었다.

  극'T' 재질인 효민도 '당신의 새로운 모습을 발견할 때마다, 그 모든 것이 아름답게 느껴져요.'라는 문장을 효영에게 메시지로 보내며 나도 언젠가 이런 사랑을 할 거라는 포부까지 밝힐 정도였다.

  원래는 무대 위에서 세 통의 편지를 낭독하려다가, 글월 직원인 연우를 위해 한 통을 더 추가하는 바람에 총 네 통을 읽게 되었다.

  이제 마지막 편지를 읽을 차례. 은채가 마이크를 들고 무대에 올랐다. 어느새 공연을 하러 왔던 영은도 무대 아래에서 편지 낭독에 흠뻑 빠진 모습이었다.

  "오늘 전할 마지막 편지입니다. 너무 예쁜 하트 편지지에 예쁜 글씨예요. 사실 편지를 보낸 날짜를 보고 놀랐어요. 20년이 넘도록 이걸 보관한 사람의 마음을 생각하면, 우리가 시간을 이 작은 종이 위에 간직할 수 있다는 게 신기하기도 했고요."

밝게 웃은 은채가 성우처럼 맑고 청량한 목소리로 편지를 읽어 내려갔다.

To. 영기 오빠

헤어질 땐 당신을 다신 못 만나리라 생각했어요.
혹시 길을 가다가 우연히 한 번쯤은 만날 수도 있겠지만
그건 정말 말 그대로 지극히 우연한, 의례적인 만남이잖아요.

당신과 헤어진 후…… 당신을 잊으리라,
아주 처절하게 잊어 주리라 굳게 마음먹었었죠.
그리고 보란 듯이 잘살아 보겠다고 다짐, 또 다짐했었어요.
하지만 우리의 인연은 그게 끝이 아니었나 봐요.
비록 몸은 떨어져 있었지만 우리 사이에 서로를 향한 마음의
끈은 헤어져 있는 시간에도 아주 질기고 단단하게 연결돼
있었나 봐요.
이렇게 다시 만나게 된 걸 보면.

우리 앞으로 서로에게 상처 주는 일 따윈 하지 말자구요.
늘 감싸 주고 보듬어 줄 수 있는 그런 사이가 되자구요.
완벽함으로 포장된 가식적인 모습보다는 자신의 치부도 보여
줄 수 있는 편안한 사이가 되었음 해요.

진정 사랑하는 사이라면 부담감이나 불편함이 있으면 안 되는 거잖아요.
있는 모습 그대로, 자연스런 모습 그대로 서로에게 다가가자구요.

마지막으로 이 말도 전하고 싶었어요.

사랑한다는 것은 누군가를 구별해 내는 일이래요.
그렇고 그런 사람들 중에서 사랑하지 않았으면
한낱 군중일 뿐인 그 많은 사람들 중에서
유독 그 사람을 구별해 낼 줄 아는 것이요.

이제 내 삶에서 당신의 영역은 점점 넓어질 거예요.

20XX년 2월 13일
From. 당신의 희아

　서로의 손을 잡고 어깨에 머리를 기대고, 옹기종기 모여 체온을 나누는 사람들의 얼굴에 사랑이 피어올랐다. 효영은 오늘을 추억으로 안고 집으로 돌아갈 사람들을 생각하며 밝게 웃었다. 편지가 가진 소박하지만 큰 힘을 무대 위에서 목격할 수 있어 좋았다. 카메라를 들고 신나게 현장 사진을 찍고 있는 선호도 느끼지 않았을까, 처음 글월을 만들며 자신이 믿었던 편지의 가치가 틀리지 않았다고. 편지 쓰는 인구가 갈수록 줄어든다고 해도, 편지로만 할 수 있는 말은 분명 존재한다는 것을 말이다.

효영이 마이크를 들고 무대에 올라 마지막 인사를 전했다.

"오늘 저희가 준비한 편지 낭독은 여기까지입니다. 낭만이 가득한 하루를 편지와 함께 해 주셔서 감사합니다. 끝으로, 제가 최근에 읽은 책 속 한 구절을 소개해 드리고 싶은데요."

존 버거의 『A가 X에게』라는 책에서 존 버거가 인용한 문장을 가져온 것이었다. 셰익스피어의 시집 『소네트』 속에 담긴 시, 「소네트 116」의 한 구절을 효영이 또박또박 읽었다.

"사랑은 시간의 어릿광대가 아니기에······ 사랑은 짧은 세월에 변하지 않고 운명이 다할 때까지 견디는 것."

효영은 관중 속에 있는 영광을 단번에 찾아 지그시 바라보았다.

"만일 이것이 틀렸다면, 그렇게 밝혀졌다면 나는 글을 쓰지 않고, 그 누구도 사랑하지 않았을 것을."[3]

---

3) 존 버거, 『A가 X에게』, P.9, 열화당

효영은 영광과의 사이에 쌓인 먼지를 털어 내고, 뿌연 안개와 찬바람도 걷어 내고 싶었다. 효영 또한 영광 옆에서 완벽한 순간을 바라고 있었다고, 효영이 계속 글을 써서 무언가를 이뤄 내면 두 사람이 더 행복할 줄 알았다고 말하고 싶었다.

'너만 날 계속 몰고 간 게 아니라, 나도 날 몰고 갔어. 네가 기댈 수 있을 만큼 내가 곁을 내어 주지 않았어.'

영광이 자신의 아픔을 숨기는 게 사랑이라고 생각하듯, 효영도 자신의 포기를 숨기는 게 사랑이라고 생각했던 것이다.

행사가 끝나고 효영은 글월로 올라와 매대 남아 있던 제품을 다시 철제 선반에 정리했다. 선호는 가족들과 여행을 가느라 먼저 퇴근했고 주혜도 남자 친구와 데이트하러 갔다. 효영이 가방을 싸는 걸 카운터 앞에서 지켜보던 은채가 못마땅한 표정으로 말했다.

"가연 씨? 그분은 괜히 왜 따라온대? 오늘 같은 날에."

편지 낭독을 도와준 영광과 은채에게 밥을 사는 자리였는데 불청객이 찾아왔다는 투였다. 영광이 몇 번 눈치를 주었지만 크리스마스 날 혼자 있기 싫다며 기어코 영광의 옷자락을 붙잡은 것이었다.

차이고 나서는 영광을 잊었나 싶었더니 아직 미련이

남은 건가.

"난 진짜 밥만 얻어먹고 눈치껏 빠져 주려 했단 말이야. 아까 보니까 둘이 할 말이 아주 많은 것 같던데."

"어쩔 수 없지. 오늘은 타이밍이 아닌가 봐."

그때, 도어즈 복도로 구두 굽이 울리는 소리가 났다. 글월 문을 벌컥 연 가연이 가쁜 숨을 내쉬고 말했다.

"효영 씨, 영광이 어머니가 쓰러지셨대요."

아홉,

답장하는 밤

1
―

혜화역에 있는 대학병원이었다. 곧장 응급실로 들어간 영광이 병상에 잠이 든 엄마를 보며 다급했던 마음을 다독였다. 보호자 석에 앉아 있던 상현이 스마트폰을 내려놓고 형을 보았다.

"좀 전에 잠드셨어. 이따가 의사 선생님 오신대."

"갑자기 오느라 고생했다."

"고생은 무슨."

영광이 빈 의자를 가지고 와 침대 옆에 두고 앉았다. 간호사가 심전도 측정기를 달아 놓은 트롤리를 움직이며 복도를 지나갔다. 수액을 걸어 둔 폴대를 잡고 절뚝이며 걷는 환자와 자동문 안으로 들어오자마자 당황한 표정으로 가족과 지인의 이름을 부르는 사람들이 보였다. 응급실 저녁의 어수선함이 이제는 익숙했다.

영광이 두 눈을 감은 엄마의 얼굴을 물끄러미 보다가

말했다.

"케이크도 못 잘랐네. 크리스마스인데."

"아빠 지금 청주야. 바로 올라오고 있어."

상현이 스마트폰으로 아버지의 메시지를 확인하는 동안, 영광은 지방에서 화물차를 몰던 아버지가 허겁지겁 달려오는 모습을 상상했다. 아내가 아프니 하던 일 제쳐 두고 올라와야 하는 것도 당연하지만, 미안한 마음이 들었다. 독서실에서 자격증 공부를 하다가 온 상현이한테도.

"넌 들어가 공부해. 무슨 일 있으면 연락할게."

"뭘 들어가. 같이 있어."

"아버지도 급하게 오시지 말라고 하고."

"형."

상현이 굳은 표정으로 영광을 보았다. 대학에 들어간 지도 2년, 이제 진짜 어엿한 청년의 모습이었다.

"우리는 가족 아냐?"

"그런 뜻 아니야."

"뭐가 그런 뜻이 아닌데."

날이 선 목소리였다. 양쪽 다 놀라고 피곤한 상황에서 오래 묵은 문제가 또 툭 터진 것이었다. 영광이 자기도 모르게 미간을 찌푸리며 고개를 돌렸다. 상현이 흔들리는 목소리를 숨기려 목소리를 낮추었다.

"우리 가족 된 지 10년이 넘었어. 언제까지 미안한 표정 지으면서 사람 기분 뭐 같이 만들 건데."

"야, 박상현."

"그래. 난 박상현이고 형은 차영광이고. 평생 그렇게 살까? 재혼 가정은 뭐, 가족도 아니냐고. 그럼 각자 부모님만 책임지고 살든가. 우린 남남하고!"

영광이 화를 삼키고 고개를 돌렸다.

"그만하자. 지친다."

상현은 충혈된 눈을 깜빡이다가 겉옷을 입었다. 바람을 쐬고 돌아온다고 했다. 혼자 남은 영광이 보호자용 의자를 침대 가까이 끌어당기고 앉았다.

"나 고집 센 건 아빠 닮았지? 엄마가 생각해도 그래?"

영광이 엄마의 마른 손을 양손으로 감쌌다. 이렇게 얇은 피부 아래에도 핏줄이 있다는 게 신기할 정도였다. 거칠어진 엄마의 손을 쓰다듬다 보니 20년 전 아버지를 떠나보낸 날이 떠올랐다. 차가운 안치실에서 염을 하기 전 큰아버지가 영광에게 먼저 인사하라고 하던 날, 아직 죽음이 뭔지 알고 싶지 않았던 어린 영광은 아버지의 차가운 손을 억지로 잡고 쓰다듬었다. 성숙한 아들이라면 그렇게 해야 할 것 같아서, 그래야 엄마가 덜 힘들 것 같아서. 하지만 체온이 휘발된 아버지의 손은 플라스틱 토막 같았다. 이 손에 자기의 머리를 쓰다

듣어주던 온기가 남아 있을 거라고 상상할 수 없었다.

"가지 마. 엄마. 나 아직 다 안 자랐잖아."

엄마의 손이 따뜻했다. 엄마의 체온과 살 냄새가 지금은 영광에게 유일한 위로였다. 새아버지는 무뚝뚝하지만 좋은 분이셨다. 허리가 좋지 않은데도 상태가 조금만 나아지면 부리나케 일하러 갈 만큼 가정에 대한 책임감이 있었다. 동생 상현은 너무 어릴 때 봐서 여전히 열 살짜리 꼬마 같을 때가 많았다. 나이 차가 아홉 살이나 나니 한참 어른 취급을 못 해 준 감이 있었는데, 형에게 도움을 받지 않으려 똑똑하게 자기 할 일을 찾아 나서는 모습이 기특했다. 남들 보기에 부족할 것 없는 가정이었다. 영광은 결국 모든 것이 자기 문제라는 걸 알았다.

상현을 찾으러 응급실을 나선 영광은 병원 입구에 있는 벤치에 잠시 앉았다. 겨울이라 초저녁인데도 하늘이 어두웠다. 병원 입구를 지나는 아이와 엄마가 소곤거리는 소리가 들렸다. 얼른 집에 가서 선물을 뜯어 보자는 아이 엄마의 말에 번뜩 효영 생각이 났다. 오늘은 정말 효영에게 사과하고 싶었다. 웹툰 강의와 원고 작업을 핑계로 몇 번이나 주저하던 자신이 창피했다. 그러면서도 아무렇지 않게 자신을 대하는 효영을 보면 그게 또 상처가 되었다. 뭘 어쩌라는 거냐. 이별 후 냅다 외국으로 도망치는 건 잘만 해 놓고, 왜 제자리로 돌아가겠다는 마음을 먹는 건 이리도 오래 걸리는 거냐.

한심하다는 생각에 귀국하면서 끊었던 담배를 피우고 싶어졌다. 자연스레 길 건너 편의점 간판으로 고개를 돌릴 때였다. 멀리 건널목을 건너 종종걸음으로 달려오는 효영이 보였다.

'뛰지 마. 넘어져.'

영광이 벌떡 일어나 병원 입구로 향했다. 언덕길을 올라온 효영을 마주한 영광이 그녀의 빨간 손을 보며 말했다.

"왜 왔어. 추운데."

"뭐?"

"아니. 미안해. 연락이 없어서 걱정했지?"

"야, 차영광."

효영이 아랫입술을 깨물고 영광을 노려봤다. 코끝이 빨간 건 눈물 때문인지 날씨 때문인지 알 수 없었다.

"내가 지금 사과나 받으려고 여기 온 거 같아?"

"효영아."

"같이 가자고 하든가. 그 말 하기가 그렇게 힘들어? 왜 맨날……."

효영이 눈시울이 붉어진 얼굴로 섭섭함을 토로했다.

영광이 뭐라 입을 열기도 전에, 쌓아 두었던 말이 효영의 입에서 제멋대로 튀어나왔다.

"왜 맨날 나만 노력해. 나만 너 걱정하고, 나만 너 걱정돼서 아무것도 못 묻고."

"같이 온다고 달라지는 거 없잖아. 금방 또 연락하려고 했어."

영광도 효영이 무슨 말을 하는지 다 알아들었지만, 이상하게 무심한 말부터 나왔다. 별것 아니라고 심각해지지 말자고, 자기한테 하는 말로 효영을 억지로 설득하려 했다. 이별할 때와 별다를 것 없는 자기 모습에 한숨이 다 나왔다.

"곁을 내줄 것도 아니면서 왜 날 사랑했니."

효영의 건조한 목소리가 겨울바람처럼 영광의 마음을 에는 것 같았다. 영광은 또 입을 꾹 다물고 시선을 돌리는 것으로 효영의 마음을 답답하게 만들었다.

결국, 주먹을 꼭 쥔 효영이 영광에게 소리쳤다.

"왜 네가 힘들었다는 소리를 다른 여자 입으로 듣게 하냐고. 그것도 가연 씨한테!"

이 얘기를 하겠다고 온 건 아니었는데. 부산에서 가연에게 들었던 영광이 아버지 얘기와 그때 느꼈던 부끄러운 마음이 서운함의 연료가 되어 활활 타올랐다. 집으로 돌아가는 KTX 안에서 효영은 자기가 정말 영광이 기댈 수 있는 연인이었는지 한참 생각했다. 그러다 보면 영광에게 하려고 했던 말은 전부 날아가 버리고 에세이집 표지가 어떠냐느니 같은 중요치 않은 말만 건네게 되는 것이었다.

영광이 황당한 표정으로 효영을 보았다. 이 이야기에 가연이 특별 출연을 할 줄은 몰랐다는 눈치였다.

"갑자기 걔가 왜……. 너한테도 얘기하려 했어."

"언제!"

"부산에서!"

영광도 처음으로 언성을 높였다. 툇마루에 앉아 차를 나눠 마시던 그때, 효영이 자기 이름을 부르자마자 영광은 먼저 진심을 전해야겠다고 마음먹었다. 실제로 그러지는 못했지만 진심이었다.

효영이 붉어진 얼굴로 영광을 보며 말했다.

"갔잖아. 나 두고 갔잖아!"

"해결할 게 있으니까 그런 거잖아."

"그러니까 왜 맨날 혼자 해결하냐고. 네가 그렇게 잘났어? 무슨 히어로 같은 거라도 돼?"

"어! 퇴근하면 시나리오 쓰겠다고 문 닫고 한참 인상 쓰고 있는 너 보면 차라리 내가 혼자서 지구를 구하는 게 낫다 싶었어."

영광은 말하고 나니 서러웠다. 효영을 위해 애쓰던 모

든 것이 잘못되었다고 혼나기만 하는 기분. 그래, 사람은 늘 각자의 관점으로 문제를 바라보니까. 그래도 눈에 보이는 것 말고 그 속에, 내 맘도 좀 봐 주면 안 되나. 내가 뭘 지키고 싶었는지 그것도 같이 봐 주면 안 되나.

바보 같은 마음이라는 걸 알면서도 영광은 자꾸만 징징대고 있었다.

"차영광! 유치하게 굴래?"

"그리고 내가 오빠야. 왜 자꾸 너너 하냐고!"

삿대질만 안 했지 진흙탕 싸움이었다. 늦은 밤 병원을 나서는 방문객들이 효영과 영광을 흘끗 보며 지나갔다. 그리고 어느샌가 나타난 영광의 동생 상현이 헛기침을 쿡쿡대며 둘 사이로 다가왔다.

"저기요. 응급 상황이 아니면 한쪽으로 비켜 주실래요? 여기 응급차 지나는 길이라서."

"어, 미안요."

당황한 효영이 입을 막고 멈춰 섰다. 정신을 차려 보니 두 사람 다 도로 중앙에 서 있었다. 영광이 효영의 팔뚝을 잡고 벤치 쪽으로 끌어당겼다. 효영이 신경질을 부리며 영광의 손을 툭 쳤다. 창피함에 추위도 다 잊었다.

"상현 씨, 미안해요. 어머님 뵈러 왔는데 이런 모습만 보이고."

"아니에요. 엄마 괜찮으시니까 내일이나 일반 병실

올라가면 한 번 와 주세요."

효영이 빨개진 볼을 손등으로 식히며 인사했다.

"그럼 먼저 가 볼게요."

영광이 붙잡지도 못하게 휙 몸을 돌려 언덕을 내려갔다. 가볍게 뛰는 모습이 꼭 러닝을 하는 것 같았다.

"잘 달리네. 동규 씨랑 얼마나 달린 거야."

뒤따르려는 영광의 어깨를 상현이 잡아끌었다.

"지금은 형 무슨 말을 해도 마이너스. 내가 다녀올게."

이윽고 상현이 언덕길을 뛰어 내려가며 한숨을 쉬었다.

"난 예술가랑은 절대 연애 안 하렵니다."

다행히 효영을 따라잡은 상현이 버스 정류장에 효영과 나란히 앉았다. 차가운 바람에 열을 식힌 효영이 상현과 어머니 건강에 대해 짧은 대화를 나눴다. 그러다 상현이 뭐가 생각났다는 듯 스마트폰을 꺼냈다. 최근 들어 연재를 다시 시작한 영광의 웹툰 창을 열었다.

"형 휴재 끝난 거 알아요? 최근까지는 그래도 지각없이 연재 잘 하더라고요."

"그래요? 요즘에는 잘 못 봤어요."

상현이 화면 가득 들어찬 연정의 미소 띤 얼굴을 보고 말했다.

"형이 그러더라고요. 연정이 캐릭터는 효영 누나를 만나기 전에 나온 거지만 보면 볼수록 둘이 닮았다고요."

"그래요? 난 그렇게 긍정적인 사람은 못 되는데."

"이거 효영 누나 얘기죠? 부산에 있었던 일요."

상현이 최근 회차를 누르고 효영에게 스마트폰을 건넸다. 부산 적산가옥에서의 전시 프로젝트가, 연정의 남자 친구 호진이 회사에서 브랜드 홍보를 위해 전시장을 물색하는 에피소드로 각색되어 있었다. 이런저런 다툼으로 사이가 서먹해진 연정과 호진이 부산으로 1박 2일 출장을 가게 된 내용이었다. 하필 왜 지금 출장인가. 연정은 의아했지만 호진은 알고 있었다. 사내 연애가 들통난 뒤, 둘의 관계가 틀어졌다는 걸 눈치챈 부장이 두 사람을 다시 이어 주려고 콕 집어 부산까지 함께 출장을 보낸 거라고.

"반응이 좋아요. 마지막 장면 때문에요."

상현의 말에 효영이 계속해서 스크롤을 내렸다. 일정 내내 살얼음판 걷던 분위기가 끝나고, KTX를 타고 집으로 돌아가는 길이었다. 연정이 화장실에 가려고 자리를 비운 틈에 호진이 새벽에 쓴 편지를 그녀의 가방에 넣는 장면이 나왔다. 그런데 다음 컷에서는 집에 도착한 연정이 가방에 담긴 빨랫감을 그대로 집어 드럼 세탁기에 담는 것이었다.

"어머."

탄식을 뱉은 효영이 스크롤을 더 내리려고 했지만 그게 엔딩 컷이었다. 독자들이 '빨리 다음 편! 다음 편!'이라며 댓글 창에 다급한 마음을 줄줄이 적었다.

"이거 진짜예요? 형이 보낸 편지를 세탁기에 넣은 거요."

"아뇨. 현실은 아니에요. 저한테 쓴 편지도 없을 텐……."

효영은 순간 적산가옥에서 편지를 쓰던 영광을 떠올렸다. 가연에게 보내는 편지라고 생각했는데 혹시…….

그때 효영이 기다리던 버스가 도착했다. 버스에 오르는 효영의 등 뒤로 상현이 한마디 보탰다.

"형 너무 미워하지 마요. 제가 책임지고 정신 차리게 할게요."

싱긋 웃은 효영이 버스 창가에서 상현에게 손을 흔들었다. 영광이 걱정하는 것보다 상현은 훨씬 어른스러운 동생이었다. 그러니까 가끔은 동생한테 의지해도 되잖아. 이 말을 꼭 해 주고 싶었다.

2

 효영은 집에 오자마자 세탁기 속에 넣은 빨랫감을 꺼냈다. 세탁기가 우체통도 아니고, 당연히 영광이 보낸 편지가 들어 있을 리 없지만 카디건과 청바지 주머니를 괜히 뒤집어 보았다. 그러다 세탁기 안에 넣은 가방 속에서 영광이 기차에서 메모지 뒤에 그려 준 수채화를 찾았다. 까딱하다가 가방 안주머니에 넣은 수채화를 잊고 통째로 세탁을 할 뻔했다.

 효영을 바라보던 따뜻한 시선이 담긴 그림을 보다 보니, 어느 날 영광과 함께 동기들의 전시를 보고 온 날이 떠올랐다.

 "후회 안 해? 회화과 나와서 그림 관둔 거."
 "솔직히 처음에는 그랬지. 대학원까지 가서 자기 전시도 열고, 큐레이터들 샤라웃 받는 동기 보면 부러웠고."

"넌 뭘 했어도 잘했을 거야. 늘 네가 좋아하는 일에 진심이잖아."

효영의 말에 영광이 그녀를 빤히 보다가 짧게 입을 맞추었다. 효영은 곧장 양손으로 영광의 뺨을 붙잡고 부드럽게 키스했다. 효영의 원룸. 둘은 차가운 마룻바닥에 온기가 차오를 때까지 한참 누워 있었다. 창을 넘어 들어온 햇살이 점점 가늘어지다, 먹구름에 가려 아스라이 사라질 때까지.

"효영아."

"응?"

"넌 네가 좋아하는 일 끝까지 해. 그래도 돼."

"뭐야. 나 열심히 하기 싫어. 너무 좋아하면 너무 아프게 돼."

바닥에 뒤통수를 대고 누운 효영과 영광이 고개를 돌려 서로를 바라보았다. 영광의 얼굴 위로 그림자가 졌다. 까만 눈을 끔뻑이며 영광이 웃었다.

"꼭 잘할 필요는 없고, 그냥…… 놓아 줄 힘이 날 때까지 달려 보라고."

영광의 눈에 그날의 나는 여전히 사랑스러워 보였을까. 효영은 물감이 마른 메모지를 손끝으로 조심스레 쓸었다. 다시는 돌아오지 않을 건조한 시간을 쓰다듬다 보니 마음이 울컥했다.

똑똑.

그때, 누군가가 현관문을 두드렸다. 세탁기 문을 닫고 고개를 돌리자 이번엔 초인종이 울렸다. 옆집에 사는 또래 여자였다.

"안녕하세요. 여기 택배가 저희 집으로 잘못 배달되어서요."

여자가 내민 것은 포장 봉투로 쌓인 글월의 택배였다. '받는 사람'에 우효영 이름 석 자가 적힌 그녀의 택배.

감사 인사를 전하고 문을 닫자마자 효영은 현관문에 그대로 서서 봉투를 맨손으로 뜯었다. 적산가옥에서 진행한 '가을에 쓰고 크리스마스에 받는 편지'였다.

농담처럼 도착한 편지를 보며 효영이 미소를 지었다.

효영에게.

잠깐 너를 혼자 두고 와서 쓰는 편지라
길게 쓰지는 못할 거야.

몇 번이고 내 잘못을 떠올리고
몇 번이나 널 보러 가고 싶었는데,

널 아프게 하지 않을 만큼
내가 괜찮은 사람이 되었는지
확신할 수가 없었어.

효영아, 네가 꿈을 쫓을 때도
그러다 잠시 쉬고 있을 때도
내 눈에는 늘 네가 반짝였어.

언제든 힘들 때 나한테 연락해 줘.
네가 뒷걸음질 치다가 밟은 그림자가
나였으면 좋겠다.

우리 너무 오래 헤어져 있지는 말자.

영광이가.

 어디야. 아직 병원이야? 집에 갔어? 연희동이면 그냥 거기서 기다려. 효영은 영광과 짧은 메시지를 주고받은 뒤 곧바로 택시에 올랐다. 성수에서 연희동까지, 서울의 북쪽 길을 부지런히 달리면 30분이 조금 넘는 거리였다. 새벽이라 차가 막히지 않아 다행이었다.

하필이면 왜 이 편지가 잘못 배달되었는지, 그리고 왜 오늘에서야 다시 효영에게 도착했는지 알 수 없었다. 효영은 <센과 치히로의 모험>에 나오는 가마 할아범처럼 수십 개의 팔을 가진 우체부가 잠시 장난기가 돈 모양이라고 상상하기로 했다. 아니면 수백 통의 편지를 번개처럼 분류하던 우체부가 '이 편지는 정확한 때에 도착해야 한다'라는 편지 신의 계시를 받고 도착을 지연시켰는지도.

인간의 손을 타는 일은 가끔 이렇게 모호하고도 엉뚱한 순간을 만들었다. '실수'라고 쓰고 '기적'이라고 읽고 싶은 순간 말이다.

뒷좌석에 앉은 효영은 스마트폰 앱으로 지도를 켜고 예상 도착 시간을 검색했다. 새로 고침을 몇 번이나 눌러 도착 시간이 줄어드는 걸 살피다가, 문득 슬리퍼를 신고 나온 걸 깨달았다. 효영이 슬리퍼 속 발가락을 꼼지락거리며 조용히 웃었다.

'이거 봐, 넌 날 이렇게 초라하게 만든다니까.'

"효영아."

연화아파트 5층. 문이 열리자마자 따스함이 느껴졌다. 효영이 온다는 말에 영광이 곧바로 보일러부터 올려놓은 것이었다.

"차영광."

연희동 글월에서 한창 한낮의 따사로운 햇살을 만끽하던 날, 고개를 돌리면 보이는 베란다에서 영광을 본 날이 있다. 한창 서로의 마음속에 간질간질한 새싹이 돋던 때였다. 몽당연필 끝을 입에 물고 베란다에 나와 한참을 서 있는 영광의 모습을, 효영은 자기가 그림만 그릴 줄 안다면 몇 장이고 그리고 싶었다. 글월에 와서 자기 웹툰을 사랑해 주는 팬을 위해 성심성의껏 편지를 썼을 때도, 한겨울에 대뜸 가게에 들어와 카운터 위에 우롱차 한 잔을 무심하게 놓고 가던 때도.

그 귀엽고 속 깊은 남자가 현관문을 열고 효영을 마주 보고 있었다. 이렇게 올 줄 몰랐지만 이렇게 와 주길 바랐다는 듯이.

"이게 내 답장이야."

효영이 눈을 질끈 감고 영광의 품에 안겼다. 너무 오래 헤어져 있지 않으려 한달음에 달려온 것이다. 영광의 가슴에 얼굴을 묻자 그의 니트에서 포근한 섬유유연제 향이 났다. 맞닿은 가슴 사이에서 금세 온기가 피어올랐다. 영광은 찬바람을 맞은 효영의 머리칼을 부드럽게 쓸어내렸다.

"춥지 않았어?"

"응."

현관 조명이 두 사람에게 핀 조명을 내려 주면서 아직 이 영화가 끝나지 않았음을 알렸다. 우리가 알고 있는 결말은 언제든 다시 쓰일 수 있다는 걸, 펜을 놓지 않는 이상 결말은 다시 발단이 되고 발단은 다시 전개가 되어 사랑을 끝낼 필요가 없다는 걸 보여 주었다.

영광이 긴 팔을 뻗어 현관문을 닫았다. 도어락이 닫히는 알람이 지나가고 적막이 오자, 효영이 울렁이는 마음을 진정시키고 말했다.

"영광아. 네가 맘껏 사랑해도 될 만큼 나는 강해."

영광의 눈에서 떨어진 눈물이 효영의 소매를 적셨다. 효영이 손끝으로 영광의 뺨을 닦자, 영광이 곧바로 효영의 이마에 입을 맞추었다. 차가운 입술이 효영의 코끝을 지나 입술에 닿았다. 머리 위를 비추던 조명이 꺼지고 어둠 속에서 두 사람의 작은 숨소리만 들렸다. 영광이 효영을 안고 그녀의 귓가에 속삭였다.

"나도 그래."

영광은 곧장 효영의 허리를 양팔로 들어 올렸다. 효영의 슬리퍼가 한 짝씩 벗겨지면서 현관 바닥을 데구루루 굴렀다.

다음 날 침대에서 눈을 뜬 효영이 협탁을 향해 몸을 돌렸다. 침실 등 아래에 고요히 앉은 고래 문진이 따뜻했던 어제의 밤을 머금은 듯 새카맣게 빛났다. 효영은 손을 뻗어 고래 문진의 반들반들한 등을 쓰다듬었다. 반쯤 열린 안방의 문밖으로 영광이 수프를 끓이는 모습이 보였다.

"춥지 않지? 밤새 보일러 온도 더 올려놨어."

"나 때문에 덥게 잔 거 아냐?"

피식 웃은 효영이 이불 밖으로 나와 의자에 걸어 둔 가운을 입었다. 어느새 부엌 식탁에 김이 모락모락 나는 포테이토 수프와 부시맨 빵 두 덩이가 올라왔다. 시간은 8시 30분. 새벽에야 만난 것 치고는 일찍 일어난 편이었다.

"어머니 깨어나셨대. 오후에 일반 병실로 옮기실 거고."

"다행이다. 상현 씨가 같이 있는 거야?"

"아니. 아버지가."

영광이 부시맨 빵을 반으로 뚝 잘라 효영의 접시에 놓아 주었다. 효영이 수프에 적신 빵을 입에 넣고 우물거리다가 말했다.

"근데, 나한테 편지 쓴 거는 왜 얘기 안 한 거야? 이쯤이면 도착할 거 알았잖아."

"편지 쓸 때 가연이가 옆에 찰싹 붙어 있어서 비밀로 했어. 얼마나 옆에서 구시렁댈지 아니까. 쓰고 난 다음에는 동규 씨 때문에 마음이 심란해서 또 비밀로 했고."

적산가옥에서 쓴 편지는 주혜가 담당하기 때문에 효영도 모르고 있던 차였다. 주혜는 서프라이즈라도 하고 싶었는지 일부러 효영에게 영광이 편지를 썼다는 걸 말하지 않은 모양이었다.

"마음이 왜 심란해."

"요리 잘하는 남자 매력 있지 않아? 효영이 너 먹는 거 좋아하니까 단번에 뺏기려나 했지."

"이게! 장난해?"

효영이 빵 가루가 묻은 손으로 영광의 볼을 꼬집었다. 영광이 뺨에 묻은 빵 가루를 털어 내며 웃었다.

"솔직히 말해 봐. 너 나한테 반말하려고 나랑 사귀는 거지? 오빠라 부르기 싫어서."

"그래! 유치한 남자한테 오빠라 부르는 거 극혐이야!"

영광이 눈을 게슴츠레 뜨고 효영을 보았다.

"넌 그럼 유치한 남자랑 또 하룻밤을 보낸 거야? 뜨거운 방에서?"

효영이 미지근한 차를 한 모금 마시고 말했다.

"덥네. 더워. 찬물 없어?"

효영은 영광이 꺼내 준 찬물을 한 모금 마시고 베란다 창을 바라보았다. 연희동 글월은 아직 영업 전이었다. 창가 한쪽에 불이 꺼진 크리스마스트리가 조용히 서 있는 게 보였다.

"아. 오늘은 연희점에서 근무하고 싶다."

"주혜 씨랑 바꾸면 안 되겠지?"

"지금 시간에 바꿔 달라고 하면 비매너."

영광이 눈웃음을 치며 고개를 끄덕였다.

"그건 그러네. 밥 다 먹으면 성수로 데려다줄게."

효영이 손에 묻은 빵 부스러기를 털고 기지개를 켰다. 팔을 쭉쭉 늘리자 마지막 남은 잠기운이 뽑혀 나가는 것 같았다. 그리고 그동안 잊고 있던 것이 떠올랐다.

"어! 마감!"

황은미 편집자와 논의한 원고 제출 마감일이 일주일 앞으로 다가왔다. 글월 이벤트와 여러 가지 일들로 그동안 편지 쓰는 일을 소홀히 한 벌을 받아야 할 시간이었다. 울상인 효영의 얼굴 앞에서 영광도 눈꼬리를 늘어뜨렸다.

"갑자기 마감 얘기하지 마, 효영아. 나도 놀랐잖아."

"맞다. 웹툰 연재 중이지? 세이브 원고 있어?"

"아니. 나도 큰일이야."

멍한 얼굴로 효영과 영광이 서로를 마주 보았다. 그리고 몇 초 뒤, 효영이 웃음을 터뜨렸다.

"지금 우리가 한가하게 아침 먹을 때가 아닌 거지?"

"응. 빨리 이 닦고 옷 입어. 나가자."

입가에 미소를 머금은 영광이 효영의 입가에 묻은 빵

부스러기를 손바닥으로 털어 주었다.

 영광의 SUV를 타고 성수동으로 향했다. 한 해가 또 저물어가고 있었다. 가을보다 오동통해진 비둘기들이 전봇대 주위를 서성였다. 군밤 모자를 쓴 아저씨가 자전거를 몰고 영광의 차 옆을 지나갔다. 공구 상자에 색색의 락카를 가득 채운 백인 남자가 벽돌 돌담에 시베리안 허스키를 그리는 모습도 보였다. 효영은 문득 성수를 채우고 있는 평화로운 풍경이, 그 어느 것도 영원하지 않다는 걸 깨달았다. 그리고 불가능한 영원 때문에 눈앞에 보이는 모든 것이 아름다워 보일 수밖에 없다는 것도.
 곧이어 영광의 차가 골목길 안으로 들어섰다. 영광이 차를 서행하며 물었다.
 "마감은 지킬 수 있어?"
 "응. 사실 써야 할 편지가 몇 통 안 남았어."
 "부럽네. 난 콘티부터 다시 해야 하는데."
 그때 효영이 뭔가 생각났다는 듯 양손을 맞댔다.
 "맞다. 내가 연필 모아 둔 필통 안 줬지?"
 영광이 LCDC 앞에 차를 세우자 효영이 그의 손을 붙잡고 말했다.
 "여기서 잠깐만 기다려."

그리고 중정을 지나 1층 엘리베이터까지 숨도 쉬지 않고 달렸다. 슬리퍼를 신고도 속도가 굉장했다. 저렇게 빨리 뛸 필요는 없지 않나. 영광이 괜히 못마땅한 표정으로 입술을 삐죽였다가, 날이 풀리면 효영과 같이 러닝을 해야겠다고 마음먹었다.

잠시 뒤 영광에게 돌아온 효영이 조수석 창문을 통해 필통을 건넸다.

"조심히 들어가고, 어머님 소식 계속 알려 줘."

"그럴게."

"그리고 주말에 어머님 병문안 가도 돼?"

효영이 고개를 숙여 영광과 눈을 마주쳤다. 영광이 효영을 빤히 보다가 입꼬리를 올렸다.

"그래. 같이 가자."

3

 어느새 또 금요일 아침이 찾아왔다. 창문을 열고 바닥을 쓸고 하루 사이 편지지와 필기구, 책상과 책장에 쌓인 먼지를 털어 냈다. 편지 가게에 온 지도 4년이 다 되어가고 있었다. 그동안 이곳에서 몇 통의 편지가 새로운 인연을 만나고 헤어졌을지를 생각하면 아득한 기쁨과 슬픔이 동시에 느껴졌다. 이 모든 만남과 헤어짐이 낱장씩 쌓여 가는 한 사람의 일상이고 인생이었다. 모든 것이 그대로여야만 한다는 집착은 오늘을 바라보는 눈을 흐리게 만들었다. 계절을 만끽하고, 손을 뻗으면 닿는 자리에 있는 사람들에게 사랑을 건네야 했다. 시간이 지나도 오늘을 후회하지 않고 추억할 수 있도록.

 효영은 언제나처럼 펜팔 장에서 수신자를 기다리고 있는 편지들을 바라보았다. 편지를 꺼내기 편하도록 너무 높은 곳에 놓인 편지를 아래쪽으로 옮겨 주었다.

오픈 준비를 끝내고 글월의 플레이리스트를 틀자 선호에게서 전화가 왔다.

─신년 카드 오늘 낮에 배송될 거야. 디피 좀 신경 써주고.

"알겠습니다, 사장님. 신년 달력도 좀 더 꺼내 둘게요."

─그리고 연말에는 다 쉬기로 한 거 알지? 주혜가 휴일 공지 올린대.

"네. 그 김에 원고도 끝내야겠어요."

─맞다. 에세이. 야, 나 엄청 기대하고 있다?

선호가 책이 나오면 북 토크는 꼭 LCDC에서 하게 해주겠다며 호언장담을 했다.

─이페메라 카페도 괜찮고, C동에도 팝업 공간이 있으니까 거기 빌려도 되고. 내가 또 여기저기 다 호형호제하는 사이 아니냐.

"아직 책도 안 나왔는데 그런 소리 마세요."

─효영아.

선호가 사뭇 진지한 목소리로 말을 이었다.

─네가 계속 뭐라도 써서 다행이다.

"뭐야, 갑자기."

글월에서 1년을 보내자, 선호가 효영에게 정규직을 제안하면서 이런 말을 했다. 남의 말을 전부 들어주려는 효영 같은 성격은 영화감독을 하기에는 어려울 수 있다고. 하지만 선호는 효영의 글이 좋다고 했다. 시나리오 작가로 방향을 틀어 도전해 보라는 조언도 했다. 효영은 아직 그 말이 영화를 놓지 않아도 된다는 말 같아 달콤했다. 어제와 오늘과 내일이 크게 달라지지 않을 거라는 안도감도 느껴졌고.

—다 괜찮은 거지?

"선호 선배."

효영이 스마트폰을 귀에 댄 채로 고개를 돌렸다. 새해가 다가오는 성수의 말간 풍경이 창문에 걸려 있었다. 볼펜으로 죽죽 그어 놓은 듯한 전깃줄과 회색 전봇대, 웃고 떠들며 골목과 골목 사이를 여행하는 사람들. 마치 효영이 언젠가 찍고 싶던 영화 속 한 장면처럼 모든 것이 서로의 안녕을 빌고 있는 것 같았다.

"시간이 필요한 거였어."

—뭐?

선호가 의아한 목소리로 물었다.

"뭔가 실패하면 그동안은 다 내 잘못인 줄 알았어. 내가 열심히 하지 않아서, 악착같이 달려들지 않아서. 그런데…… 시간도 재료였어. 시간이라는 재료를 무시하고 무작정 내 탓만 하고 있었어."

—효영아…….

한때 언니와 멀어졌던 것도, 영광과 마음이 어긋났던 것도, 시나리오가 잘 풀리지 않았던 것도 전부. 다시 제자리를 찾거나 힘을 얻어 일어설 때까지 나를 기다려주는 시간이 필요했던 거다.

효영은 이제 알았다. 가슴이 뻐근할 만큼 거대한 기쁨이 내면에서 터져 나왔다.

―다행이다.

선호의 말에 효영이 천천히 눈을 감았다가 떴다. 여기까지가 전부 일상이었다.

퇴근 시간이 다가올 때쯤, 효영은 마지막 원고를 마무리했다. 도착할 리는 없지만, 평소 꼭 보내고 싶은 이에게 쓰는 편지였다.

TO. 고레에다 히로카즈

안녕하세요, 감독님.
저는 한국에 살고 있는 우효영입니다.

언젠가 한 번은 감독님께 편지를 쓰고 싶었어요.
〈원더풀 라이프〉라는 작품을 보고

영화감독의 꿈을 꿨거든요.

감독님의 영화를 보고 있으면 뭐랄까.

카메라가 사람을 찍고 있는 게 아니라

사람의 눈이 다른 사람을 들여다보는 느낌이 들어요.

그런 눈을 가지고 싶었던 것 같아요.

타인의 기쁨과 슬픔을 여과 없이 관찰할 수 있는 눈이요.

고등학교 3학년 때요,

영화 용어를 배우겠다고 이론 책을 한 권 샀어요.

풀 샷이나 니 샷, 마스터 샷의 개념을 읽다가

기억나는 설명이 하나 있었어요.

모든 샷은 인간의 시선과 같지만,

그중에 줌 인(Zoom in)과 줌 아웃(Zoom out)은

인간의 눈으로는 불가능한,

카메라만이 할 수 있는 기법이라고요.

사람의 마음을 들여다보는 일도 똑같은 것 같아요.

인간의 시선으로는 한계가 있어서,

인간의 시선은 카메라가 아니라서,

더 자세히 보려면 결국 물리적으로

더 가까이 다가갈 수밖에 없다는 거요.

그것만이 인간이 인간을 이해하기 위해

할 수 있는 최선의 방법이라는 게,

어떨 땐 웃음이 나올 만큼 귀엽게 느껴져요.

그냥 영화 덕에, 제 20대가 무척이나 행복했다고.

이 말을 누군가에게는 해 보고 싶었어요.

영화제에서 하루에 네 편씩 영화를 보다가

머리가 어질어질해진 날도,

영화광들끼리 술을 부어라 마셔라

어떤 영화가 최고의 영화인지 언성을 높이던 날도,

친구의 작은 성공에 질투와 열등감을 느끼면서도

금방 따라잡을 수 있을 거란 오만함으로

비릿한 웃음을 짓던 날도,

이제 다 지나갔네요.

너무 이른 포기도 아니고

너무 쉬운 체념도 아니고

그냥 인생의 산책길이 바뀌었다고 생각할래요.

영화를 하고 싶었던 이유가 타인의 기쁨과 슬픔을
여과 없이 관찰할 수 있는 눈을 갖고 싶었던 거라면,
그 마음은 여전히 유효하니까요.

그동안 감사했습니다, 감독님.
각자가 믿고 사는 세상이 안녕하길 바라며,
이만 편지를 줄이겠습니다.

FROM. 효영

"우와. 진짜 끝났어."

효영은 홀가분한 마음으로 기지개를 켜고 한글 파일 창을 닫았다. 편집자에게 원고 메일을 보내고 난 뒤 슬링 백에 러닝화를 챙겼다. 편지 가게를 나오자 차갑게 식은 하늘이 보였다. 효영이 찬바람에 날리는 머리칼을 정리하며 미소를 지었다. 동규를 만나러 가는 길이었다.

"오랜만에 뛰니까 숨차네."
"그래? 속도 늦출까?"

동규가 달리는 속도를 늦추어 효영 옆으로 다가왔다. 그러고는 말없이 30분을 내내 달렸다. 오늘도 서울숲을 가로지르는 중이었다. 인도 양옆으로 녹지 않은 눈이 듬성듬성 보였다.

"나 원고 끝냈어."

"축하해. 마음에 들어?"

"모르겠어. 근데 내가 마지막으로 누구한테 편지를 썼는지 알아?"

"누군데?"

"히로카즈 감독."

동규가 효영을 돌아보며 맑게 웃었다. 학창 시절 효영이 고레에다 히로카즈를 거의 신처럼 모셨다는 건 이미 알고 있었다.

"뭐라 그랬어. 왜 영화에 빠지게 만든 거냐고 막 원망을 쏟고 그랬어?"

"아니. 이제 잘 끝냈다고. 그동안 고마웠다고 했지."

동규는 그 말이 꼭 자기에게 하는 말 같았다. 가볍게 뛰던 발걸음이 점점 더 느려졌다. 동규도 이제 숨이 차는 것 같았다. 효영은 그만 앉아서 쉬자며 벤치를 향해 걸었다.

"영광 씨랑 다시 사귀기로 한 거야?"

"응. 며칠 됐어."

"바로 메시지로 얘기 안 한 건 나에 대한 배려고?"

효영이 희미하게 웃으며 고개를 끄덕였다. 동규가 허공을 향해 긴 숨을 마셨다. 폐 속으로 차가운 공기가 가득 찼다가 날숨과 함께 몽땅 빠져나갔다. 동규가 양손을 쥐었다 펴며 붙잡을 수 없는 걸 붙잡지 말자고 다짐했다. 이를테면 이미 지나간 시간과 떠나간 마음.

"잘됐네."

"미안해. 너무 늦게 연락해서."

동규가 조용히 고개를 저으며 일어섰다. 그러고는 효영과 함께 산책길을 천천히 걸었다. 새해를 기다리는 아이들이 까르르 웃으며 잔디밭에서 연을 날리고 있었다. 독수리 모양의 연을 붙잡은 연줄이 하늘로 올라가겠다는 마음과 하늘로 사라져 버리지 않으려는 마음 사이에서 팽팽하게 당겨졌다.

"효영아, 나 말이야. 예전에 영화 평론을 쓸 때, 글은 잘 쓰는 사람이 계속 쓴다고 생각했거든?"

효영이 연을 올려다보고 있는 동규를 향해 고개를 돌렸다.

"그런데, 요즘에는 사랑의 크기가 큰 사람이 계속 글을 쓰는 것 같아."

널 지켜보는 동안 그런 생각이 들었다고, 동규가 덧붙였다. 효영은 눈이 시린 사람처럼 손바닥으로 양쪽 눈을 비볐다. 그때 동규가 효영을 보며 환하게 웃었다.
"그동안 고마웠어. 짧지만 즐거운 기억이었다."
"뭐야, 오빠. 어디 가?"
동규가 피식 웃었다.
"잠깐 여행? 다음 주에 친척 사는 삿포로에 좀 다녀올 거야. 일주일 정도."
"아, 깜짝 놀랐잖아."
효영이 동규를 장난치듯 밀어냈다. 그러고는 주머니에서 편지 한 통을 꺼내 건넸다.
"신년인사……는 아니고, 한 해의 마무리 인사랄까?"
"답장은 못 할 것 같은데?"
동규가 검지와 엄지로 편지봉투 모서리를 잡으며 말했다.
"괜찮아. 그냥 주고 싶었어."
서울숲을 나오는 길, 효영과 동규의 그림자가 겹치다가 떨어지기를 반복했다. 이제 각자의 자리로 돌아가야 할 시간이었다.

4

영광의 어머니를 만나러 병원에 도착했다. 5인실 창가에 담요를 덮은 그의 어머니가 고개를 돌렸다. 핏기가 없는 뽀얀 얼굴이었지만 평온해 보였다. 영광의 어머니가 하얗고 주름진 손을 들어 인사했다.

"어서 와. 다 할머니들이라 이 시간이면 낮잠을 자."

영광이 침대 커튼을 치고 보호자용 침대에 효영을 앉혔다. 효영이 방울토마토를 한 바구니 꺼냈다. 효영의 어머니가 아침 일찍 일어나 깨끗이 씻어다 준 방울토마토였다. 영광의 어머니가 침대 발치에서 식탁을 당겨 올리자, 영광이 일회용 접시를 꺼내 위에 올리고 방울토마토를 덜었다.

"씻어 온 거라 바로 드셔도 돼요."

"고마워. 그동안 더 예뻐졌네?"

영광이 방울토마토 꼭지를 따서 어머니에게 하나, 효

영에게 하나 건넸다.

"아버지는?"

"옥상 정원 산책. 금방 내려올 거야."

영광과 효영을 돌아보다가 어머니가 방울토마토를 입에 넣었다. 신맛이 입안에 돌자 표정에 생기가 돌았다. 왜 그동안 찾아오지 않았는지 물을 필요는 없었다. 영광의 어머니가 손을 뻗어 효영의 손을 잡았다. 작고 마른 손이지만 힘이 느껴졌다.

"효영이 일하는 가게에 한번 가고 싶었는데. 나도 젊었을 적에 편지를 참 많이 썼거든."

"언제든요. 요즘은 펜팔 서비스도 다 온라인으로 가능하니까, 해 보고 싶으시면 편지지 가져올게요. 아님 영광 오빠 통해서 편지지 보내드려도 되고요."

영광이 방울토마토를 입에 넣고 웅얼댔다.

"엄마 앞에서만 오빠래. 평소에는 이름만 부르면서."

효영이 민망하다는 듯 영광을 흘겨보았다. 영광이 피식 웃으며 일어났다.

"아버지 좀 찾아서 올게. 금방 갈 건데 효영이랑 인사는 하셔야지."

영광이 병실을 나서고 얼마 뒤 창가에 눈이 내렸다. 효영과 영광의 어머니가 창밖 풍경을 감상하며 방울토마토를 하나씩 입에 넣었다. 입안에서 톡톡 터지는 소리가 났다. 효영이 영광의 어머니를 보며 말했다.

"조금 시끄러울까요?"

"괜찮아. 다들 밤잠이 얕아서 낮에는 오히려 깊게 자거든."

효영이 고개를 끄덕이며 작게 웃었다. 곧이어 영광의 어머니가 서랍을 열더니 연보라색의 편지봉투를 꺼냈다.

"이게 뭐예요?"

"효영이한테 쓰는 편지. 한 번은 꼭 전해 주고 싶었어."

아무 날이 아니어도, 특별할 것이 없어도 어른들은 마음을 전하고 싶을 때가 있는 거라고 했다. 수십 년을 살다 보면 밥을 짓다가도, 빨래를 개다가도 문득 떠오르는 얼굴이 있다고, 갑자기 그런 생각이 나는 건 필시 다 하지 못한 말이 남아 있기 때문이라고 했다.

"영광이한테는 비밀. 혼자 읽어."

"그럴게요. 비밀."

영광의 어머니가 효영의 손등을 부드럽게 쓰다듬었다. 효영은 문득 딸 있는 집을 부러워하는 친구가 한 트럭이라는 엄마의 말을 떠올렸다. 영광보다야 동생 상현이 살가운 편이기는 했지만, 영광의 어머니 역시 딸의 손을 붙잡고 데이트를 하는 여자를 부러워할지도 몰랐다.

"퇴원하시면 글월에 놀러 오세요. 성수 오시면 제가 맛있는 밥 사 드릴게요."

"어머, 너무 좋지. 눈 녹고 봄이 오면. 꼭 가자, 꼭."

그때 병실로 영광과 영광의 새아버지가 들어왔다.

"무슨 얘기를 그렇게 했어?"

효영이 영광의 새아버지를 보자마자 허리 숙여 인사했다. 실제로 보는 건 처음이었다. 백발에 캡 모자를 쓴 새아버지는 수줍은 얼굴로 고개를 꾸벅이더니 뒤로 물러섰다. 작은 목소리로 조금 있으면 회진 시간이라는 걸 알렸다. 영광이 이제 그만 가 봐야겠다고 말했다. 영광의 어머니가 효영의 손을 붙잡고 잘 가라고 싱긋 웃었다.

병원을 나서는 길에 효영은 주머니 속에 넣은 영광의 어머니가 주신 편지를 만지작거리며 걸었다. 영광은 모르는 비밀을 공유한 기분에 미소가 지어졌다.

"뭐가 그렇게 기분이 좋아?"

"난 마감 끝났고 넌 아니니까. 당연히 나만 기분이 좋지."

"치."

효영이 멈춰 서서 영광의 코트 안으로 팔을 집어넣었다. 그러고는 영광의 허리를 꼭 껴안고 고개를 들었다. 영광이 주위를 보며 당황한 표정을 짓다가 피식 웃었다. 효영이 영광의 뺨에 짧게 뽀뽀하고 말했다.

"나 여기서 바람 좀 쐬고 있을게, 차 좀 가져다 주세요."

"네. 벤치에 물 있는지 확인하고 앉아 있어. 어제 내린 눈이 녹았을지도 몰라."

효영은 영광이 지하 주차장으로 내려가는 걸 보고 곧바로 벤치에 앉아 편지봉투부터 꺼냈다. 다시 보니 연보라색 봉투 한쪽에 '다시 봐서 기쁘다'라는 문구가 적혀 있었다.

효영에게

겨우살이 차를 끓이다가 그냥 네 생각이 났어.
효영이 네가 나 마시라고 몸에 좋은 차를
잔뜩 보내 준 적이 있잖아.
(아줌마는 다 안다. 그때 둘이 헤어진 거 맞지?)

편지 가게의 예쁜 점원인 우리 효영이한테,
나도 언젠가 편지 한 통 보내고 싶었는데
좀처럼 기회를 얻지 못했네.

중학교 때 교내 사생 대회에서
금상을 탔다고 신나서 돌아온 영광이가 떠오른다.
그때 문화상품권 5만 원을 타와서는,

며칠 뒤에 그걸 돈으로 바꿔다가 내 선물을 사 줬거든.

엄청 촌스러운 디자인의 분홍색 가죽 지갑이었어.
근데 그걸 받으니까 딱 알겠더라.
영광이 얘가 내가 자길 두고 도망칠 줄 알고 걱정한 거구나.

내가 삶에 지쳐서 제가 낳은 아들도 버리고
혼자 사라져 버릴 거라고 겁을 먹었던 거구나.

그래서 선물 하나 줘여 주고 이렇게 말한 거겠지
"엄마, 제가 잘할게요. 나 두고 가지 마요."

난 내가 우리 아들 꿈을 뺏은 듯싶었다.
영광이야 물론 웹툰 작가니 뭐니 해서
주목도 받고 남부럽지 않게 살고 있다만,

내가 그때 나약한 모습을 보이지만 않았더라면
영광이가 또 어떻게 살아갔을지 모르겠네.

그래도 이거 하나는 확실하지
영광이가 또 다른 길로 향한 덕에,
효영이 같은 어여쁜 애인을 만났다는 거.

인생 참 재미있어.
뜨거운 차가 점점 식을수록 다른 맛을 내듯,
나이를 먹을수록 사는 맛이 달라져.

난 너희가 지지고 볶고 살면서,
계절마다 변하는 마음을 잘 감싸고 살았으면 싶다.

부담 주는 거 아니야.
영광이 저 녀석, 또 효영이 네 속 썩이면
그땐 뒤도 돌아보지 말고 콱 차 버리렴. ^^

같이 있어도 외로운 게 사람 인생이지만,
그래도 내 마음 발뒤꿈치라도 알아주는 사람이랑 있으면 좀 낫지.
안 그래?

새해 복 많이 받고,
우리 또 보자.

영광이 엄마 성현숙이

눈시울이 뜨거워지자마자 편지를 접어 봉투에 넣었다. 곧이어 주차장을 나온 영광의 SUV가 효영 앞에 멈춰 섰다. 시치미를 뚝 떼고 조수석에 앉으니 영광이 효영의 옆모습을 슬쩍 돌아보았다.

"감기야? 계속 쿵쿵대네."

"응. 추워. 집에 갈래."

영광의 옆에서 까무룩 잠이 들었다. 효영은 세탁기 속에 꽉 찬 편지들이 빙글빙글 돌아가는 모습을 보는 꿈을 꿨다. 꿈속에서 두 사람은 영광이 연재 중인 웹툰 그림체의 캐릭터가 되어 세탁기 앞에 앉아 있었다. 효영이 세탁기 유리창에 이마를 바싹 붙이고는 전부 다른 색깔의 편지봉투를 바라보았다.

"보내지 못한 편지들이야. 벌써 이렇게 많이 모였네?"

"그럼 저 안에 나한테 보내려고 했던 편지도 있어?"

"있지, 그럼."

효영이 씨익 웃으며 영광을 돌아보았다. 영광도 효영 옆에서 유리창에 이마를 대고 빙빙 도는 편지를 보았다. 마치 행운의 번호를 뽑는 기계처럼 갖가지 색의 편지가 한 방향으로 날아다녔다.

"궁금하다. 뭐라고 썼는지."

"나도 이제 기억 안 나. 대신……."

효영이 영광을 돌아보고 말했다.

"살면서 조금씩, 그동안 아껴 둔 말을 매일 해 줄게."

영광이 장난스러운 얼굴로 효영의 뺨에 자기 뺨을 붙였다. 그러고는 효영의 등을 꼭 끌어안고 말했다.

"사랑한다고?"

"응. 사랑한다고."

그러자 세탁기 안에서 눈송이가 떨어졌다. 어느새 바닥에 가라앉은 편지 위로 소복이 하얀 눈이 쌓였다. 마치 스노볼을 보는 것처럼 화려한 고요 속에 전하지 못한 문장들이 잠에 들었다. 효영이 고개를 돌려 영광의 입술에 키스했다. 물에 젖은 편지 속 글씨가 번져 가는 것처럼 효영과 영광의 실루엣이 희미하게 사라졌다. 수채화처럼.

"효영아. 눈이 와."

효영의 집 앞에서 차를 세운 영광이 나긋한 목소리로 그녀를 깨웠다. 무거웠던 눈꺼풀을 뜬 효영이 앞 유리창 너머로 눈이 쌓인 동네 풍경을 감상했다. 벽돌담 옆으로 줄줄이 세워 둔 자동차 지붕에 도톰하게 쌓인 눈과 저 멀리 대문 앞에서 신이 나 폴짝이는 골든 리트리버, 빙판 위를 종종걸음으로 조심스레 걷는 연인까지. 엽서에 담고 싶을 만큼 예쁜 장면이었다.

"해가 바뀌면, 연초에 아버지 기일이 있어."

영광이 운전석에 등을 기대고 효영을 돌아보았다.

"인사하러 갈래? 같이?"

"응. 그럴래."

차에서 내린 효영이 하늘을 보며 눈이 떨어지는 모습을 조용히 지켜보았다. 포근한 눈송이가 효영의 코끝과 어깨를 톡톡 간질이며 지나갔다. 영광이 손을 들어 효영의 머리에 눈이 떨어지는 걸 막아 주었다.

"추워. 들어가자."

"영광아."

"응?"

"우리 매일 매일 덜 애쓰자. 그러지 않아도 널 사랑해 줄 사람이 충분히 마련되어 있으니까."

네가 사는 내내 그럴 거야. 효영의 말에, 영광이 그녀를 빤히 보다가 미소 지었다. 그러고는 효영의 뺨을 부드럽게 감싸 입을 맞추었다. 효영과 영광의 어깨로 눈송이가 소리 없이 쌓였다. 차가운 코끝과 코끝이 맞닿고 입술과 입술이 따뜻하게 달아올랐다. 효영은 영광의 목도리에 떨어진 눈송이가 녹는 걸 바라보면서 더 힘껏 그의 허리를 껴안았다.

에필로그: 조용한 안부

1

TO. 효영

안녕, 우효영. 여기는 일본이야. 삿포로 3일 차.
지난번에 서울로 놀러 온 친척 부부네에 신세를 지는 중이지.
사실은 이모할머니를 뵈러 온 거야.
지금 몸이 조금 편찮으신데, 내가 끓인 김치찌개가 그립다셔서.

안 그래도 한겨울의 삿포로처럼
눈이 어마무시하게 오는 풍경을 눈에 담고 싶었어.
보고만 있어도 머릿속이 얼얼할 만큼
차가운 눈에 파묻히고 싶었거든.

무슨 객기인지 어제 사촌네 마당에서 텐트를 치고 잤어.
사촌 형이 새벽에 눈 뜨자마자 마당에 장작불을 피워 줘서
지금은 장작불에 데운 물로 커피를 마시는 중이야.

네가 준 편지는 읽지도 않았는데
마음대로 편지지를 꺼내 답장부터 쓰게 됐네.
이가 덜덜 떨리는 추위 속에서도
자꾸만 너한테 무슨 말을 건네고 싶은 걸 보면
너에 대한 마음이 아직 끝난 게 아닌가 싶기도 하고.

한국에 가면 내가 널 예전처럼 대할 수 있을까.
솔직히 네가 준 편지는 끝까지 읽지 못할 것 같아.
효영이 네가 바라본 내가 그래도 어느 순간만큼은
좋은 모습이었기를 바란다.

"사랑한다."라는 말은 이제 과거형이 되겠지만
그때 너를 생각하는 마음은 영원을 꿈꾸었어.
불가능한 꿈은 잔인할 만큼 달콤해.
이제 정신을 차려야 할 시간이겠지?

난 이제 아침 러닝을 하러 가.

눈 깜짝할 사이 초등학생이 된 조카랑

호숫가를 달리기로 했거든.

이만 줄일게.

P.S. 너와 함께 달리며 맞았던 바람은 참 부드럽고

시원했어.

이거 하나는 기억하려고.

FROM. 동규

"삼촌. 빨리."

초록색 앙고라 목도리를 한 조카가 현관을 열고 달려 나왔다. 통통한 양 뺨이 사과처럼 빨간 모습이 귀여웠다. 동규가 나무 밑동에 스테인리스 커피잔을 내려놓고는 말했다.

"알았어. 지금 당장 네가 먼저 달려도 삼촌이 1분 안에 따라잡을걸?"

"진짜야? 난 전속력으로 달릴 건데?"

"한번 해 보자. 삼촌 여기서 60초까지 세고 따라갈게."

"좋아!"

조카가 활짝 웃고는 호숫가를 향해 달렸다. 동규는 다 쓴 편지를 접어 봉투에 넣고는, 가방 앞주머니에서 딱풀을 꺼냈다. 글월에서 산 것이었다. 살면서 다시는 써 볼 일이 없을 것 같던 딱풀이었지만 이렇게 쓸 일이 생겼다. 봉투의 입 모서리에 풀을 얇게 바르고 철 지난 스웨터를 접듯 봉투를 닫았다. 그리고 손바닥을 펴 봉투 입 부분을 서너 번 쓸었다. 전하지 못하는 편지는 쓸모가 없는 걸까. 동규는 그럴 리가 없다며 효영에게 쓴 편지를 장작불에 던졌다.

그리고 호숫가를 향해 달렸다.

홀로 남은 장작불의 불티가 바람을 타고 높이 높이 솟아올랐다.

2

『편지와 소란스럽게』 출간 일정 메일입니다.

보낸 사람   푸른숨_황은미

받는 사람   우효영_글월

20XX년 1월 16일 (금) 오후 1:12

안녕하세요, 작가님.
푸른숨 편집자, 황은미입니다.

새해 인사를 나누고 또 한참 출간 일정으로 바빴네요.
이제야 다시 인사드려요.

『편지와 소란스럽게』는 인쇄 감리 잘 끝나고 무사히 완성되었습니다.
이틀 뒤쯤 작가님 자택으로 책 20권이 발송될 예정이에요.

첫 책을 낸 소감이 어떠신지 궁금하네요.
조만간 식사 자리를 마련할 테니 꼭 와 주세요. :)

작가님 원고를 찬찬히 읽으면서 내적 친밀감이 쌓이는 기분이었어요.
동방신기는 저도 좋아하던 아이돌이었는데,
창민 씨한테 쓴 편지를 읽을 때는 얼마나 공감이 가던지요.
(저의 최애는 시아준수였습니다!)

제일 기억에 남았던 편지는 고레에다 히로카즈 감독에게 쓴 편지였어요.
특히, '너무 이른 포기도 아니고 너무 쉬운 체념도 아니고
그냥 인생의 산책길이 바뀌었다고 생각할래요.'라는 부분요.

저는 원래 대학에서 컴퓨터공학과를 전공했어요.
다들 제가 이과였다고 하면 무척 놀라 하더라고요.
문학 파트를 담당하면서 엠비티아이가 'ISTJ'인 것도 그렇게 신기한가 봐요.
(전 여전히 이해가 안 가지만요. 하하.)

대기업 연구소에서도 2년 일한 경력이 있는데,
저는 큰 회사에 맞는 타입은 아니었어요.
사람도 너무 많고 경쟁도 심하고.
야근은 또 뭐가 그렇게 많은지.

관두고 나서는 부모님의 비난도 좀 받았죠.

세상살이가 그렇게 쉬운 줄 아냐면서요.

그때는 그냥 이 생각만 했어요.
밤마다 좋은 책 한 권만 읽고 자고 싶다고요.

그때 읽은 책들 덕에 이렇게 출판사에 취직도 했네요.
작가님 말씀대로 그냥 인생의 산책길이 바뀐 거죠.

고개를 돌려도 여전히 예쁜 꽃길이 있다는 걸,
많은 사람이 알았으면 좋겠네요.

작가님이 앞으로 어떤 글을 쓰실지는 모르겠지만
늘 응원하겠습니다.

감사합니다.
황은미 드림

효영의 첫 책이 나오고 한 달 뒤, LCDC에서 출간 기념 북 토크가 열렸다. 효영만큼이나 신이 난 선호 사장이 LCDC 측과 연락해 C동의 팝업 공간을 빌린 것이었다. 아직 작가가 되었다는 실감이 나지 않은 효영은 조금 부끄러운 마음이었지만, 이번에도 은채가 효영의 '자존감 지킴이'가 되었다.

"네가 애쓴 결과물을 남한테 보여 주는 건, 이제 그걸 훌훌 털고 또 멀리 나아가 보겠다는 뜻이기도 해. 첫 책이 너한테 반도 만족스럽지 못하거나 반대로 100퍼센트 마음에 들거나 그런 건 상관없어. 우린 그냥 계속 가는 거야. 앞으로 한 걸음씩."

은채가 효영이 러닝을 하는 포즈를 따라 하며 제자리에서 뛰었다. 며칠 전 은채가 출연하는 연극에 영광과 함께 초대받았다. 몇 년 만에 효영은 은채의 연기를 무대 바로 앞에서 감상할 수 있었고, 못 보던 사이 은채가 얼마나 큰 성취를 이뤘는지도 확인했다. 대사 한 줄 없는 단역만 몇 번이냐고 엉엉 울며 효영을 찾아오던 날을 떠올리면 그 많은 대사를 다 외우고 자기만의 색깔을 입힌 은채가 멋지게 느껴졌다.

잘하지 못하는 순간에도 멈춰 서지 않고 나아가는 것. 그것만으로도 서로가 박수를 주고받을 이유는 충분했다.

"이제 무대로 가 보실까요?"

씨익 웃은 은채가 C동 유리문을 열었다. 내부는 하얀 벽으로 둘러싸인, 층고가 높은 공간이었다. 마치 흰 종이로 둘러싸인 작가의 방에 갇힌 기분이 들어 효영이 작게 미소를 지었다. 계단을 올라가는 길에는 벽을 따라 영광이 그린 수채화 엽서가 일렬로 걸려 있었다. 며칠 웹툰 원고로 바쁘다더니 실은 이걸 그리고 있던 거였다.

은채가 스무 장 정도 되는 엽서 중 하나를 가리켰다.

"이거 우효영 너 아냐?"

KTX 창에 얼굴이 비친 효영의 모습이었다. 부산에 가던 날 영광이 그려 준 것이었는데, 북토크 기념으로 영광이 몰래 한 장을 더 그린 모양이었다. 다시 보니 고개를 슬쩍 숙이고 있어서 마치 편지를 읽고 있는 모습 같기도 했다. 이어지는 엽서에는 성수동 글월에서 펜팔을 쓰는 사람들과 자기 집 소파에 누워 편지를 읽는 사람의 모습이 보였다. 편지와 함께하는 추억을 담은 그림이 효영의 책 콘셉트와 무척이나 잘 어울렸다.

"하여간 센스는 있어."

효영이 활짝 웃으며 계단을 마저 오르자, 은미 과장이 다가와 인사를 건넸다. 출간 한 달째, 이런저런 좋은 소식도 들렸다. 유럽 몇몇 나라에서 효영의 책에 관심을 보이고 있다는 내용이었다. 은미 과장이 곧 효영을 무대 앞쪽 의자로 안내했다. 자리에 앉자 등 뒤에 놓인 스피커에서 잔잔한 기타 음이 들렸다.

"우효영 작가님의 첫 책, 『편지와 소란스럽게』가 출간된 지 한 달이 되었습니다. 그간 작가님은 어떤 하루하루를 보내셨는지 간단하게 이야기 나눠 보면 어떨까

합니다."

 마이크를 든 은미 과장의 노련한 진행 덕에 효영은 걱정했던 것과 달리 북토크를 서서히 즐기기 시작했다. 차근차근 답변을 해 나가며 모인 사람들과 눈을 마주치고 미소를 주고받았다. 맨 앞줄에는 역시 선호 사장과 소희 언니, 하준이 앉아 있었고, 그 뒤로 주혜와 연희점을 책임지는 새 아르바이트생이 보였다. 왼쪽에는 연희동 글월에서 근무할 때 자주 만났던 단골손님이, 오른쪽에는 딸보다 긴장한 얼굴로 앉아 있는 엄마와 아빠가 있었다. 그리고 뒤편에 '제법이네.'라는 표정으로 앉아 있는 언니 효민도 있었고.

 "책 얘기로 들어가기 전에 마지막 질문을 드리려고 합니다. 작가의 말에 쓰신 것처럼, 지금은 '1초면 서로의 안부를 물을 수 있는 세상'인데 우리가 꼭 편지를 써야 하는 이유는 무엇일까요?"

 질문의 답을 생각하던 중에 계단을 올라온 영광과 마주했다. 샛노란 프리지어 꽃다발을 한 아름 안고 올라온 영광이 늦어서 미안한지 울상을 지으며 두 손을 모았다. 효영이 모른 척 고개를 돌리고 은미를 향해 말했다.

 "음, 그러게요. 왜 꼭 편지여야 하나. 편지를 고르는 일도 할 말을 정리하고 한 자 한 자 내 손으로 쓰는 일도, 사실 모든 과정이 굉장히 비효율적인 행위인데도요. 저도 이번 책을 쓰면서 자연스레 고민해 보게 되더라고요."

효영이 마이크를 쥔 채 다시 북토크 참석자들을 바라보았다. 자세히 보니 아는 얼굴 사이 사이로 처음 보는 사람들도 있었다. 이제 나한테도 독자가 생겼구나. 효영은 감사한 마음과 함께 진심을 다해 답변했다.

"하지만 그 불편함이 편지를 쓰는 대상과의 기억을 더 오래 간직하게 해 주는 것 같아요. 뭐든 시간을 들인다는 건 정직한 결과를 가져올 수밖에 없잖아요. 편지를 쓰는 내내 그 사람을 떠올리고, 그 사람과 했던 시간을 추억하고. 그럴 때 보면……."

효영은 좌석 맨 뒷줄에 앉은 영광을 지그시 보며 말했다.

"편지는 마치 과거를 소중하게 포장한 선물 같아요."

소중한 사람과 감사한 사람들이 효영을 향해 아낌없이 박수를 보냈다. 상상해 본 적 없던 순간이 현실로 다가왔지만 효영은 이제 주저하거나 겁먹지 않았다.

3
―

 여느 때와 같은 글월의 일상과 영광과의 연애로 겨울과 봄을 채웠다. 어느새 또 '1월에 쓰고 6월에 보내는 편지'를 받는 이에게 전달하기로 한 6월이 다가왔다. 그동안 로맨스 웹툰을 잘 마무리한 영광은 스릴러라는 새로운 장르에 도전하기 위해 매일 도서관을 다니는 중이었고, 효영의 첫 책은 2쇄를 지나 3쇄를 앞두고 있었다. 은미 과장에게서 스페인과 네덜란드, 독일에서 출간 오퍼가 들어왔다는 소식도 받았다.

 "네덜란드에 출간하면 내가 바로 조각가 부부한테 연락할게. 100권씩 사 달라고."

 "됐거든요. 이미 2쇄 찍은 거로도 감사하다. 진짜."

 "이게 다 나의 뛰어난 그림 솜씨 때문 아니겠어? 표지가 예뻐서 샀다는 사람이 한둘이 아니야. 내가 매일 인터넷으로 책 리뷰 보고 있다니까?"

"차영광! 내가 책 리뷰 읽지 말랬지! 표지 얘기 그렇게 많이 없다니까?"

영광과 서울숲 꽃사슴 방사장으로 향하고 있었다. 겨울이 지나고 봄이 오면서 은미 과장과 동네서점 북 토크 투어를 한다는 핑계로 운동을 한참 쉰 효영이었다. 사실 최근 들어 글월과 집만 오가다 보니 몸이 좀 지뿌둥했던 터라, 영광이 효영을 억지로 끌고 나왔다. 러닝화는 물론 러닝용 반바지, 러닝 양말, 무릎 보호대까지 모두 두 쌍씩 사 와서는 절대 거절할 수 없게 만들었다.

동규는 그사이 건대입구역에 국수와 만두를 파는 가게를 하나 더 오픈했는데, 성수동과 자양동을 오가며 바쁘게 사업을 확장하는 중이었다. 꼭 동규가 바빠서만은 아니지만 동규가 지난 연말 삿포로에 다녀온 뒤에는 자연스럽게 서로의 러닝 메이트를 관두기로 했다. 빈 러닝 메이트 자리를 요란한 차림의 새싹 러너가 차지하겠다고 하니, 효영도 사실 기쁜 마음이었다.

부지런히 달리던 영광이 사슴 우리 앞에서 멈춰 섰다. 긴 속눈썹이 달린 사슴이 눈꺼풀을 끔뻑이며, 나른한 표정으로 영광을 마주 보았다. 효영이 피식 웃고는 영광 옆에 섰다.

"뭐야. 사슴이랑 눈싸움이라도 해?"

"예쁘다. 저기 저 작은 친구는 효영이 너 같아."

영광이 효영의 손목을 가볍게 잡아끌고는 등 뒤에서 껴안았다. 효영이 영광의 팔뚝을 쓰다듬으며 사슴의 느릿느릿한 움직임을 눈으로 좇았다.

"우효영."

"응?"

"이젠 뭐 하고 싶어?"

첫 책이 나오고 난 뒤 효영은 미약하나마 다음 책을 쓸 수 있을 거라는 자신감이 생겼다. 은미 편집자에게 새로운 기획이 떠오르면 메일을 보내기로 약속한 상태였다.

"아직 잘 모르겠지만, 일단은 답장을 아주아주 많이 써 보고 싶어."

"답장?"

"응. 가끔 글월에 편지를 보내는 손님도 있거든. 그런 분들한테 답장을 써 보면 어떨까 하고. 그걸 모아서 새로운 서간집을 내 보는 거야."

"재미있겠네. 답장 내용에 맞춰서 내가 작은 일러스트를 그려 줄 수도 있어. 펜화로 간단하게."

"좋아. 완전 좋아."

효영이 몸을 돌려 영광과 마주 보았다. 싱긋 웃은 영광이 효영의 이마에 키스했다. 영광은 이제 알았다. 하고 싶은 말을 꾹꾹 삼키다가 기어코 그 말을 뱉어 낸 사람이 어떻게 되는지. 두려움이라는 무거운 이불을 걷어 내고 나면 어떤 식으로든 새로운 결말을 낼 수 있었다. 이미 끝난 줄 알았던 장면이 계속해서 새 계절을 맞이하는 동안, 사랑은 쌓이고 아픔은 줄어들었다.

방사장을 걷다가 뷰 맛집으로 유명한 육교를 만났다. 4월에 벚꽃 구경을 하러 온 연인들이 사진을 찍는 장소였는데, 지금은 꽃이 지고 초록 잎이 가득한 풍경이었다. 효영과 영광이 육교를 올라 난간 앞에 서서 초여름의 하늘을 감상했다. 머리 위로 널따랗게 펼쳐진 하늘은 마치 에메랄드빛 바다처럼 환하게 반짝였다.

"하늘이 꼭 물을 잔뜩 머금은 셀룰리안 블루 같아."

"우와. 우효영. 그런 것도 알아?"

"네 팔레트에서 제일 빨리 닳는 색이잖아. 나도 그 정도는 안다고."

영광이 맑게 웃고는 러닝 자세를 취했다.

"이제 몸 좀 풀었으니까 달려 볼까?"

"그럴까?"

영광이 먼저 멀찌감치 달려나가자, 효영이 황당한 표정을 지으며 소리쳤다.

"뭐야! 러닝 메이트라며 먼저 가 버리는 게 어디 있어?"

"내 러닝 메이트 실력 좀 보려고 그런다. 어디 한번 따라와 봐."

긴 다리로 성큼성큼 뛰어가는 영광의 뒷모습을 보니 효영도 약이 올랐다. 어느새 육교 아래로 내려간 영광이 가로수 사이를 가로지르다가 뒤를 돌았다. 그러고는 쭉 뻗은 팔을 흔들며 장난스러운 얼굴로 효영을 놀렸다.

"먼저 가서 기다릴게. 천천히 와!"

효영이 손목에 껴 두었던 머리끈으로 머리를 높이 올려 묶고는, 난간 가까이 다가가서 영광을 향해 소리쳤다.

"1분이면 따라잡는다아! 진짜야아!"

곧장 육교를 뛰어 내려간 효영이 빠른 속도로 영광의 뒤를 따랐다. 아직은 초여름이라 햇볕을 쬔 흙길이 너무 뜨겁지 않아 다행이었다. 살갗 위로 부는 바람도 솜사탕처럼 포근했고, 새록새록 빛나는 여름 숲의 풍경에 러닝의 기쁨이 배가 되었다.

"좋다."

효영은 일부러 속도를 늦춰 영광이 달리는 뒷모습을 지켜보았다. 하얀 말티즈와 크림색 골든 리트리버가 서로의 몸집에 놀라 코를 맞대는 장면이 지나갔다. 킥보드를 탄 아이가 소리를 지르며 활짝 웃는 얼굴도, 등산복을 입은 중년 부부가 DSLR 카메라로 여름 나무를 찍는 모습도 지나갔다. 무엇 하나 여름날의 풍경에 없어서는 안 된다는 듯이 반짝이는 그림처럼 효영의 마음속에 남았다.

그거 알아?

네가 팔레트를 꺼내서 세상에 초록색이 얼마나 다양하게 존재하는지 알려 준 덕분에,

난 숲길을 달릴 때마다 네가 알려 준 수채화 물감의 이름을 떠올렸어.

짙고 산뜻한 청록색은 비리디언 휴,

어둡고 황색을 띤 녹색은 올리브 그린.

그리고 식물의 음영을 나타낼 때 쓴다는 페릴렌 그린도.

내가 제일 좋아하는 초록색의 이름이 프탈로 그린이라는 것도

영광이 네 덕분에 처음 알게 되었지.

너랑 지내면서 세상에 이렇게 다양한 색이 있다는 걸

다시 한번 느끼게 된 것 같아.

몇 번이나 달려 본 이 길이

너랑 함께 뛰고 있는 지금,

이토록 새로운 초록빛으로 반짝일 줄이야.

사랑해, 차영광.

앞으로도 너랑 수천 장의 풍경화를 그릴래.

P.S. 그리고 언제나, 너의 답장이 되어 줄게.

추신

차원을 넘어온 편지들

올해 초, 소설의 배경이 된 실존하는 편지 가게 글월(geulwoll)
과 출판사 텍스티(TXTY)를 통해 연애편지를 공모받았습니다.

소설 본문에는 보내 주신 공모 편지 중 세 통과,
우연한 기회로 닿은 편지 한 통을 함께 담게 되었습니다.

각기 다른 봉투의 모양과 편지지의 재질,
한 분 한 분의 글씨와 문체를 감상할 수 있었고
편지가 얼마나 사적이고 고유한 문학인지를
다시 한번 깨닫게 되었습니다.

이 귀한 글월을 읽어 볼 수 있었으니 얼마나 감사했던지요.
덕분에 총 네 통의 편지를 이야기에 엮게 되어 영광이었습니다.

시처럼 아름답게 읽혔던 편지도
달달한 표현에 미소를 짓게 만들었던 편지도
오래오래 기억에 남을 것 같습니다.

한희아, 강슬기, Rocha Raphael님,
당신의 추억을 들려 주셔서 다시 한번 감사합니다.

이 책이 보내 주신 이야기의 답장이 되길 바라며
이만 줄이겠습니다.

P.S. 본문 속 네 통의 편지 중 한 통을 써 주신
기획자이자 편집자인 조민욱 CP님께도 감사를 전합니다.
(북토크에서 읽게 된 이 편지는 공모 편지와 별도로 책에 담았음을 밝힙니다.)

―'번뇌하는' '성수동을 좋아하는' '올빼미형인'
소설가 백승연 올림

한희아 님의 편지

[연애 편지 접수]

글월 사장님께,

제출이 늦어 죄송합니다. 꼭 접수하고 싶어 명절연휴라 퇴근 후 늦은 시간대라도 두고 갑니다.

죄송하다 제가 걱정 그늘게 베는 것 같아서도 음음 무사히 접수되면 정말 감사하겠습니다.

이 편지는 애인이 군 입대 직후 훈련소 생활 중일 때 보냈던 소중한 편지입니다.

혹, 영광스럽게 책에 실리게 된다면, 약간의 편집을 더해주셔도 괜찮습니다.

글월의 책에서 제 글이 안내게 된다면 정말 기쁠 것 같아요.

새해 복 많이 받으시고, 편안한 쪽말 되세요.

강 슬기 (접수자)

안녕, 내 사랑.

하루를 마치고 집으로 돌아가는 바쁜 안합니다. 오늘 하루는 어땠나요?

곁에 없는 당신이 더 크게 느껴지고, 당신의 모든 것이 궁금해지는 요즘입니다.

매일 당신과 함께 걸던 이 길이 이제는 이런 설렘도 없이 혼자 걷는 그저 출퇴근 길에 되었습니다. 그러나, 이는 날의 종화에서 이 곳이 가장 생각나는 장소라고 하셨지요?

그 말 덕분에 우리 다시 만나는 날, 함께 가고 싶은 곳들을 고민하고 건설함에 지내고 있어요.

당신의 작은 한 미더 한 미디는 내가 오늘을 살아가는 이유가 된답니다. 알고 있나요?

모든 것이 사랑스러운 사람, 모든 것을 선명하게 만들어주는 사람. 당신은 나에게 존재 자체로 기적이 아닐 수 없습니다. 당신과 함께한 한 해 참 다채한 경험을 많이 해요. 오른쪽 적다보면 날을 다 샐 꺼에요.

나에게 있어 당신이 얼마나 굉장한 존재인지, 당신이 느낄 수 있기를 항상 바라요.

'사랑해' 라는 진부한 말에는 다 담을 수가 없어서, 당신의 눈을 가만히 바라보고만 있어도 눈물이 날 것 같아서, 혀번에 못해 내 사랑을 듬뿍 가득 채워 어떻게 수호자 있게 된 이 마음들을, 편지에 조용히 포장해 같이 보냅니다.

내가 없는 당신의 나날들은 어떤가요?

나 많이 힘들어하는 모습은 보이 싫어서 매일 씩씩한 연얼핀간, 아쉽게이게도 당신도 나만큼 많이 있고 보고 싶어 해기를 바라고 지금 오늘습니다. 내가 당신을 안심을 수 있는 위험한 존재가 되기를 바라기도 합니다. 나에게 당신이 전부인 것처럼,

나도 당신의 전부가 되면 좋겠네요.

곁로 함께 있는 시간을 멀리서 지낸지 벌써 3주가 지나고 있습니다. 몸이 멀어지면 마음도
멀어진다는 말은 헛말인가봅니다. 내 사랑은 어제보다 더 커지고 있기요.

주체할 수 없으면 마음이 부끄럽지 않게 늘 사랑을 말해리서 고아워요.
우리가 우리로써, 한 곳을 바라보고 같은 마음으로 나란히 걸어갈 수 있다는 사실에
새삼 감사를 느끼게 돼세요. 지금처럼, 아니 지금보다 더 아끼지 않는 사랑에 대한
이야기를 해줄게요. 내가 당신을 사랑한다는 사실과, 내가 사랑하는 사람으로부터
넘치는 사랑을 돌려 받고 있다는 사실은 나를 춘재하게 하는 아픔입니다. 여러장의
편지로도 도저히 표현할 수 없는 커다란 진심이에요. 조금이라도 전해지길 바랍니다.
유독 당신 생각을 토하며 잠들고 싶어지는 밤이에요. 당신의 밤이, 아무런 걱정 없이
편안히 쉴 수 있는 시간이 되기를 매일 이 시간 간절하게 바라고 있습니다.

나의 가장 소중한 사랑, 나만큼 사랑해주지 않아도 좋아요. 내가 당신을 사랑한다
는 것만으로 나에게 큰 기쁨입니다. 내 사랑으로 존재해주셔서 고마워요.

당신의 행복이 나의 행복이니, 그저 행복해 주세요.

오늘 밤도 여전히 당신을 나 자신보다 더 사랑하고 있습니다.
내일 밤도 여전히 당신을 나 자신보다 더 사랑할 거예요.

좋은 꿈을 꾸고 있기를,
잘자, 내 사랑

24. 08. 22
춘천으로 부치는 편지

Have a Good Day

강슬기 님의 편지

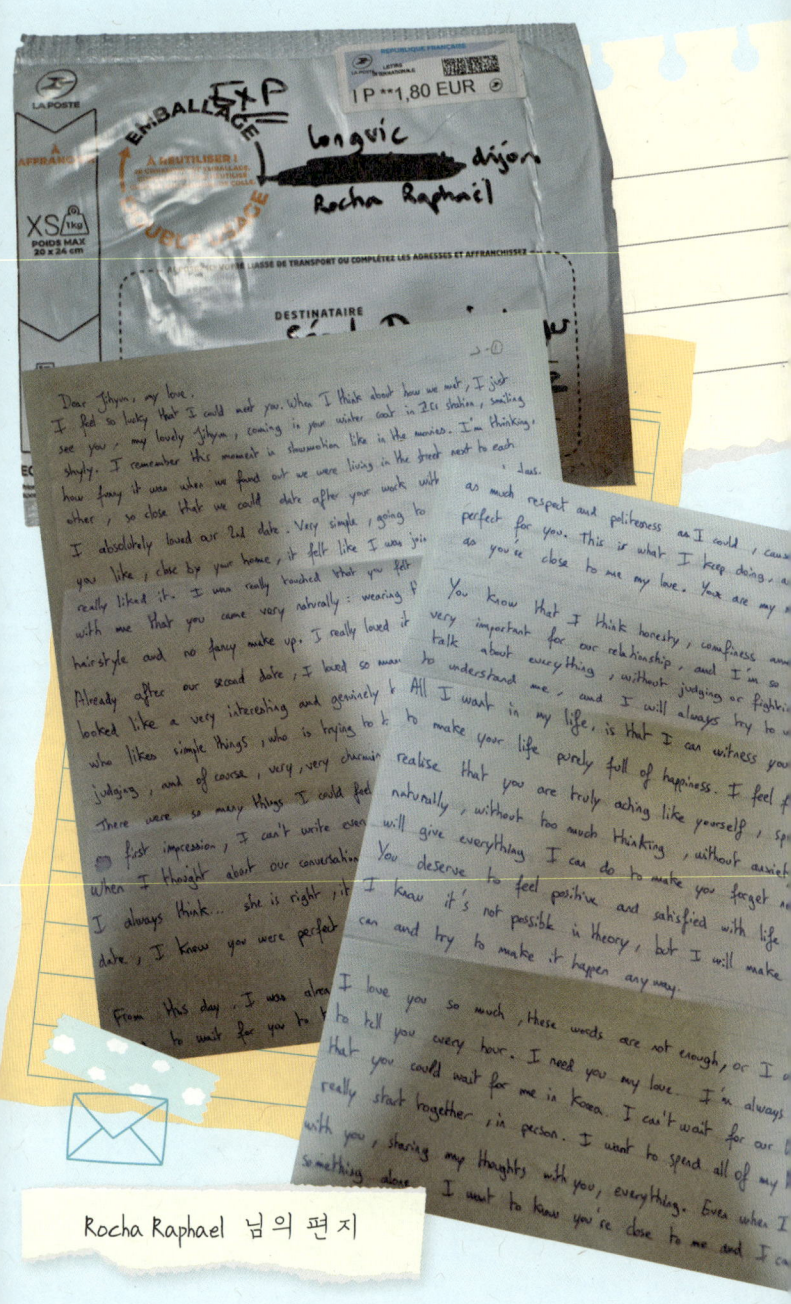

Rocha Raphael 님의 편지

사랑하는 당신에게
이제는 사랑한다는 말을 건네기도 어색해질지만
분명한 나의 사랑 당신아.
연애 때의 사랑이 뜨겁지만 거칠고 미숙했다면 사랑이
라면 지금의 사랑은 있는 듯 없는 듯 희미해보여도
바위 같은 단단한 사랑이라고 생각해. 안개가 끼어
잘 식별되지 않을 뿐.
내 삶의 목적으로, 무엇을 위해 흘러가는 지 생각해
보면 당신 덕분에, 당신에게 가까이 다가가기 위해
서 인 것 같아.
밀고 육아에 치이느라 사랑한다는 말을 감히 덕지고
대화조차 쉽지 않은 하루를 매일 살아가고 있지만
우리는 한편으로는 서로를 지지하고 응원한다고
생각해
나는 가끔 인생이라는 여정의 절반 이상을 마친
후 당신과 어느 벤치에 나란히 앉아 어떤 쪽
것을 보고 이러쿵 저러쿵 대화하는 장면을 상상해
굳이. 연애 때처럼.
그때의 우리들로서 존재하고 싶다.
둘이 있으면 완전함을 느꼈던 그 시절의 우리.
2025. 1. 24.
조민욱.

조민욱 님의 편지

about. 편지 가게 글월

https://www.geulwoll.kr

Letter Room(성수점)
12:00 – 19:00(Tue – Sun)
+82) 2-499-1016
서울 성동구 연무장17길 10, LCDC SEOUL A동 302호(04787)

실제 공간 사진입니다.

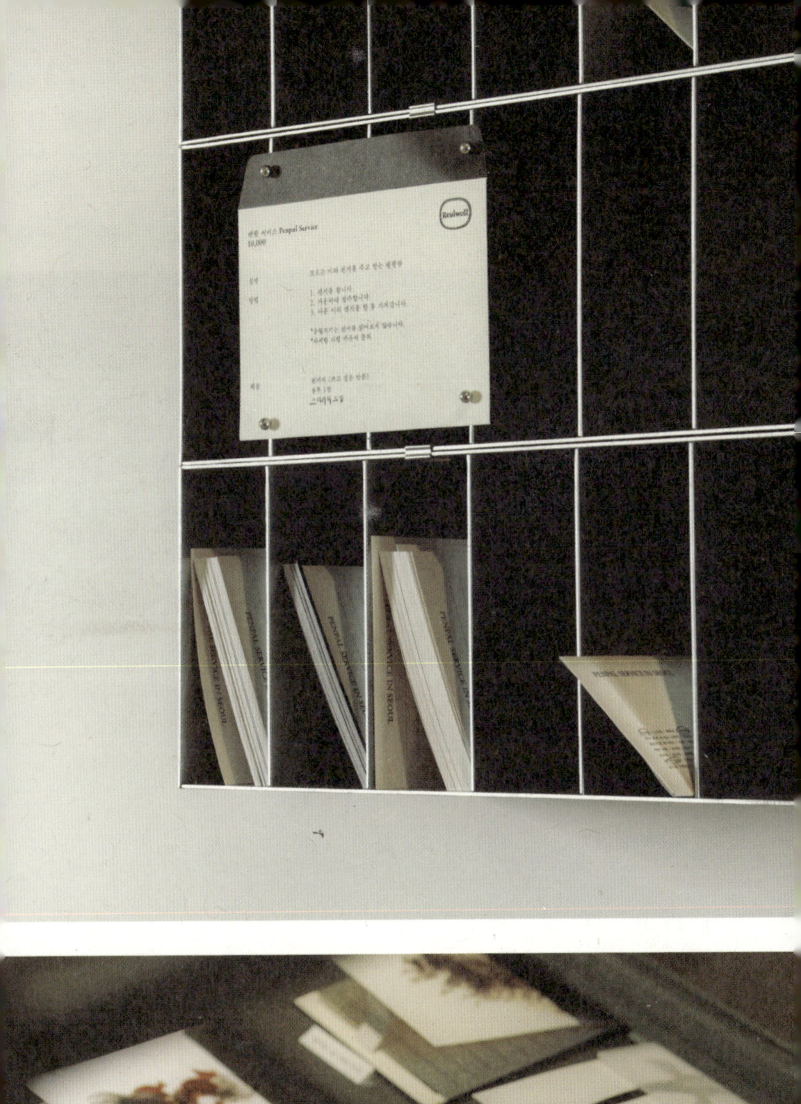
Penpal Service
10,000
PENPAL SERVICE IN SEOUL

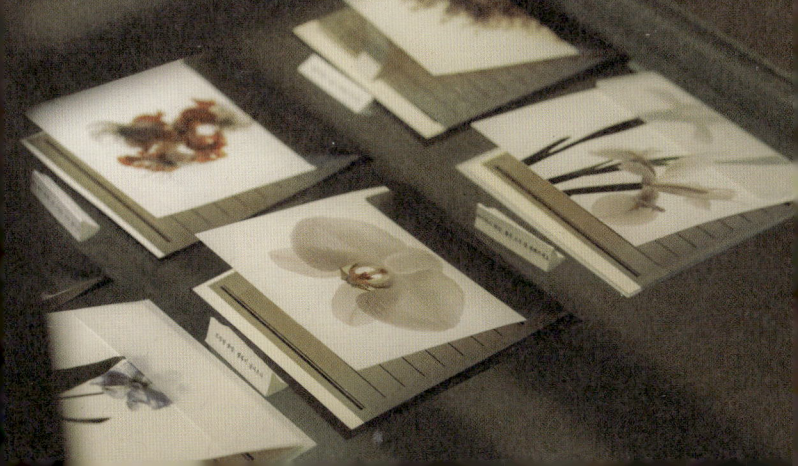

Letter Shop 연희
13:00 – 18:00(Mon – Sun)
+82) 2-333-1016
서울 서대문구 증가로 10, 연궁 402호(03698)

실제 공간 사진입니다.

WELCOME TO
Letter Service in Seoul
FOREVER AND EVER
Letter Service in Seoul
SAFE AND SOUND
BRIGHT NEW YEAR
Letter Service in Seoul

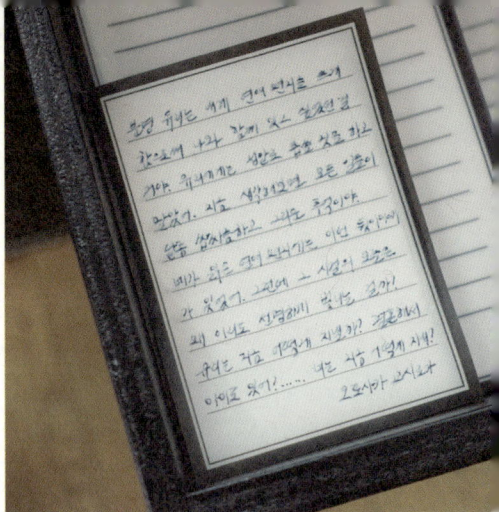

같이 읽고 싶은 이야기
텍스티 (TXTY)

텍스티는

모두가 같이 읽고 싶은 이야기를

만들고 제안합니다.

읽고 나면

주변에서 벌어지는 일에 관심이 생기고

다른 이들과 나누고 싶어지는 이야기를 만들겠습니다.

계속해서

이야기의 새로운 재미를 발견하고

이야기를 통한 공감이 널리 퍼지도록 애쓰겠습니다.

텍스티의 독자라면 누구나

이야기 곁에 있도록 돕겠습니다.

너의 답장이 되어 줄게
편지 가게 글월 그 두 번째 이야기

초판 발행	2025년 6월 18일
지은이	백승연
기획	㈜투유드림 글월
책임 편집	조민욱
IP 제작	이원석 김하명
출판 마케팅	최연욱
IP 브랜딩	홍은혜 택수LEE
IP 비즈니스	조민욱 김하명
경영지원	옥민주 손혜림
교정·교열	박혜림
예타단 2기	강성욱 박영심 황희민
일러스트	이이오
북디자인	그리너리케이브
북-음	최희영
북-콘텐츠	유수정
인쇄	올북컴퍼니
배본	문화유통북스
사업 총괄	조민욱
발행인	유택근
발행처	㈜투유드림
출판등록	제2021-000064호
주소	(02810) 서울특별시 성북구 종암로13길 16-10
대표전화	02-3789-8907
이메일	txty42text@gmail.com
인스타그램	@txty_is_text
홈페이지	https://www.toyoudream.com
ISBN	979-11-93190-38-8(03810)
정가	17,600원

* 이 책은 저작권법에 따라 보호받는 저작물이므로 무단전재와 무단복제를 금지하며, 이 책 내용의 전부 또는 일부를 이용하려면 반드시 저작권자와 ㈜투유드림의 서면동의를 받아야 합니다.
* 이야기 브랜드, 텍스티(TXTY)는 ㈜투유드림의 임프린트입니다.